心的新疆

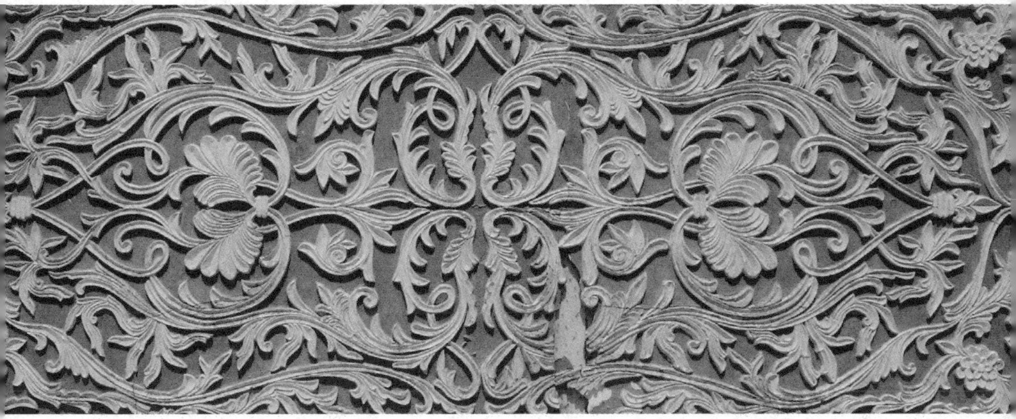

相约来世

心的新疆

张承志 著

作家出版社

序

心的新疆

新疆是什么？

对我来说，新疆不是开土拓边的标志。所谓新疆，就是心灵的向往，是高尚的人心，九死不悔一定要抵达的境界。

不，唯独对心灵而言，新疆一语方能成立。

新疆是什么？昔日肤浅的句子，只能留下一句。你说：新疆是海拔－154米的吐鲁盆低地和海拔七千米的汗·腾格里雪峰之间那相互心许又永远不能如愿的爱恋。新疆是前浪已经死灭后浪又汹涌过来的英勇自绝的叶尔羌河，是不问方向不论对错自由自在神秘消失了的铁色额尔齐斯。

新疆是我找到一条古路的阿勒泰，新疆是我度过人生美丽瞬间的天山。新疆是允许我沿盆地深入了一串地点的吐鲁番和塔里木。新疆是——白音宝力格在薄暮中骑马趟过河水、里铁甫江把葡萄送进晾房、金师傅在泉水旁留下遗骨、海里派巴斯提高声念起颂词——的一片新大陆，是我一生追求但不能抵达的家乡。

是的，新疆是我的爱情的一半，是我的知识的核心。

新疆是什么？

新疆是——那被我当做了楷模的、一位尊贵的喀什噶尔褴褛乞丐的微笑。

新疆是——那首写在黑牢壁上的烈士的诗。啊，我看得真切：它一直居高临下凝视着我，使我永远警惕文人的骄狂。

新疆是——那颗惦念着儿子的母亲的心。民歌唱道：她被儿子杀害后，一颗心挂在树上继续惦念儿子。那颗心被哈语和蒙语都称作Jüreg，它今天仍挂在树梢上。

新疆是什么？

新疆是文学质地的试场，新疆是今生来世的枢纽。

新疆是无情隔绝中的隐藏小径。新疆是语言隔膜中的神秘交流。新疆是一块考验来客的面纱，忍受着浅薄的聒噪，静候着世人的醒悟。

我——

我凭创造者的美意，一步闯入了新疆。

虽然只留下些单薄寒碜的文字，但是，在新疆，我半生讴歌了——对他者的爱。是的，他者的尊严、他者的原则、他者的文明。因为所谓人道主义，就是对他者的尊重。

是的，在新疆，我完成了向美与清洁的皈依。

我的文学，在新疆完成了人道与美的奠基。

此刻我心里涌动着对新疆的感激。只有我清楚这感激有多深沉。

Kuday-embêrsê，jênêkörsermez！

我与你相约来世，我的——心的新疆！

张承志　2012年4月21日

目录

凝固火焰 10
圣山难画色 24
辉煌的波马 29
留在戈壁滩上的涂鸦 46
日出天山外 64
如画的旅程 69
莫合烟与我 74
夏台小忆 83
大坂 88
荒芜英雄路 113
双联璧 125
嵌在门框里的耀眼绿色 135
火焰山小考 138
冰山之父 147
正午的喀什 165
从象牙塔到吐鲁番 191
哦，神圣的树！ 201
文明的入门 216
拾起沙粒 230
歌，在哪儿起源？ 236
树梢上的心 251

老友重逢 258
面纱随笔 265
雄鹰飞过 272
金卷银卷阿凡提 279
谁是胜者 291
噢，迪丽拜尔 298
磨坊目击记 307
你的微笑 316
陶醉的鸭儿看 324
鱼游小巷 330
相约来世 343

凝固火焰

走出来几个小时以后，我开始后悔没有听从里铁甫的劝告。说是劝告，其实只是一个威吓的眼神和一个词：kün。里铁甫夸张地眨着眼皮，满眼都是恐怖。他翘起那个粗硬的大下巴来，让整个脸膛都浴进白熔的毒日光里。

感谢主，我幸好知道这个词，kün是太阳。我也抬起下巴，试着朝上瞟去，额间和脸颊立即淹进一片火烫的灼烤中。我当然知道kün是太阳，一个人哪怕只学了三天维语也知道这个词的。可是我觉得茫然，尽管满天都飘洒般密布着那灼烙般烤人的光线。那光芒如水如银，在天穹间流溢着逼近，从里铁甫的小庄院里出来时，我完全没有想到这个kün的厉害。

路左一字排开默默的火焰山。我们的毛驴车微微颤着，匀匀地响着一个寂寞的节奏。维吾尔人在车前斜斜立起两根交叉的木棍，使车子显得重心均衡。我微微感到有一点对里铁甫的歉意；此刻他不再劝我了。他的眉宇间流露着一丝忧郁。他有时轻轻抚摸着青驴子一耸一耸的尾巴，脸庞总是在一动之间就倏然变换明暗，阳光照耀的颧骨下巴，还是那么沉默着，硬硬地前伸成一个铲形。我猜这下巴后面的喉咙里可能也有不少生动的话，可是没有希望，我不懂维语，他不懂汉语，天上有一派刺人肌脉般灼烧着的毒花花的日光，地上是一条蜿蜒不语的鲜红得炫目的火焰山。

我每分钟都想捧起那只水壶，咚咚地把凉水灌满肚皮里面那些焦干的肠子。我觉得驴车在颠簸的时候，那些肠子像些干芦草一般叭叭地裂响，毒日头仿佛刺着它们，要快快地把它们全烤干烤碎掉。可是里铁甫瞧也不瞧那两只水壶，我不知道他是真的不渴，还是在默默地忍着干渴。

我们已经在火焰山里转了两天了。

天气实在太热了。我发现理解吐鲁番盆地好像用不着读那么多书，只要在这片土地上曝烤几天就够了。可是我已经决心走遍火焰山里的几条山沟，因为它们实在是大名鼎鼎。我找到里铁甫的时候依靠了翻译，所以我一路上总是安慰自己说，没关系，里铁甫当时肯定全听懂了，他明白我要干的事。

可是我不懂维语，他不懂汉语。我们俩在赶着毛驴车走进干裂得沟壑密布的火焰山以后，就陷入了无言的沉默。

白晃晃的蓝天上有一个烧成白炽的球，阳光洒在戈壁滩上，噗噗地溅着轻飘不落的灰尘。额上留不住汗水，举手一抹，手指沙沙有声地擦下一层白碱。

漫野摊开的青灰色砾石吸尽了光亮，黑沉沉的像是一片烧烫的铁块。只有火焰山依然鲜红地壁立路旁，一道道颤抖般弯曲的深沟交相拧扭着向上挣扎，在利齿般参差的山顶一线攒成一个个凸起的赤红的尖。

这真是一道不可思议的山。没有植被，没有河水溪泉，没有矿藏，没有能够耕作的土壤。但是有惊心动魄的鲜明的红色。无法理解的、愤怒般的焦渴的红色。

在山脚下，沿着平原戈壁和山体之间的小道，我们的毛驴车在缓缓蠕行。我最后忍不住还是摘下水壶，可是里铁甫动也不动地依样握着鞭子。我想了想，又在心里狠狠地拼了一口气，然后把水壶挂回车前板上交叉支着的木棍叉架上。“吐鲁番学”，我想着这个新名词，眯细眼皮躲开明晃晃的毒日光，眼皮不知是浮肿了还是干裂了，睁眨一下都觉得疼痛。学者们为这道荒山和这块盆地写了堆成山的书，可是他们也许从来

走遍吐鲁番

没有被这里残酷的炎热灼烤过。对他们来说，“吐鲁番学”也许只是一个虚假的梦。青毛驴踢踏有致地踩着碎石小道，拐进了一个沟口，两侧鲜红浓重的山崖猛地挤压过来，我觉得眼帘里充斥的红色强光立即刺伤了脑子深处的什么地方。

“里铁甫江！”我把书本和电影里的知识用上，试着加上了一个尊敬称谓“江”。

“唔？”他在浓眉下挑起眼角瞟着我。

“里铁甫江……yol？”这是去哪里的路呢？

“……multuk。”他回答说。

道路通向木头沟，我想。multuk一定就是木头沟。我回忆着法国国会图书馆和大英博物馆里的文书编号。“M”，我想起这个字母就是代表文书出土地木头沟。我马上想和里铁甫滔滔不绝地谈一谈，可是话语在喉咙里堵塞着。我急了，伸手在额上抹了一把，粗糙的汗碱渍得手掌有些难受。赤裸的鲜红山岩纹理狰狞，岩缝深处的暗红最后化成黑暗。我没有敢再抬起头瞟瞟太阳，毛驴踹起细蒙蒙的干燥粉尘，在车旁浮摇着淡红的浅色。

“木头沟吗？”我又问道。

“Multuk。”里铁甫肯定地点了点头。

“亚克西yol。”我想说“好地方”，但我说的是“好路”。

“Yahxi yol。”他又听懂了，他赞同地点点头。

木头沟。好地方，好道路。我想不起我还知道几句维语。亚克西这个词连他妈的上海幼儿园里的小孩都懂。木头沟里的山崖笔直地曳出一条斜坡，匀净的细红沙平平滑滑的，像一面斜斜撑起的红镜子，引逗着人想往上爬。在这面红镜子顶端，那些鲜红吓人的沟壑又颤抖着上升起来，一股股一道道地纠缠着、拧挣着，前后在一个圆圆的尖山头上汇攒成一团拱起的火苗。我觉得那山像是一个血流满面的粗野哑巴，他愤怒地向上蹿跳着，可是喊不出声来。

次日，我们已经来到南麓。倾斜的盆地边缘升腾着灰蒙蒙的尘埃，太阳依旧从清晨起就毒辣辣地高高蹲踞在高空之上。我们是清晨五点启程的，从清晨五点起天气就一直保持着残忍的炎热。空荡荡的水壶在木叉架上寂寞地晃荡着。我已经丧失了意志，一口口地，终于还是我一个人把那水喝光了。

“kün。”我困难地挣开烤烂的嘴唇，想挤出一个笑容。我觉得嘴唇上那层硬痂正慢慢地想要封住我的嘴巴。“kün。”我笑出来了。

里铁甫也笑了笑，点了点头：“kün。”他做了个夸张的、威吓又无可奈何的姿势，对着天上那轮白炽的球比划了一下。我觉得他像是在安慰我。白晃晃的强光还在倾泻着，在触着戈壁的地方激起阵阵炫目的蜃气。

“yol——”我想说“路远”，可是我只会说“路”。

里铁甫赞同地点点头：“啊，yol，yol。”

南麓的道路笔直地伸入迷茫的白蒙蒙尘埃。我们的毛驴车像一粒青石子，在空阔的戈壁上缓缓滚着。火焰山现在矗立在路右，密密的纹沟竖立着，绞结成一个个圆光的火苗，连成一条红褐色的山脊。我再也搜寻不出一句维语了，我只会说kün和yol，天地之间也确实只有那轮熔化的烈日和一条焦旱的道路。

“yol——”我又挑起话题，做了个无奈的手势。

里铁甫笑了，维吾尔人都笑得有风度。

“yol。”他点点头，重复说。

我们的路还长，四天里我们只穿过了吐峪沟、胜金口、木头沟，前面应该有一个更加大名鼎鼎的葡萄沟。这些地方我终于亲眼见过了，虽然我只能和它们在沉默和烤晒中对话。yol正长，kün是残酷的，我不懂维语，里铁甫江不懂汉语。可是我们的小青毛驴拉着我们，我们的驴车已经在火焰山里穿插了四天了。

“yol……亚克西。”我想出了一句话。

“yol yahxi。”里铁甫肯定地答道。我觉得他没有一丝迟疑。“道路，是很好的。”我在心里又为他翻译了一遍。

当路过村庄的时候，我们在井口上灌了水壶，也让小青毛驴喝足了井水，吃饱了玉米粒。可是奇怪的是：里铁甫即使看见清冽的井水，也依然微笑着不喝一口。我把头埋进吊桶，把头浸进那透人心肺的清凉之中，一直浸到耳朵和后脑。我潜在桶底憋足气长饮不休，一直到觉得肚子里的水上升着，涨到胸口，涨到喉咙，一直到我确实知道我的干焦的肠子已经被水完全浸泡透了，我才猛地冲出水面。

“里铁甫江！”我大喊道，我拼命指着新汲的满满一桶水。

他说了一句。我知道他在说：“我不渴。”

“里铁甫江！”我摇晃着水桶喊着，清亮的井水从桶边溅洒出来。

他笑着走过来，但还在说着那句“我不渴”。

我对他的耐渴能力感到生气。“kün！”我愤怒地指指那高空中熔成一团模糊的毒阳，又一挥手，“yol！”这是艰苦的长征！你为什么不喝水？我大喊着，觉得似乎是对他报答着，也觉得在喊叫中获得着发狂的欢喜。

“kün! yol! 火焰山!”我又一挥手，指向那道逶迤的鲜红山脉。

“喂，火焰山。”里铁甫点着头说。原来他也懂一句汉语，他知道这道山脉的汉语名称读作“火焰山”。他不情愿地在水桶旁蹲下，绅士般轻轻掬起一捧水，啜了两口，又站起来。

我简直惊呆了。“你难道不渴呀，咱们在四十五度高温中，在戈壁滩上曝晒了四天了，这水多么清甜！”我干脆用汉语说起来。

他又重复了一句我已经熟悉了的“我不渴”。我真想趁机学会他这句格言般的维语，但那声音轻灵地飞远了。

“火焰山！”我绝望地又指指那狰狞的山脉。

“火焰山，火焰山yahxi。”他赞同地说，我不知道他在赞同什么，虽然我也没有说火焰山不好。我坚决地端起桶来，端到他的脸前。

里铁甫快活地笑了，不好意思地接过桶放下。他又绅士般掬起一捧，像喝咖啡似地轻轻啜了两口。“……”他又轻灵地说了一遍那句格言，我刚想捉住那句话，它又飘飘地飞远了。

我想临出发前再喝一次。桶里满溢的清水上映着一团晃闪的暗红火焰。我迟疑了一下，没有把嘴浸进去。井水渐渐静止了，那水面上浮动的山脉影子也慢慢凝固成一个清晰的影像。我望着它，觉得有些舍不得，于是我就学着里铁甫，决心不再喝了。

毛驴车疲倦地走着，我斜躺在车板上，借着里铁甫的脊背遮住一些毒日头的白光。我们已经穿过了几条山沟，调查了那些闻名已久的圣徒墓和千佛洞。里铁甫还是正襟危坐地扶着木叉架，垂下的鞭梢在青驴子的屁股上轻拂着。

火焰山依然在路侧一字排开，万道沟壑直直竖立着，在蓝白的炫目阳光下颤栗。它真的是火焰，我想。谁知道远古时代、史前时代、地质时代的事情呢？我猜那时这里一定曾经燃着一片疯狂的火。一定是因为什么原因骤然变冷，熊熊的一山火焰还在闪跳着，就原样凝固了，变成了这样一条不可思议的山脉。一定是这样，我想，除此无法理解。我盯着烈日曝烤下的这道低低的山脉，觉得那战栗着颤跳着的火苗纹理使我心里无法平静。

“里铁甫江！”我唤道，“——火焰山！”我望着这道低矮地压抑着的鲜红连山，忍不住想和里铁甫交流一番。激烈的、残酷的、流血的、喑哑的鲜红荒山，你埋葬着什么呢？

里铁甫转过头来，也望着那道连山。我看见在里铁甫眼里流闪着亲切忧郁的神情。“火焰山，”他应道，他的“焰”字发音很奇特，“火焰山yahxi。”他曼声说道。

火焰山好，可是为什么呢？我叹了口气。毫无办法。我们两人只凭着三个单词无论如何是无法交流的。就像我和这火焰山一样，只凭着这颤抖的鲜红颜色，我们是无法互相交流的。

每一个山尖都是一簇熊熊的火。当它正战栗着激动地燃烧的时候，突然不知什么使它凝固住了。但它一定拼尽全力地挣扎过，所以造成了这些密密的垂直纹理。它也许满心痛苦，我想道，它也许饱含希望。它也许永远死了，它也许暗蓄着伟大的力量。我心里掠过一股空空的遗憾，脸上又皱又疼，我感觉到了满颊结成一层薄壳的汗碱。我失败了吗？也许我失败了，我想。我无法和它交流。我也许和那些吐鲁番学家一样无法和它交流，因为它不告诉我，它只是神秘莫测地向我露出一派跃动灼眼的红色。我只能……我只能围着它转转。

我忍不住扯住里铁甫的肩。

“里铁甫江！火焰山？”我努力挤开脸上的碱壳，向他做出一个探询的神色。

里铁甫漫不经心地瞟瞟山脉，轻轻地点着头说：“啊，火焰山，火焰山。”我急了，我没办法从他这副和事佬式的表情中找到回答，我又扯过他的肩头来，狠狠地对着他的脸做了一个表示绝不能理解的、疑问的姿势。

也许……他懂了我的问题。他迟疑着，谨慎地打量着那鲜红的山脉，久久没有说话。我盯牢了他的表情。我觉得，我的同伴知道得很多，他和这山之间隐藏着一种理解。

他开口了：“火焰山——yahxi。”

我失望得愤怒。可是我没有说什么。因为我听出他的这个格言似乎很复杂。

傍晚时分我们来到一处坍塌的小泥屋旁。

这座建筑很古怪。不知是谁用火焰山上的红岩石堆砌起几面墙壁，再用红胶泥抹在一把红柳条子上充作屋顶，把它孤零零地安放在这个荒僻的地方。里铁甫也变得很古怪，他卸下毛驴，独自一人跑到那里去了，睬也不睬我。天空终于收敛起可恶的毒焰，四野里变得开始清晰宜目，戈壁滩也开始显现出难得的铁灰色。我揉了揉眼睛，长长地嘘了一口气。

此地正倚着火焰山的崖壁，股股扭挣般弯曲的沟纹就在眼前红红地升起。我懒懒地踱着，深浅不平地踢着地上的沙，朝那小小的泥石建筑走去，一边走我一边想道：我好像正在直直地走进火焰山里头。

里铁甫在那石头墙里独自跪着。

后来他就忙着修理小屋，他搬来山崖上滚下的红石头，补着石墙上的洞。又爬上屋顶，整理着那片柳条盖顶。我不知说什么好，默默地随着他干了起来。天色迅速地暗了下来，可是抱在怀里的石头依然滚热。汗水开始还只是一滴一线，后来就顺着脸颊纵流起来，搅和着脸上的碱污。

天黑透了。

我和里铁甫铺开驴车上的垫毡，并排睡在戈壁滩上。风正在脑后的山崖上唰唰地剥着碎石和沙土。那里也许埋葬着一位圣徒吧，我暗暗地想。我很想听里铁甫讲讲那座小屋的故事，可是我们之间没有语言。

我转过脸，望了望一旁的里铁甫。

在薄明的夜色里，里铁甫朝我微微一笑。

又走了一天，我们终于看见了葡萄沟的浓浓绿荫。习惯了炫目的黄沙、戈壁和焦裂的火焰山的眼睛，突然间酸疼难忍，仿佛那一条狭长的浓艳绿色反而刺眼难看似的。

当毛驴车一摇一摇地靠近了那片绿荫以后，眼睛不再酸疼了。可是我仍然像进入了幻梦一样觉得：一切都是和谐的，只有那片浓翠欲流的绿地反差鲜明，显得那么扎眼。

后来又看见了渠水。一条有些浑浊的水翻着白浪，流势很猛地在渠道里哗哗喧嚣着，向前面的村庄流去了。

我不断地扭过头来，瞟着兀立在一旁的那条赤红嶙峋的山脉。我愈来愈觉得怅然若失，我知道这绿荫掩映的渠水正向我告知着一个终结的信号。在这静悄悄的焦旱的鲜红山脉里，我已经跋涉了六天，我已经体会过了我应该经受的残酷烤晒，我已经尽了全力，我得到了些什么呢？

与吐鲁番的农民里铁甫走过的路

里铁甫也时时转过脸打量着我。他在侧着脸庞瞟着的时候，表情安详又漂亮。我在心里苦笑着，回忆着我们之间那四个可怜的共同语词。戈壁滩在远方浩荡地伸展着，茫茫无际又平坦得出奇。火焰山渐渐移向侧后，开始变得遥远。我把水壶送给里铁甫，他微笑着摇了摇头。我想了想，拧开壶盖，也学着他的样子，像绅士喝咖啡似的轻轻啜了一口。

渠水边出现了一株茂盛的大树。

里铁甫开始活泼起来，他勒住车，向我比划着说着。我茫然地摇了摇头，我已经没有勇气继续用那四个词奋斗。而里铁甫还在耐心地解释着，用粗硬的手指打出一个个手势。

我叹了口气，点了点头。行啊，行啊，我同意你，我同意你的任何一个词。可是我真想听听你给我讲讲那间奇怪的石屋子，那里埋葬着一个伟大的圣徒吗？

里铁甫爬上了树。我立即明白了：桑椹！原来这是一株根深叶肥的大桑树，原来里铁甫在建议我一块上树吃桑椹。他在树上勤奋地摘着，明晃晃的阳光从树缝里倾泻着，遮挡着露出的蓝空。

我也爬上一根枝杈，摘下一颗湿润的、水嘟嘟的白桑椹，我的手指立即湿了，又湿又黏。接着，我们两人就大吞大嚼起来。我们彼此递过一些特别饱满的肥大桑椹，成捧成把地填进嘴中。叶缝里泻下的阳光被搅乱了，在我们的手上、在碧绿的叶子上、在里铁甫的肩头上忽明忽暗地闪烁着。我突然心花怒放了。

“里铁甫江！”我快活地喊了起来。里铁甫转过脸来。他大睁着眼睛，活像个贪馋的孩子一样笑着。

“kün！”我乱嚷着。

里铁甫快乐地笑了，露出雪白的牙齿。维吾尔人笑得真是优雅。

“哈哈！yol！”他也喊道。

我又喊道：“火焰山！”我学着他的“焰”。

他大笑着回答：“yahxi！”

阳光在枝杈树叶间闪烁着，疯狂地从一片叶子上跳到另一片叶子上。我捕捉不住这阳光飞行的路线。我大嚼着甜蜜的吐鲁番白桑椹，不时瞟着那道鲜红醒目的山脉。火焰山依然一言不发，默默地逆着骄阳向上挣跳，每一丝火苗都历历可数地凝固着。我心里突然掠过一阵难过，不知为什么，我觉得我和这道坚韧的山脉已经有了深深的爱情。

我们的小毛驴又匀匀地走开了。车身轻微地晃动着，循着一个寂寞又舒适的节奏。葡萄沟两侧毗连的农舍和白杨树在晃动中缓缓后移着。这是考察路线上的最后一站，我想着，结束啦，就要告别里铁甫江啦。我疲倦得沉沉欲睡。我仿佛感到一丝惋惜。我又感到对里铁甫的一种莫名的歉意，于是我把头歪靠在他风尘仆仆的肩膀上，昏昏地睡了。kün，yol，火焰山，yahxi，我好像在睡梦中念叨着这四个词。

辽阔的大地上燃起了一条长长的火。火苗快活地疯狂地蔓延着，在崇山峻岭和深入海底的盆地之间举行了一个壮美的祭典。但是突然之间，火焰被魔法凝固在原地，从此后流逝了千年万年。火焰感到愤怒，它仍然不屈地保持着熊熊的姿态。

在它的怀抱里，在它挣扎时裂开的条条山沟里，白杨树和桑树、小麦和葡萄沿着沟水成长起来了，浓稠的绿色装点着赤裸的鲜红色。

圣山难画色

离开民族研究所时，只用一个多小时就办完了一切离所手续。

感叹过一瞬，觉得毕竟是求学钻研九年的旧地，人的缘分薄时也真是太薄了。走下大门台阶时突然怅惘了一会儿：我的一身色彩变啦，而且这么简单。有什么未清的事吗？

踌躇着停了一下，突然觉得不该还那本书。

那是一本中亚探险史，遍记了十九世纪末以来踏查中亚的那些奇人事迹。然而使我怅怅然的不在那些艰苦大业，而是书中的一帧插页照片。

我恨我记不起那座山的名字，也记不清它究竟是坐落在巴基斯坦还是阿富汗了！只记得它的方位，仿佛当年夜里捧读时，我曾幻梦般感到：应当登上天山西部的某一座主峰来眺望它，而且若想看得真切而激动，非要经特克斯湖水而上，绕过玄奘西行的经路——木素尔冰岭关隘，从清朝卡伦（哨所）的波马边界攀援，紧贴着苏联国土靠近雪线，最后——在伟大的汗腾格里冰峰之巅眺望它才行。

上述路线不是遛半个月新疆就生虱子般生一沓子散文的骚人墨客懂得的。

而那座山，它只有在如上的汗腾格里顶峰才能呈示神姿。特克斯上游清冽的风刺着肌肤。那一年我进了有温泉的山口，想努力靠近汗腾格里——但是没有成功。山太陡了，后来走在一面镜面般光滑的、鹅绿色的山坡上时，骑在马上觉得人马都在悬崖边棱上走钢丝。不仅骑坐得俯仰散漫，当时恐惧得连气都屏住了。后来不敢控马，把命交给马儿。仗了它一步步走完坡脊，后来才勉强下了山——而我还是正经的蒙古草地骑手出身。我没能看见那山。

不先登上汗腾格里，是无法瞻仰那座被整个中亚崇拜的神山的。而我知道了，连汗腾格里都是绝顶。

十九世纪的探险大师们却不知在哪儿支上了相机，拍摄下如此一帧它的神异影像。这张照片，不，这座山是一座只需人对它的黑白照片望一眼就终生崇拜终生爱慕的、不可思议的高清神圣的极限。

那山无法描述，但该简略说几句：

那山是在一个山结正中，四面八方耸矗着著名山脉的顶峰主峰。它并不高于那些群峰，但它却浑圆怪异地从那山结央心升起，像一万只茫茫白羊中蜷着一头漆黑的驹犊。群峰都披冰肩雪，只有它如黑玻璃黑水晶，刻着坚硬光滑的纹理线。群峰峥嵘如吼，只有它静若处子。群峰组成一片山的狂涛骇浪，拥戴着神秘肃穆的这异情异色的它。

在一帧黑白照片中，该节略该掩饰的都不再存在，剩下的只有一种近乎恐怖的感觉——对于少数人来说，如果他们从东麓北麓踏遍了天山山脉，如果他们从西北麓熟读了帕米尔高原，如果他们透彻了昆仑、冈底斯和喜马拉雅几大山脉——他们在这一帧画面前将懂得崇拜的起源。

我从心底理解了一些百年前那些不安宁的探险大师，好像能试着揣摸他们那从未诉说的心境。

如果鲁迅的环境是在这群山之间，我想先生就不会再用匕首去攻打粪土了。而且，中亚也会增加一个虔诚的信者和一批绝好的赞美文。

我后悔过早地还了那册书，如今我手头身边失去了那幅画。

一连几天，也许是因苦夏的空寂吧，我病了一般只是痴痴想着那座圣山。

后来我也想冒一次险，我支起画板把我的印象画了一个轮廓。我用薄薄的蓝灰底色，使一座莹莹浑圆的峰从几条磅礴巨脉的钳锁中缓缓浮现了。接着我迟疑了，一直到今天我还神神鬼鬼地狐疑难定。

怎样为它着色呢？连一笔都不敢往上画。

险入这样的位置——如同驼蹄的凹窝和冰壁上凿出坑洞的位置——是可感慨的。因为面对着这奇观般的神圣以后，心就不可能再向其他崇拜，而这座山有谁见过，有谁想象过，有谁可能和它有缘呢？遭逢这样一座山以后只能把它永远藏在心底。探险结束了，回到山外，回到人流熙攘的地方，回到都市，遇上相知可以向他畅谈汗腾格里和木素塔格，畅谈小道怎样危险地缠着陡坡棱线滑下——若是净遇些异类呢？

谁都学会了和他们只扯扯“姑娘追”，只扯扯麦西莱甫，扯扯葡萄、哈密瓜、烽火台或者阿斯塔那的干尸。从新疆、蒙古、西藏归来的人们，哪一个没有一点浅浅的孤独呢？ 何况你们，何况怀里揣着普尔热瓦尔斯基、赫定、斯坦因的著作和地图，狂热地和他们默默赌命的你们呢？

文学界里熬成婆婆的小贩小农式的理论家们在说：啊，多么生动的特色！真正写出了西部诗情！遛了半个月旅游路线的骚客们兴奋地又掏出一本来。你们该怎么办呢，还准备同那些理论家们诉说一下关于着色的困难吗？还准备掏出那张黑白照片一样的画稿吗？

你们默默离开了，像我离开民族研究所的职业一样。爱上那些过分激动的大山脉是一种悲剧，而爱上那些山脉拱绕膜拜的一座黑水晶般坚硬无雪的浑圆圣山——则是可悲之极。有了这样的爱，与世间的交流就再也不能，而且，胸中激烈冲撞的感受和那永远沉默无法穷究的圣山之间，也寻不到一种和谐。

很久了，我寻不出哪种颜色可用，我空空地对着那底色的画，涂不上一笔。

对于中亚，对于我曾深深爱着的中亚的新疆，如今我算是尝到对她体味的苦处了。这样的火候使我像哑了的歌者，束手无策，不知所措，我被迫地向沉默皈依了。

连对浅近些的诸山，比如对汗腾格里峰，我也失去了表现的能力。记得有一部小说是曾经以“画”它的雄姿为动机写的，可是写时手脚突然沉滞呆笨，脑液凝固般愈转愈缓，一个心思只想摔笔。

我趁失败的黑暗吞没自己前的一会儿工夫，草草收了尾，然后就栽在床上，任自己全身心都堕入沉默的混沌。那件事——大约是在三年以前。

三年来我一直陷迷在这种呆滞而凝结的半睡半醒之中。昏睡中，看见或是听见什么葡萄烽火之类的流行曲，我已经心平气和，不争不怨。清醒时忆起自己独自珍藏的那圣山之影，心里又总是漾着沉沉的感动。

我不太想再试着为它着色了，我懂了自己能力的限度。

就让它如同一帧黑白照片一样，永远引诱我和启发我吧，让我终生都幻想着它的神奇瑰丽。

1988年6月

辉煌的波马

——献给我的导师翁独健先生

风掠过松树林子的梢头，林子上空便一处接一处地响起了铮铮的弦音。云杉和塔松都轻盈地摇曳起来，抚着天山的前麓。山前的襟麓草原一派鹅绿，温柔地微微起伏着，直到舒展在模糊的远处，又悄无声息地没入特克斯河的暮色。我顺着这片向下倾斜的鹅绿色草地走。每天傍晚时分，当我顺着这片明亮的草地向下走去时，都觉得心里满是奇异的喜悦。长风在天上，在松林梢尖悦耳地响着，那里颜色蓝蒙蒙的那么神秘。我几乎忘了阿迪亚，更忘了碎娃子。有时我的甩动的手触着黑狗毛茸茸的脑门，可是我想不起来这是它。蓝蒙蒙的林子梢尖上次第漾流着一股尖锐的音响，像是琴上的弦被一根接一根地重重拨开。满眼的鹅黄嫩绿流溢着，沉重混沌地伸向前方的特克斯河谷。我们总是这么走着，从冰峰耸立的天山长峡里出来，顺着明亮亮的嫩草地朝家走，看着阿迪亚和碎娃子甩着小手的笨样子，我总觉得我一直就是这么走着的。眼睛太空阔，转着脖子也看不完这些蓝梢的松林、绿绿的前麓、浑浊的河谷。我不转着脖子看，我只是呆呆地盯着前方，眼睛里茫然模糊，心里却看见了特克斯雄浑的暮霭、向前方和两翼温柔地流动的山前草地、身后那愈来愈远的峥嵘冰冷的天山。

我醒了一般突然喘了一口气。

我停住脚望了望阿迪亚和碎娃子，于是我禁不住笑出了声。他们俩哧哧地喘着，一声不吭地正走得凶。一样地挺着鼓鼓的小圆肚皮，一样地撅着油黑的小硬屁股。我看见四只小脏脚丫已经给牧草染绿了，肚皮下面的两只小雀雀沾着泥。阿迪亚神色匆匆，碎娃子满脸严肃。他俩急急地甩着小手，活像两只精赤的直立着赶路的雪鸡。黑狗轻提四脚，一探一探的毛蓬蓬的头正巧和他们俩的脑袋一般高。看见我停住脚步，他俩就互相叽咕了一句话，他俩的话我听不懂。接着，他俩就急匆匆地擦着我走到前头，甩着的小手好像不耐烦地碰着了我。

他们急着回家呢，我想，快要落日啦。

阿迪亚满头稀薄的黄毛在阳光照射下透明了。穿过那片黄黄的透明，我仿佛看见他那颗急匆匆晃动的小脑袋。然后是一根黑油油的脏脖颈，连着他的可笑的直立的雪鸡般的小身子。你披着的是件什么呀？蓑衣还是草帘子呢？蓝颜色还是红颜色呢？也许还不能算什么衣服，不能算厄鲁特人的无镶边的袍子。你身上披着的那飘飘的褴褛片片只能叫做“阿迪亚服”。我从背后望着阿迪亚，心里一阵阵地涌涨起一种不可思议的感觉。阿迪亚却不理会我。阿迪亚挺着他黑亮亮圆滚滚的小肚子，那小肚皮下面连着的两根细细的小黑腿正在从浓草里唰唰地划过。天色迅速地暗着，阿迪亚心里急了，我很清楚他是为了一碗奶子泡的炸面块焦急。

碎娃子和阿迪亚长得齐齐的一般高。碎娃子的脏污的小脸上长着一对晶亮的眼睛。他干脆赤条条，裸着小搓板骨和两瓣黑得脱皮的小屁股。可是他戴着一顶白帽子。他那帽子被天山里的草浆，被山峡里浑黄的雪水，被田野里黑土壤的泥巴染得失了本色。阳光烤着碎娃子那两只小黑肩头，可是我知道碎娃子不会觉得烤烫；天山的襟麓上正飘来寒凉的暮气，凉暮正在这片夕阳染得一派金黄的草地上悄悄弥漫。碎娃子不会理睬天气。碎娃子也正急急地甩开被草浆沾得绿糊糊的小腿杆，拼命地朝波马走。中午，碎娃子家架起了炉灶火，说是要烤锅盔吃；碎娃子盼那锅盔的焦香味已经盼得红眼了。

我觉得背后的冰峰还在无声地稳稳地退着，退得离我们愈来愈远。松杉林的梢尖上那锐利的铮铮声还在一下下拨响，我看不见，所以我不知道究竟是空中的风拨响了松林的梢尖，还是松林用梢尖拨响了空中的风。它们都是蓝色的，我想道。出山以后视野突然间开阔了，在我眼前，嫩绿的柔软草滩像是从山口里一泻而出。它一泻而出，融进黄灿灿的阳光里，金黄夺目地向两裾散开，一直扩展到前方依稀可辨的波马。

这是人间么，我暗中在默默地想。或者，这是今世么？每逢来到天山深处，每当我在夏季里回到波马，我总是抑制不住这种胡思乱想。天山太美了。我重重咽下一口唾液。天山里的波马呢，我努力打断了自己的思路。波马是天山的中核。波马有多美丽，应该是我们自己独有的一个秘密。我自从干上水文这一行以来，年年夏天都往波马跑，我发觉我已经悄悄地把波马看成是自己私有的世界了。

阿迪亚和碎娃子突然扭成了一团。在耀眼的阳光里，两个黑亮的小肉体纠缠着在绒毯般的浓草里滚。他俩凶狠地捶着对方的背，口齿不清地咒骂着我听不懂的话。

我一惊：打起来啦，这两个小崽子！我三步两步冲过一滩蓝绿的长草，在捉住他俩的那一刹那我摔倒了。

阿迪亚瞪着一对牛犊似的圆眼睛叫嚷着，尖嗓子嗷嗷地喊出一些什么。

碎娃子头上的脏白帽歪扣着，他鼓着小黑脸蛋，不依不饶地吼出一些更怪的词。

我听不懂。我没有办法，只好揪住他们的耳朵，一手揪住一只，把这两个刚三岁就想称霸天山的小泥鳅从草地上揪得站起来。我又掀起阿迪亚屁股上的布缕缕，扳过碎娃子赤条条一丝不挂的腚

初入伊犁和那匹黑马

沟，毫不客气地一人揍了一掌。

两个小黑鬼怒气冲冲地往前走。

我喘了一口气，跟上了他们。我看见已经降得很低的太阳从西侧扫来一道金黄的光带，两个小家伙在光里浴着，变成了两只正在神气地直立行走的旱獭。金黄灿灿的小旱獭翘首挺胸，划过浓密的山麓上的牧草，急不可待又怒气冲冲地走着。前面波马的木桥已经显出了一个模糊的拱影。

两个小家伙突然飞跑起来，精光的脚丫啪啪地溅着取过土的洼地里的积水。圆木叠成的拱桥慢腾腾地扭转着，渐渐露出它的侧面。一间泥屋和一顶三角毡帐篷也悄无声息地从地面下一点点升起。阿迪亚啪地摔倒在水洼里，我看见碎娃子扯住他的衣领帮他站了起来。两个小黑孩不停声地哇哇嚷着，我听不懂他们的语言。那间泥屋和那顶黑帐篷还在稳稳地上升，渐渐地躯体露出地面。大桥还在旋转，显现出一个汽车弹簧般的侧影。碎娃子冲上那高高的地面，阿迪亚踢着滚落的砾石。他们突然分开，各自朝三角形的黑毡帐篷和泥糊的地窝小屋冲去。炊烟横扫着弥漫过来，灰白柔和的炊烟像纱像雾，把两个三岁的小黑孩子淹没在一片浑白之中。

波马的太阳就要沉没了。

木桥还没有腐朽。我拍着一根根粗糙的松木杆，下到河滩去查水文数据。其实用不着天天检查，埋在水池的测杆只不过是摆摆样子。天山的雨季还没有来呢，翻腾的河水这时候酷似一堆堆乱撞的碧玉。这不是大山洪，我想着，还是瞟了一眼。就在这时我看见了碎爷正在洗。我随手把测标上的数据写在记录夹上，然后踩着石头打算离开河滩。我看见碎爷的那一瞬好像意识到：我记录的时候只是顺手写了些什么，我可能写的并不是测杆上的数字。我只顾着向碎爷招呼：

“碎爷，洗洗么？”

碎爷慌忙站起身来。我看见他踉跄了一下，一只脚溅进雪花般的河水里。“莫慌！您老人家莫慌！”我忙喊着，埋怨自己碍了碎爷的事。

“娃娃们，我给捉回来啦。”我搭讪说。

“唔个碎娃哩。”老汉慨叹道。我听不懂碎爷的甘肃土话。我只是知道碎爷正在就着冰冷的雪山水“洗”呢。碎爷其实和他那宝贝孙子一样。碎娃子迷上了荒荒的天山，碎爷迷上了这股冲腾宣泄的雪水。

碎爷恭恭敬敬地站着，我看得出他是在等着我走。他的一只瘦骨嶙峋的脚动也不动地插在冰水里，碧绿的冰水冲漩而来，在那只脚杆上撞成粉粉的雪花。碎爷的脸庞是一张朴直诚实的脸庞，我从这张脸庞上看到了一丝警觉。我不敢再打搅了，于是我一下子跳上了岸。

“您忙吧，碎爷，我走啦。”我慌忙道着别，离开了河岸。

浓白的晚炊飘漾在河岸上。这里是波马，正对着天山大坂的山口，松树杆打成的木桥架在雪水河最窄的这个峭岸上，一条路从这桥上背着各奔前程，守桥的是两户人家——碎爷家住一间半地穴式的泥棚屋，巴僧阿爸家住一顶黑毡蒙成的三角形帐篷。这就是波马，天山最腹心处的小地方波马。在这里再也看不见别的人家，看不见一群牛羊。四方各有上千里的辽阔视野里，除了雪山、松林、山麓草原、冰融的河水、涌来的白云之外，什么也没有了。哦，还有我。但我只是每年夏季来监测一次水情，顺便检查一下桥架。我来的时候顺便住在这两家，可惜的是我听不懂他们的话。

我在巴僧阿爸门口的拴马桩前坐了下来。我舒了一口气，把记录好的水文观测本扔在草地上。巴僧阿爸褪下了两条袖管，像西藏人一样把它系在腰间。巴僧阿爸的赤膊上汗珠滚滚，一些硬腱子肉在赤裸又松弛的皮肤下游着跳着，像罩在薄薄铜皮下的一些小鱼。

“阿睦尔赛汗摆努？”

我用我会说的这么半句蒙语向他问好。巴僧阿爸立即兴致勃勃地回答了长长一串。我望着他那身铜皮般的干硬皮肤，我不能想象这身皱巴的铜皮真的是人的皮肤。在夕阳之中，巴僧阿爸起劲地用一把锉打磨着拴马桩，松木的呛鼻香味在空气中郁结不散。他锉着、磨着，可能是浮想联翩地用那柄锉在木桩上弄出一些奇怪的纹道。巴僧阿爸又用胳臂磨蹭那粗糙的纹道。他弯过手肘，吭吭地喘着粗气，肘部的皮肤里突出一个吓人的骨节头。他用小臂外侧嗤嗤地打磨锉过的木头。吭!吭!他倔强地喘着，那拴马桩渐渐呈现出一层黯淡油亮的光泽。

波马也渐渐凉爽了。

太阳又离西方天际的山影近了一分。

碎娃子咬着一块香脆的锅盔，嘴里咯吧咯吧地响着。他一边嚼着，一边挺着黑亮的肚皮走向帐篷，沾满泥巴的小雀雀翘着，一副神气相。

阿迪亚端着一只黄杨木碗，从帐篷里钻了出来。他的褴褛索索的小袍子在风里飘着，像一个破烂的披风。他很小心地捧着自己的木碗，但碗里热腾腾的牛奶还是不断溅洒出来。他扭动着小屁股朝前走去，嘴里咕噜不清地发出一些响声，不知是舔着奶皮子还是在发馋。

两个小黑孩各自挺着肚皮，站在傍晚的草地上，你啄一下我舔一下，互相吃着朋友的饮食。我伏在草地上看着他俩，看得津津有味。阿迪亚一块块从碎娃子手里掰下锅盔焦黄的硬边儿，填进嘴里细细地咀嚼。碎娃子探出细细的黑脖子，小口小口地喝着阿迪亚捧着的奶。就在这时炊烟散尽了，这边的帐篷和那边的泥屋都响起了清脆的锅勺碗盏的声音。

我抬起头来一看，碎爷晃晃悠悠地从河岸那儿走回来了。他朝我笑笑，也朝巴僧阿爸笑笑。巴僧老头也打磨够了他的拴马桩，满意地叉腰站着，铜皮般的皮肤上汗水滴滴。

要吃晚饭啦，我想。

两家人都在门口的草地上吃饭。碎娃子、阿迪亚和我三个人都左右乱抓地吃两家。巴僧阿爸和碎爷则端坐在各自的门口，默默地吃着自己的奶子泡“包尔撒克”和烤得焦脆的锅盔。我觉得两个老汉吃饭的姿势很相像，最相像的是他俩的嘴巴踏着一个拍子，同时同步地一嚼一嚼。有一块黑云朵，不，它又变成一条黑云丝，遮住了将沉的落日，四野里的山峦和草滩蓝蓝地黯淡了。原野和波马四外的世界都静悄悄地低伏在一派暗蓝的暮霭中，绵绵远去的天山峰峦伏隐了，变成一长排峥嵘的雕塑。远方特克斯河谷首先没入暗影，那条荡漾的乳白色消失了。已经听不见松林梢头上掠响的那一丝锐烈悦耳的风了。

我知道碎爷隐瞒的事情。去年我捎来那张平反安抚的通知信时，碎爷仍然若无其事地摇摇头。“唔个事，唔个嘛，不，不。”他摇头时眼睛陷得很深，陷在眼凹里的一块阴影里。他安详得让人惊讶，他拂了拂身上的碎褂子，就慢腾腾地走向木桥。木桥那儿的河水正惊天动地地掀撞着雷一般的浪涛，大堆大堆的光滑绿冰急速滑下，在河石和桥桩上撞成粉碎的雪沫。他朝那桥走去，根本不理睬我手里的那块纸片。我拿着那块纸片不知所措。去年夏天波马下来了洪水，嚣天的狂涛猛冲猛撞地攻打木桥，在桥下面撞击起硝烟般的大团雪雾。碎爷该是甘肃的阿訇，五八年正念着经就被一根麻绳拴到了狱里；但是碎爷说他是青海人氏，甘肃那么好的地方他还没福气去浪一浪。碎爷该是住了三年狱，后来转成劳改时逃来新疆隐匿；但是碎爷说他是青海的金客子，淘金子追金脉，顺南疆的阿尔金山来到了北疆。我把那张纸片塞进他的泥屋里不管了，可是他把那纸片又抛进泛滥的河水里冲走了。碎爷吃锅盔已经显得牙齿不便，碎爷吃锅盔时用手掌在嘴边上捧着，把捧住的渣渣填进嘴里以后，碎爷总是闭紧嘴，再闭上眼皮，两腮一动一动地慢慢地嚼。碎爷闭上眼皮嚼着锅盔渣的时候，脸上千千万万的皱纹会舒展开来，舒展成一种幸福的表情。天山旷野的景色在那时悄悄围住碎爷，我在那时看见天山旷野的景色都渗着、混着变成了苍苍茫茫的一片。

碎爷搬过一只焦黄的大锅盔。碎爷把那只大锅盔摆在我面前，然后蹲下来。暮色愈来愈重，那轮落日正在黑云丝丝里潜行。碎爷用力扳牢那只白面锅盔，使劲一折把它掰成两个半圆扇。碎爷喘吁吁的，银胡须在他红红的脸膛上乱颤。碎爷又用力一折，再一折，锅盔整整齐齐地被掰成了四瓣。“呶，唔个，吃。”他朝我推着，烤熟的发面的香味扑鼻而来，“呶，吃。”他催促着。

我毫无办法。我知道我哪怕已经撑得半死也要再掰上吃。黄焦焦圆滚滚的一个大锅盔已经为我掰碎，掰碎的锅盔再不好存放了。碎爷根本不承认甘肃的那些事，碎爷根本不过问那张白纸上的事。我无可奈何地叹了口气，掂起一角香喷喷的锅盔。于是碎爷又回到他的老位置上盘腿坐好，细细地咀嚼起来。他用一只枯瘦的大手捧在嘴边，把洒落的渣渣填进嘴，以后，我看见他闭上眼，脸上就浮现出一种幸福的表情。

巴僧阿爸靠着他的三角黑包，一碗棕色的奶茶摆在他脚边。他看见我瞥见他时，就咧嘴露出一个憨憨的笑容。他笑的时候，眼睛就眯成了细细一条缝。巴僧阿爸放心大胆地敞胸露乳，古铜皮似的皮肤下浮出一个被奶茶灌得圆鼓鼓的肚子。黯淡的、已经像水一样柔和的阳光抹在巴僧阿爸的鼓肚皮上，我觉得我像是看见了一只铜鼓，看见了一只年深岁久、已经生锈的骑士的铜兜鍪。

波马是巴僧阿爸土生土长的故乡。我估计巴僧阿爸大概从来没有离开过波马。我为自己学不会他们厄鲁特人的话而讨厌自己，因为巴僧阿爸会讲哈萨克语、维吾尔语、柯尔克孜语，但就是不会讲倒霉的汉话。巴僧阿爸这一生打猎放牧伐木作战什么都干过，但是没有离开过波马。我望着波马迷人的晚色，我心里满是理解的心情。当然不能离开，这样的地方，像波马这样的地方，一旦找到了，谁会舍得离开呢。

巴僧阿爸又把我面前的大碗斟满。天山里的厄鲁特人也像哈萨克人一样用大碗喝奶茶。奶茶又烫又咸，在我浑身的血管中驱赶着劳累。我喝得满头大汗。我望望巴僧阿爸，巴僧阿爸也喝得汗流浃背。他望着我开心地咧开嘴笑了，笑得古铜色的脸上眯出了两条细缝。巴僧家有一头乳牛，有一条黑狗，但是没有马，只有拴马桩。巴僧阿爸对他的那根拴马桩充满感情，无论任何时候，只要他走过那根刻着图案花纹的木桩，他都要慨叹般抚摸它一下。“奥，奥，塔奥呀。”阿爸用手指着我面前的大海碗。我知道这话的意思准是“喝，喝，你喝呀”。我捧起碗，咕嘟嘟地长饮一气，又咬了一口香喷喷的锅盔。嘿，我心里怪好笑地想，大胖子和摔跤的壮汉就是这样诞生的。两个老人夹着你逼你吃，吃饱了还要逼你吃，怎么能不吃成胖子呢。

巴僧阿爸醉了一般，摇晃着站了起来，又摇晃着走了过来。我想欠身接过他手里的大茶壶时，他朝我做了个恐吓的手势。我半跪着身，看着巴僧阿爸又把我的海碗斟满，我下决心吃炸了肚子也要陪他们吃到底了。

巴僧阿爸顺手搂住那棵打磨得又滑又亮的雕花木桩。笨拙又温柔地抚着木桩头上的花纹，像只大棕熊在抚摸自己的熊娃一样。是啊，没有马，我同情地想。我企图从那根光滑的雕花木桩子中看见一匹漂亮的骏马。可是我没有看见。也许阿爸看见啦，我想。正在这时突然有一抹红色显现在那根雕花木桩上。我吃惊地一抬头，看见了——波马的日落。

天地间万物都镀上了一片金红。

波马的太阳正在鲜艳的红霞中沉没。

碎娃子惊奇地停止了玩耍。他撅着黑亮的光屁股，向前迈了一

1976年在天山的哈萨克人家

步，浴进了那红艳得难以相信的霞光里。镀红的草地上挺着肚皮站着一个赤裸的婴孩。这婴孩浑身火红，头顶上那小白帽子像是一块燃着火苗的旗。

阿迪亚发出一声欢叫，他拽拽一身褴褛的红布条，赤红的小脚丫踩着燃红的草地，无声无息地走向他的伙伴。长风从远方，从夕阳庄严沉没的天际直直吹来，阿迪亚身上的火焰抖闪着，时明时暗地变幻着。

波马刹那间陌生了。我认识的那个天山腹地里的波马不是这样。我突然觉得恐怖。我紧张地环顾四周，只见峻峭的冰峰变成了熔红的剑，山峦变成了蔓延的火，草原变成了鲜红波涌的一片大海。我又觉得欢欣，觉得我的这双眼睛正注视着一个庄严辉煌的什么。我静静地坐了起来，双手搂紧自己的膝盖。我的心里似乎也流进了那燃烧的红霞，它此刻正在我的胸腔里烧得凶猛。一天难道就是这样结束么？草原变幻的大画、巡视着草原和天山的太阳，还有生机勃勃的万物，难道就是这样终止么？

在一片红彤的天山心腹的中心，两家人和一座桥组成的波马在这一刻间燃烧起来。半埋在草滩里的那间歪斜的泥糊屋像是一只烧炽了的红岩。尖尖翘着的那顶三角毡帐篷变成了一柄火苗蹿起的火伞。河床里奔走着浓红的熔浆，松木桥像烧掉了妆饰的灼灼钢骨。两个三岁的孩子惊奇地站住了，舒服欣喜地伸展着他们纤细的挂着霞火的手臂，像两块烧得发红的石块，像两只误入了火海的旱獭。两位长者凝视屏息地坐着，倚着他们各自的家。我猜他们一定也和我一样感到五脏六腑都在燃烧熔化，因为他们的前胸上也鲜艳地镀着金红的霞焰。这是人间么？我激动得痛苦难忍。这是今世么？我觉得我简直发疯般盯着望着这一切，好像我要用眼睛吞掉这瞬间出现的陌生波马。它马上就会消失的，我难过地想。

红醉的残日已经完全沉没了。

巴僧阿爸突然引吭高歌。阿爸唱歌的姿势很有意思：他盘定双腿坐在自家的黑三角包前，双手按膝，身子却前俯后仰地剧烈地大摇大晃。他时而低头，时而下巴朝天，嘶哑辽远地唱起了一支长调。

“阿睦尔……撒纳……嗨依哟嗬依……”巴僧阿爸的这支歌我不知听了多少遍。但我只是在波马听了这么多遍。古歌《阿睦尔撒纳》是厄鲁特人的英雄颂，也是公认的反叛之歌。在伊犁，在乌苏，在乌鲁木齐，我从未听到任何一个人敢唱这支歌子——然而这里是波马。巴僧阿爸不读报，巴僧阿爸不理睬外面对他这位不沾亲的远祖的闲话，巴僧阿爸在波马唱什么也没有人管。这首歌我听得太熟了，所以我已经懂了几句：

阿睦尔……撒纳……嗨依哟……

命里平安的……英雄……嗬依……

巴僧阿爸唱得如痴如醉，半个天空中燃遍的红光被他的久久拖着的长腔渐渐送走。巴僧阿爸端坐着，撑着双膝的两只手上又渐渐恢复着古铜色。歌声又尖又粗，又细又厚，在红霞收褪着的青空上激烈地起伏飞翔。我看见阿爸凝视着那夕照美景的一对眼睛里，隐约闪露着一种沉重的忧伤。美丽的红霞就要消失啦，我想，它真的只出现了一瞬间就要消失啦。巴僧阿爸，用颂歌送别了天空中的烈火。他看着红霞褪去的时候，一定想到了阿睦尔撒纳的命运，也许还想到了自己生命的垂暮。我心里突然一怔，感到我这次可没有白来一趟，我在波马看到了一个终止。

这时有一阵音乐不易察觉地浮现了。它缓缓如诉说，沙哑又动人，重负和悲愤中流行着一股——我仔细地听着——希望和祈念。一泻千里的雪山冰河陡然肃穆了；最后的、黑暗来临之前的青色的明亮中突然呈现出一派神圣。草潮开始激动地摇曳，流水又恢复了轰鸣，我觉得猝不及防，我差点流出泪水。

碎爷开始了礼拜。

碎爷长跪在黄泥糊抹的泥巴屋前，嘴唇颤抖着正在诵经。他那枯瘦的沟壑密布的脸膛上，那紧张地凝聚着的诚挚、苦难、渴求的神情简直摧人肺腑。碎爷滔滔地低声倾诉着，那奇妙的话语出口迎风，倏忽化成音乐向长空飞去。碎爷也老啦，我望着那束飘颤的银须想，碎爷也像巴僧阿爸一样，面对着自己的暮日。可是碎爷心里盛着一个海，碎爷有他深藏不露的惊天动地的阅历。无论是造反举义、背井离乡、冤狱折磨，碎爷一概不谈不论。碎爷在长流水里沐浴，在洁净的波马举礼，碎爷用不着一张白纸片证明自己，碎爷有一颗打不垮的心。

这是一天中的最后一刻了。

波马要在焰霞洗过的青空中终止这一天。

碎娃子和阿迪亚手拉着手，在露珠挂满的草地上玩耍。我们这些大人没有事情，都蛮有兴致地看着他俩。阿迪亚披一身褴褛，一甩一甩地迈着大步，像个没有上马的小骑手。碎娃子仍然全身精赤，撅着小小的黑屁股蛋，头上的小白帽在微明中骄傲地闪亮。

他俩突然争吵起来，争得激烈而凶狠。牙牙学语的厄鲁特蒙语和甘肃土话谁也听不懂。我猜他俩都说不准一句自家的语言，可是他俩却不觉得别扭。巴僧阿爸摇摇头笑了，碎爷也摇摇头笑了，两位老人相对看了一眼，又摇摇头。我知道两家人互相不通语言，阿迪亚和碎娃子是两家交流的纽带。

两个三岁小孩又突然和好了，狂笑着搂作一团，在明亮的草滩上抱着打滚，空旷无际的波马传响着他俩铃一般的欢笑声。两位老人坐在自家的毡包和泥屋前，看得入了迷。

只有我静静地躺在两家之间的草地上，心里久久涌荡着难言的激动。这是我在波马度过的一个傍晚；波马在我这双还年轻的眼睛里，辉煌地终止了它的这一天。我静静地躺着，舍不得离开还带着体温的大地草原。我不再去遐想，我只是让身体吮吸着这徐徐传来的温暖，等待着波马的残昼一丝丝地从我身边抽尽。

留在戈壁滩上的涂鸦

1975年给新疆蒙古老人画速写之三

A

一九七五年毕业后的第一次考古发掘是在新疆，使我乐不可支。我在工作之余沉浸在与厄鲁特蒙古人的厮混、并不觉间拓展着自己的蒙古知识。“西蒙古”使我感觉新鲜，当时我还未能意识——这是常识走向突厥的开端。我只是享受生活，天天在蒙古人的家屋流连，甚至还画过不少速写像。一目了然：我的速写功夫差得太远，但是这三个“模特儿”中每一个都与我有一段小小的亲切故事——又是画家们未必能拥有的。

B

一九七六年的蒙古勒库莱－昭苏体验使我终生难忘。如果说在内蒙古当牧民时是家里的母亲等女性启发了《黑骏马》的构思的话，那么昭苏的美景则赠予了《黑骏马》以环境。有一个深夜我们先乘马车，再步行，穿过了特克斯河左岸的昭苏草原，有意识把句首的H说成K，轻声说着已经熟悉了的“西蒙古”语。月光下的天山美得令我震动。那时我尚没想过用文字写点什么，只是按捺不住用画抒发胸臆的冲动。这幅炭笔画不能作为速写，该叫做炭笔日记或笔记更妥当。此刻写着，望着这件炭笔画，心里仍清晰地浮起一九七六年伊犁草原的风景。我多次曾想把它用油画重画一次，但又总觉得捕捉不住那幻梦般的印象。只是在文学作品中它的影子或变形曾多次出现，比如在《特克斯草原的希望》、《辉煌的波马》、以及《美丽瞬间》等作品中。

1976年的特克斯之夜·炭笔回忆

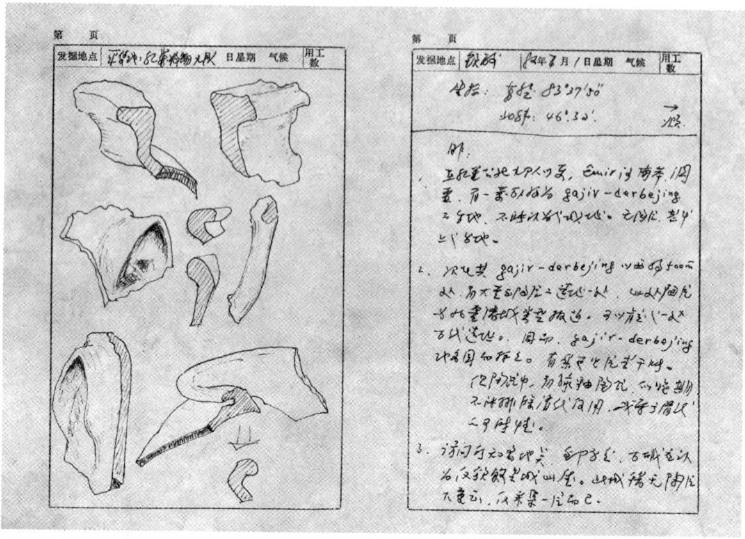

C

在整个新疆，至少北疆的所有遗址上，都有这种器型巨大、陶质细密、风格完全与中原迥异的红陶大瓮的碎片。我曾梦想通过发掘建立它的断代尤其分期，但由于世事多变，后来竟彻底告别了考古匠业，而未能进行。应说一句的是：至今，新疆仍未建立起中亚古代陶器的类型学谱系。

D

波马和夏台，在七十年代像是我的某种私人财宝。我辛勤地在它们的两点之间（三十七公里）奔波，采撷着美景、古迹、历史、蒙文、哈语，和其他美不胜收的一切。此图（未收）是一座清代卡伦位置，北面是一托忒蒙语为“莫哈·托勒哈”（蛇头）的平平低山。我去画这张图的时候，正是全新疆贴满“新疆的主要危险是苏联社会帝国主义”标语的时节，边境静悄悄，我离苏联边防站近，离中国边防站远——那一阵可真紧张。

E

我的一九七六，是一个美好的“语言年”。在伊犁草原上我不仅能以蒙语迅速被蒙族牧民惊喜地接纳，而且哈语的学习已经开始。哪怕只是用原文记录一些人名地名，也远远胜过那些只会说南腔的汉语、只知和宣传部座谈的臭老九。这些二十多岁时写下的笔记上同时有蒙文、哈文、满文——今天我想说这不仅是重要的，也是引以为自豪的。

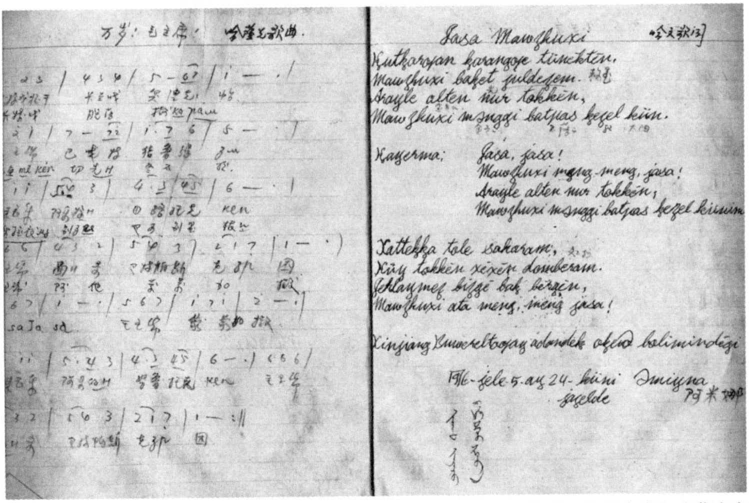

1976年《万岁毛主席》哈萨克文

新疆考古笔记本上的满文《锡伯人民热爱毛主席》

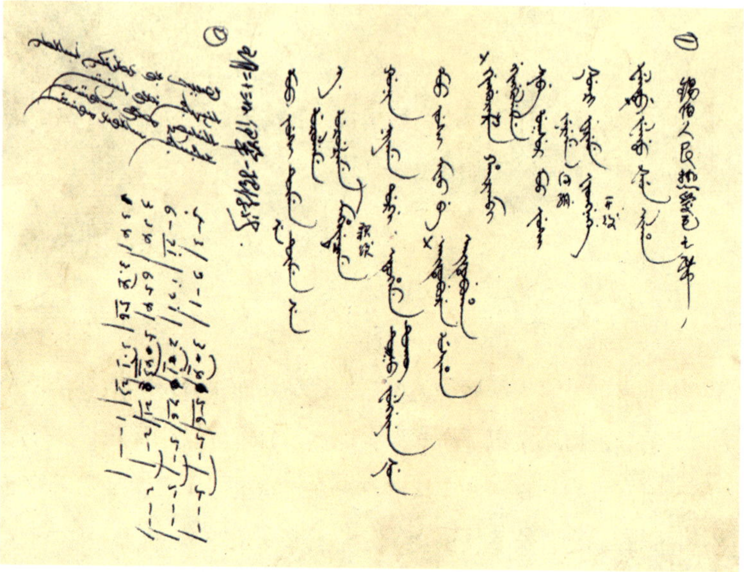

当时伊犁第一招待所有个锡伯族服务员，我对她说：“我会写你们的文字，不过只会一点点。”她不信，于是我用满文写了这几行。这是流行的《锡伯人民热爱毛主席》的歌词。她大惊失色，后来逢人便说：“他会我们的语言！……”我则在一边用哈语补充：“Azlak，azlak，一点点。”

F

在我涉足中国史与考古专业的过程中，也许，与《宋史·高昌传》及其相关资料的关系，占了分量最大的一页。关于其中的西域贡物硇砂，导致了我唯此一次的考据，并根据地质资料馆的资料，否决了日本学者松田寿男、长泽和俊对天山硇砂的错误结论（尤其长泽说《宋史 · 高昌传》乃是错简的观点）。

那一年决心走遍北庭、高昌范围内一切地点。在吉木萨尔县与刚从西北大学考古专业毕业、尚无从着手开拓工作的小李一起，在北庭故城转悠了几天，细细看了社科院考古所发掘后封起的、原北庭西大寺佛庙遗址。唐末、吐蕃、北宋之际东部天山的佛教发达，在巍峨的佛庙建筑上——唯有在这座遗址上，才使我对历史叹为观止。如果它原封不动存留至今，该有多么壮观！

土堆是考古所发掘后的形状。楼阁建筑乃是对复原的设想。复原图下方应该竖读的，是我抄录的回鹘文题壁墨迹。

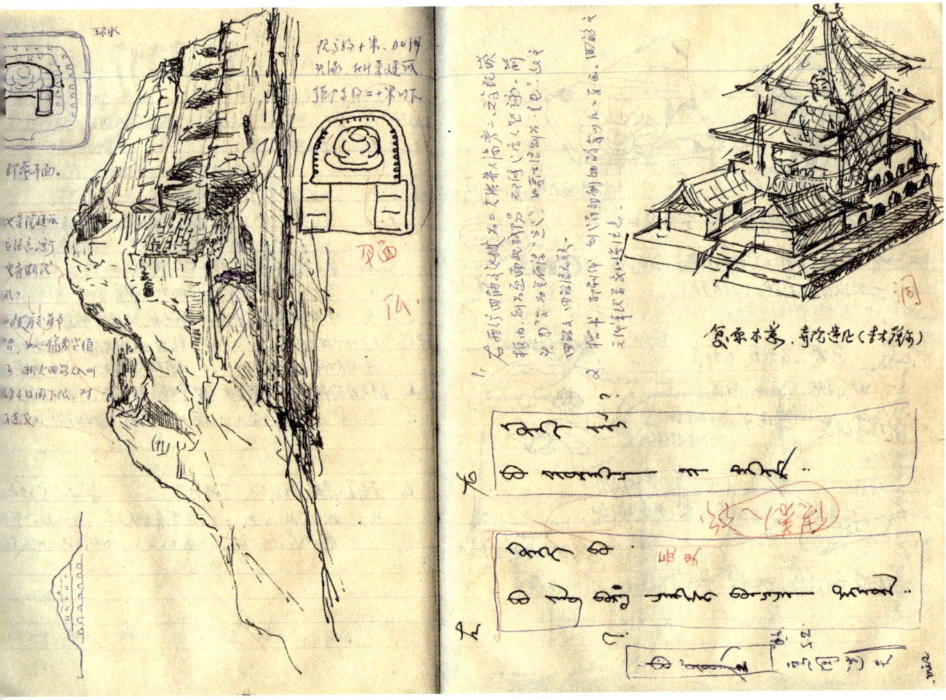

1980年北庭西大寺遗址

昭苏喇嘛庙

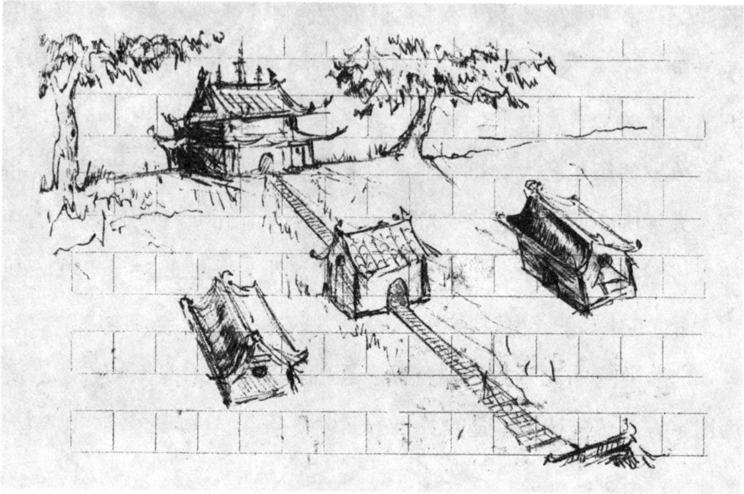

G

一九七六年的新疆考古归来以后，我心里的功臣感觉，遭了一小盆凉水。很奇怪，当时供职的博物馆似乎并无褒奖之意，倒像是要对我进行批评。一位领导甚至找到我的家人，结结巴巴地表达对我在新疆散漫、不守纪律的不满——当时百思不得其解，今天只觉可笑之极。

体制内的书呆子塑料鸟，安知鸿鹄翱翔天山之快乐！

不仅我负责发掘的墓葬，记录严谨文物珍贵（我发掘的昭苏M38的茧形壶和头骨都是新疆的重要文物）；今天回顾，那一年的新疆考古，对我来说简直是一次无比珍贵的“蒙古学院”！它满足了我对草原的深深思念，让我把蒙语说了个够，把北亚游牧民族的语言地理常识，扎实地扩展到了伊犁和阿勒泰。

此画可算那一次“散漫、不守纪律”的一个注解。

它原大3×5CM，是一张撕下的稿纸小条，画的是昭苏的著名佛庙。为什么画得这么小？忘了。只记得我和巴帕（《黑骏马》中白音宝力格的昵称为巴帕——就源自他的例证）曾爬上顶上蒿草丛生无人理睬的庙顶，那么这幅小图大概就是当时从殿顶回顾山门的速写吧。

H

八十年代初，我企图使文学和学术合流的努力获得过一次成功。这就是在阿勒泰山脉东段寻找成吉思汗以及他发动的蒙古运动，通过阿勒泰山脉迈入中亚的通路，以及把这一学术成果写成文学散文《荒芜英雄路》的行为。

到了今天我想补充，当年对“成吉思汗古路”的调查，几乎都是使用蒙语进行的。那一次我在青河县召开过蒙族老人座谈会，

阿勒泰古路速写

听了我的思路——成吉思汗由蒙古高原进入中亚必须越过阿勒泰山脉，而蒙古史资料中特别记录了他的四十匹马拉的大车（Ordo gergen）车的存在，因此应该有供巨大车辆通过的人工修筑的道路——之后，虽然乌梁海方言很难懂，但我听到了从观点到消息的支持。县武装部的蒙族干部，甚至拿出万分之一的军用地图，全县唯有的一辆车也被他们找来，双语的他们又把热情感染给哈萨克。

那一次“调查”的收获，早超出了论文报告或专业之属。对当时年轻的我过于强烈的感受，最后催生的是散文《荒芜英雄路》。当时的座谈记录，和说过的蒙语都流逝不返了。唯有这几张图，也许保留了作品背后的一点什么。

I

还没靠近我就彻底明白：它是不可描绘的。所谓“圣山难色”，这个“色”字就是指绘画手段。

如今因为“现代化”，从喀什到塔什库尔干只是半天时间的事情。但在我考古新疆的二十世纪八十年代，塔什库尔干乃远在天边，难以企及。因为难，各族对那条路都抱着崇敬的心情。

我只是怀着沉重的心事和虔敬的感情，在那一天走近了它——Musutag Ata，冰山之父。

原想把两棵树画成维吾尔先民企图与无花果一块移植的橄榄树。但最终，我还是使用了鼓舞的红色。

冰山下的爱情

J

头一次造访吐乎鲁克·铁木尔汗的圣墓，我是北疆文物干部培训班的成员。踏春野游一般，在元朝的阿力麻里古城，居然发现了一大箩元代瓷器。一行人溜溜达达，参观了这位曾率十六万帐游牧蒙古人皈依伊斯兰教的大汗陵寝。

时光弹指而过。我虽远在天外，不知为什么，却好像一直记挂着这座麻扎尔。虽然在后来的日子里，我见过的麻扎尔、拱北（均意即圣徒墓）不计其数。

甚至为了解读阿拉伯文的铭文，八三年在日本，曾利用早稻田大学图书馆与苏联的协定，从苏联借来了《考夫曼文集》（他是前帝俄土耳其斯坦总督），以便看清楚麻扎尔上的铭文题款。

九七年隆冬，我不是从北京或乌市，而是从与这座麻扎尔邻近的一处“姑娘拱北”出发探望吐乎鲁克·铁木尔汗的。不是旅游客骚情的夏季，而是真正旅人登程的严冬；不是为了参观，而是为了纪念——我与一行东干人的阿訇满拉同道，正式前往吐乎鲁克·铁木尔汗的巨大麻扎尔，对这里的文明表示礼仪。

一位衣服破旧的维族老汉，是麻扎尔的看守人。老汉听懂了我们的来意，急急跑进圆顶下的小门。

就这样，憨厚的维吾尔老汉见识了东干人最谨严的礼仪，从念词到调子。念完一齐抬手，为遥遥的亡人，更为我们的交往和团结，满心希望地作了祈求。

老汉高兴了！他抓住我的手臂，大步走向穹顶下的一角。那里有穹顶建筑的旋转阶梯。老汉拉着我登上台阶。他在上，我在下，身子像钻洞一样紧贴着旋梯的土壁。我觉得非常有趣，啧啧称叹。

吐乎鲁克·铁木尔汗麻扎尔

我们钻进了吐乎鲁克·铁木尔汗墓内部

老汉愉快地笑了，大概是在他迎送观光客的日子里，终于有了等来朋友的一天？

我们登上了在整个中亚都十分著名的、吐乎鲁克·铁木尔汗的陵寝之顶。伟大的天山长卷绵延，充斥视野两极。好一场大雪，它给了以往总是在绿色季节的夏秋来到的我——清冽新鲜的震动。

若说这座陵墓是名闻天下的泰姬陵的祖先，并没有一点言过其实。因为泰姬是莫卧尔帝国的美妃，而莫卧尔帝国是察合台后裔巴布尔和他的子孙缔造的。吐乎鲁克·铁木尔汗正是察合台的直系嫡孙，他与泰姬的关系一清二楚。自从吐乎鲁克·铁木尔汗和他的儿子外思汗率先投入伊斯兰的怀抱以来，整个蒙古运动，除了元朝和漠北选择藏传佛教之外——从中亚到南亚，从俄罗斯到土耳其都皈依了伊斯兰，蒙古系穆斯林在全世界的穆斯林人口中占着巨大的比重。

当我在一九七六年初次目击了它那蓝色琉璃瓦和花体忍冬草纹镶嵌的美好体躯的一霎起，一个隐身的精灵，潜入了我的体内。它陪伴我不断地思索什么叫世界史上的蒙古运动，更不断体会信仰的含义。

与维族看墓人在吐乎鲁克·铁木尔汗麻扎尔顶上

K

在特克斯河岸，这样的古墓不计其数。挖至生土，并无葬品，估计是有火葬风俗的某一支突厥先民——如今我对考古行业中的挖墓已经不以为然了：扰乱逝者的安宁，掠夺古人的财富，即便以科学的名义，如此发掘，仍难逃过某种终极的审问。反正我后来脱离了这个行业，不再让自己去面临这样一种质问的窘境。

L

大约在一九八〇年，即我已从考古队转业为民族研究以后，与新疆的关系并没有因“职场”的变化而改变。在民族所我一样采取考古调查的精神和手段，就像在历史博物馆考古部我也不追随“探方里手”的眼光。我以为吐鲁番地区是整个新疆研究的基础，因此决意踏勘火焰山南北每一个现代村落和古代遗址。散文《火焰山下》、小说《凝固火焰》和描述近期我与当年小说里的维族向导重新结识的散文《老友重逢》，乃是在这条路上深入百姓、获取常识的一组记录。

M

在喀什我如有神助，完全在不懂维语的情况下就一个接一个结交着维族朋友。是一点点阿文成了沟通的工具吗？或许是这高耸残破的麻扎尔在为我们搭桥？总之，那一年如此，这一年也如此，他们总在这里向我发出邀请：不去我的房子吗？

莎车速写

日出天山外

差不多十七年前的夏天，我在昭苏发掘古墓。

工作无论什么都永远是枯燥的；我在工余和厄鲁特少年巴帕交上了朋友，整天混在一起，在天山山麓的草坡松林之中东游西晃。

我住的五公社招待所负责人正是巴帕的母亲——她连每天中午光临十分钟为我们考古队开箱取馕都毫无热情，恨得同行们咬牙切齿——却在自己家里为做客的我做拉条子吃。

几个月里几乎全是用蒙语讲话；内蒙方言和西部卫拉特方言之间巨大的差异，使昭苏人认为我的蒙语并非尚要深造，而是毫无缺点。这种不无狭隘的错爱使我常常不安，经常正色申明我并非蒙古人。

招待所每天两个馕的日子没有乐趣，但是厄鲁特人内部的交往却很有意思。渐渐地，我想稍微认真些地了解一番了，于是便跟着巴帕在猎人、退休教师、老喇嘛中间拜访，转遍了昭苏－蒙古地（mongol-kulai）的各处坍塌卡伦、破烂寺庙。

决定去昭苏县城即mongol-kulai那天，五公社旁边的团结牧场有一辆去伊犁的便车。

车上面拉着方形的打捆机打成的羊毛捆，驾驶员在最顶部空开一捆大的面积，对我吹牛说“比沙发还舒服”。

夜三时半，卡车蠕动了。吱吱作响的高耸的羊毛捆晃动着，漆黑中猛地倾斜，摔得我们死死抓住大绳不放。夜天山朦胧不见边缘，只有雨一样湿的草原露水在手上脸上擦落。

巴帕——他的学名是白音宝力格，高中毕业生，曾在托忒蒙文版的《新疆日报》上发表小诗，而那时我尚未发表一个铅字——在车速快起来以后，开始害怕了。伊犁山地的司机开车太凶猛，他们不考虑急泻的雪水河滩、泥泞的翻浆路和将要越过的乌孙山大坂的恐怖。他们只想着一个念头：当天赶到伊犁。羊毛捆散了架，在高出车栏板两米的半空沉重地摇摆，坐在顶上的我们俩像两块石头，被狠狠地又摔又扔。巴帕闭紧嘴，攀住绳，后来死死揪住我。卡车如一头独自发疯的黑虎，沿着山麓斜面的坑洼道路在狂奔。

风呼呼地在耳际尖叫，草丛发着尖锐的哨音。有几次车上的羊毛垛像是要坍塌，车几乎要翻掉，巴帕已经失声惊叫了，但是猛地一晃车又驶上了平地。

渐渐地，五公社、四公社、三公社——现在当然改称夏台、查干乌苏、阿克牙孜了，在山麓一字排开的这些集落远去了，车从边境笔直地对准昭苏——对准了东方的启明星，当然我和巴帕用蒙语称它乔里玛星。

这儿是两道山脉中间的川谷，看不见的特克斯河应该在车左。高高地和一个蒙古小伙子——而不是姑娘——挤在车顶的羊毛捆中间，觉得自己是在这辽阔迷茫的世界正中央。

未曾察觉之间，前方的暗色正在消退，天和地已经能够区分。巨大的、视野从未如此辽阔的一种分界，那时就那么蹲踞在正前方的极尽之处，威严而庄重地等待着我们。然后，这前方无垠的两色黑暗之间出现了一条伸延两翼的鲜明的火红，那么狭细，那么长，那么红艳——我激动得惊呆不语，连头脑都震动得僵硬了。

我从西极的边境看见最远的东方、看见天山日出的体验，唯此一次。

此刻我同样不会愚蠢地描述它。用文字或口语都不可能表达

格登碑

它。十多年前写作我的一篇小说《黑骏马》时，我就明白了语言面对这种世界呈现在庄严瞬间的绝望——我在《黑骏马》中写过："话语已不能形容。这是我一生中见到的最美好、最壮丽的一次黎明。"

十几年了，我对自己对描述它的放弃，总感到正确和意味深长。

十几年了，我对它的记忆如同斧雕刀刻，不仅没有忘却而且以它支撑了我的一切原则。如今距那次昭苏原野上的日出已经恍如隔世了，但是那大视野大天地之间诞生的一线夺目的红霞，却一直燃烧在我的心中，世事愈黯淡它就更明亮，此界愈污浊它就在彼岸更加纯净美丽。

新疆人真幸福，只需稍稍给予一点交通之便，或是马匹或是拉货的便车(买办及外国观光客的冷气小轿车却不行)——出城便可以与美相遇。

我盼着再去找一次巴帕，哪怕他已经年岁太大。若能如愿这次不乘羊毛车，我约他骑马从波马或夏台前往mongol-kulai。再走一次夏季天山草原的夜路，再迎对一次天山彼岸的壮丽日出。我盼望，或能如愿，我将获得的是一种最终的鼓励和满足。

如画的旅程

六十年代末，我们一伙朋友青春结伴，前赴内蒙草原插队当牧民时，曾有一箱藏书。从大部头的《法国革命史》到种种小说，陪伴我们度过了山岗上望着羊群的许多寂寞日子。其中有一套《译文》，大约是全套五十本，集满了五十年代以来许多中短篇名作名译。那时不懂得爱惜书，上马前揣一本在袍子里，读着时，突然发现羊群不见了，立即胡乱塞进怀，纵马就跑——这样弄烂、弄丢了这套书的大部分。

梅里美的名著《嘉尔曼》，更通俗的译名是《卡门》，就是那时初读的。那时没有注意，也不知道作者是谁以及他如何有名，但那时读得太入神、太仔细，不仅能对答如流地背诵出其中的句子段落，而且懵懵懂懂地把那里面描写过的人和生活当成了自己追求的理想——直至二十年以后，直至二十年后新的二十岁的人都放弃了自己还在苦苦追寻——我才明了自己曾接受过怎样强烈的吸引和诱惑。

那个译本中有幅插图。

二十多年来我对那幅插图的印象，也同样任岁月淘涮没有一丝磨灭。

那是一幅铜版画，当然是黑白的，细线条描出了一个凶悍的汉子骑一匹骏马，鞍桥上倒挂一条枪，走在高山密林深处。在他的鞍后，半骑半偎地坐着一个美女，头靠在他的肩上。题目是《龙达的走私贩子和他的情妇》；我无法形容那张三十二开纸面上黑白线条中满盈的征服了我的、难言的美。

那以后二十年我没有提到过这画。

三年前，我偶然想起这个画面，并对一个好朋友谈了。朋友居然找到了《译文》，为我复印了那张当插图的铜版画。

我正在出远门的前夕。这时的我与这幅铜版画重逢，激起了我要把它画成大幅油画的欲望。

离乡背井或走上世界，应当怀着这样一种幻象，应该有这样浪漫长旅的梦想。

背景只能是天山式的崇山峻岭，不知为什么我总把极限的旅程、美的极限的旅程与天山北麓联系在一起。尽管，我正步步远离天山。

时隔如此之久，凝视着那幅铜版画时我抑制不住心里的震动。这是纯粹自由的旅途，这是纯粹浪漫的旅途——因此，自由加浪漫就构成基本的美么？

也可能，朴素或清贫也是所谓合格旅人的一个条件。我彻底地蔑视老外的旅行，我甚至厌恶“旅游”这个词汇。真正的有美的意味的长旅中，应当有艰苦，有饥饿和干渴、褴褛和盘缠罄尽。路线应是底层民众生存中的移动线，旅人的方式应当同他们谋生的方式相似。

这种长旅是自然的一部分，而不是冒渎自然。每当我看到漆得花花绿绿的汽车在“越野拉力”，每当看见用羽绒服打扮得花里胡哨的登山队漂流队——我就觉得他们在触忌，对神圣的旅途实行侮辱冒犯。

我渴望自己来实现另一种长旅。据实说我多少实现过一些：我骑马越过东部天山的一条古道，我赶毛驴车走遍过火焰山每一条沟谷，我全部使用蒙语只身调查过塔城到博乐到阿勒泰的全部元代古城和全部蒙古人地区——那一次美不胜收的记忆，使我自以为能够画好这幅油画。

但是，根据十九世纪的铜版画《龙达的走私贩子和他的情妇》开始的油画，没有画成。

我是在日本开始画的。第一次画出底子，第二次便画得不伦不

下：铜版画《龙达的走私贩子和他的情妇》
上：作者临摹铜版画原作

类。改了又改，一共画了整整两年，钉在内框上的画从北京背到日本又背回北京，而画仍然没有画完。

我明白此刻的我画不完它了。

但我没有琢磨透画失败的原因。当然，世界的不义尤其是对旅人即穷人的歧视是一大原因。不要说龙达的走私贩子，就连第三世界的教授也在到处被拒绝签证。我亲自目睹那些印度人、东欧人、拉美人、东南亚人、阿拉伯人在海关和领事馆时满脸的屈辱神情时，心便感到抽搐。更不用说中国人；世界对中国的歧视简直是绝对的。就是这样，我们开创了地球上一条条伟大的通道，而现在道路对我们关闭了。

还有更重要的原因。随着时代的平庸化，我们血液中的活力也失去了诱因和共鸣。向往自由和浪漫一旦困难起来，坚持追求就变得非常之难。我觉得难，我感到无能和无力。

没有心的跳动，没有血的潮动，笔触和色彩都失去了灵感。我把那幅半成品挂在角落，不愿再提起它，这是我内心的一次大失败。

——这时，昔日的新疆、青春的新疆在我的心里复活了。它摇撼着我，它诱惑着我，使我首先重温关于旅途和旅人的意义。

还有旅程的限界。我已经对无节制的旅行毫无兴趣。我不愿再去美国或欧洲遛一次两次，我的心第二次瞄准了——美栖身的新疆。

从特克斯到巴音布拉克，从开都河到额尔齐斯，从吉木萨尔到焉耆，那一组组一种种的风景人事历史生涯，都正在我们心里逐渐苏醒，一点点清晰起来。整座天山，包括赤裸不毛只生醉马的uga草的南麓，仿佛都在无声地唤着我的名字。

1992～1993年

莫合烟与我

1

抽莫合烟的新疆人，当然数不胜数。

但是远居新疆以外的人抽莫合烟，而且坚持不懈者，我猜大概只有我。

那一年第一次到了伊犁，住在伊宁五一旅社，我们中国历史博物馆和新疆博物馆的考古队正集结着。办完了北疆文物干部培训班，我们就要下乡发掘。

管后勤的同志通知，通过关系已经弄来了两大麻袋清水河产的莫合烟，每人分一公斤——记得那时我并非很想买，似乎兴趣并不很大。一天，我到伊犁街上闲逛去了，晚上回到旅社，发现考古队的人正挤着分烟。我完全是可有可无地、不要好像没有什么好干的一般，要了一公斤。

——但是，那一公斤莫合烟的美味，以后抽了上百公斤也没有重现一次。那时的烟实在太好了，而且并非传说中的“赛”级烟，仅仅谦虚地自标一级烟，定价也只是每公斤四元七角。

我带着那一公斤烟，在伊犁住了四五个月。不用说抽完以后，也买过场部之类地方的三元多钱一公斤的次等烟，找过维族人摊子上自己对掺的劣等烟，还求兵团职工帮助搞再加工——总而言之我算明白那天五一旅社里分配的一公斤，真真是不能复得，而且是遥远得可望而不可即了！

美丽的天山生活、骑马的生活、使用游牧的阿尔泰语言的生活，至少需要莫合烟的陪伴。这个道理也许简单极了，可是我却到今天才发现。

每天我带着一个装着烟的信封出门，把烟纸卷成一筒。漫山遍野都是湿漉漉的草味儿，在山麓的工地坐下，掏出烟的动作是下意识的。人们最开始夸奖我的烟的时候，我并没有明白。今天我时时忆起那时人们的表情，那是由衷的赞美和羡慕。人们公认，我的烟虽然不是“赛福鼎级”特制烟，但是不比“赛”级烟差。

我没有抽过那种传说的特种烟，我也并不相信特殊了就一定会好。我只是记住了伊宁五一旅社的那神妙的一公斤，永远晕晕地回味着它的香味。怎么办呢，那浓烈但是并不呛辣的烟香，我无法描述。

2

莫合烟是什么，其实要讲得清楚不是一件容易的事。在苏俄文学非常强地影响中国的时候，我还是一个小孩。但是，翻译小说中的“莫合烟的呛人的辣味”等等句子，不仅给我一人留下了印象。

今天真的打算写它一写了，可是对“莫合烟”一词的语源我没有把握。这在我是不乐意做的；我习惯把事情背后的历史和文化两件事先弄清，尤其是从语言上先弄清楚以后，再判断和发言。这是年轻时代在内蒙古当牧民被第二语言改造的结果，也是在哈萨克的影响下，愈来愈懂得了由语言追寻本质的可能性以后的结果。

这个词，究竟是一个俄语单词，还是中亚的一个突厥语词，很难说得准确。现在维哈各语都是“moherka”，汉译“莫合”是从维哈等语借来还是源于俄语，不知道。

但是它对从俄罗斯到亚洲中部的文化，产生过一股细细的，但是韧性很强的影响，则是肯定的事，不仅上述俄罗斯翻译文学，可以判定：整个中亚包括新疆全域和今天的哈萨克斯坦周边，加上比

考古新疆的每日

如蒙古等后来被影响的地方，都是莫合烟的浓雾覆盖的地区。

闹不好，它是世界的名列前茅的几大烟草之一，也未可知。

莫合烟的原料，是青海地区称为黄烟的一种烟草。黄烟的起源，也许联系着莫合烟的语言根源。我在青海东部的乐都，和当地的农民们一起，每天抽着它度日，每天发掘着著名的柳湾彩陶。

黄烟是一种可怕的烈性烟，名称为黄烟，但颜色碧绿。更重要的是，这种烟叶即使晒干了也仍然是碧绿的；叶片不仅绿，而且厚，晒干揉碎后它是一把绿色的小颗粒。

制作莫合烟的诀窍，是烟秆加烟叶。

它不是农民庭院里造得出来的，它必须出于作坊。在作坊里（今天当然是在工厂里），机器把烟秆粉碎成小米大小，焙得焦黄。然后把碧绿的叶子颗粒掺进粉碎了的黄烟秆颗粒中，清油焙炒，守住火候，加工而成。因此，成品莫合烟的颜色，黄绿相间。

烟纸不能用任何软纸、硬纸、粉连纸和不透气的纸。不知为什么，报纸的纸质和这烟性相合。因此，新疆人爱订报。在粗放的生活中，没有谁在乎报纸上的黑油墨，人们把报纸的横竖纹理和软硬质感，琢磨得比编辑记者细致多少倍。有一个快乐的通说——维吾尔文版的《新疆日报》第三版（这一版上较少讨厌的大字标语和黑白照片），是卷莫合烟的最佳烟票。

各地都生产莫合烟，都有烟厂。传奇的烟厂在伊犁清水河。我非常遗憾没有参观过那个工厂；但是向往着和寻找着它的真品，抽着它不同凡响的制品，我觉得保持这种对清水河的神秘感也挺好。我认为，伊犁清水河莫合烟厂应该由国家立法保护。不用说，它没有八钢七纺等新疆大厂牛气，但是长久以来，它保护着一种情调诱人的文化。

3

一个威风凛凛的老人，骑着高头的伊犁马，气势汹汹地高喊着奔来。近了，他朝你挥着一片纸。这个风景，在过去的天山里很常见——你若懂得这个风景就算你懂得新疆。

他要你把烟盒拿出来，他必须要卷一支；他已经绝对忍不住了。这不仅平常而且正常。习惯这种事，并在这种交流中感受朴实、学习语言、体会传统，是理解新疆的途径。

老人下马来时，你最好注意到，他居然还有纸——上文已述，七十年代的新疆报纸是专用于卷莫合烟的；但是，因为人人都在忙着卷，一天一张的报纸不够用。那时严重缺乏烟纸，缺得人们撕画报、撕牛皮纸、撕糊墙纸，烟鬼们买纸、要纸、到处找纸。

莫合烟的白雾缭绕而起，一种奇妙的晕眩弥漫开来。

你要是想来点小小的恶作剧，就在抽纸烟的人旁边卷根莫合烟。深深地吐出来以后，浓浓的烈味儿就不再散开，使人完全闻不到纸烟的味道。不仅如此，抽纸烟的人抽着自己的烟，却满鼻子都是你的浓味儿，他们觉得生气无聊，恨而无计。他们的抽烟，这阵子被你弄得没了乐趣。

尽管近年来抽得少了，我的莫合烟史也已达十八年。不，我不承认这叫上了瘾。我认为这是爱情。人之间的情，互相渴望拼命追寻，很少能有能与我和莫合烟之间的关系相比的。第一次离别新疆以后，我就致函伊宁文教局一位锡伯族朋友，求他一定为我弄上那种好烟，以便我带回北京。

新疆有一个传闻：当年崔嵬导演《天山的红花》，曾经对莫合烟赞不绝口，然后说给我弄两麻袋捎上回北京！我不太相信这个传说。我不信他能一抽到底，更不信“两麻袋”在北京能遇上知音。倒是我，舍不得莫合烟如同舍不得朋友；我把它抽到了日本，抽到了美国，抽到了蒙古和加拿大。

后来我和《伊犁河》编辑商量：我以后在他们的刊物上发表文章不要稿费，只要他们给我寄烟。王蒙部长回新疆时我也趁机求了他捎烟；我心里窃喜官僚们孝敬部长的烟闹不好是“赛”级呢，但他带回两公斤“呛嗓子”。

应当说最帮忙的是热爱文史、喜爱使用维语交际的广东人，伊犁地区卫生局的老赖。十年来我收到的莫合烟，以他寄的最好。

托人带莫合烟最重要的条件是其人必须抽莫合烟。我必须尖锐地说，在新疆也有无数人在遗弃这种宝贝。

渐渐地，我的烟源变成了在北京工作的几个淳朴的哈萨克朋友；但他们没有打通后门掏出优质烟的习惯和途径——如今，我在北京抽着的，大体是这种不香但没有怪味、缺乏浓烈但也不呛嗓子、比纸烟好但再也不是那一年伊犁五一旅社那种绝品的莫合烟了。

4

说说它的国际故事吧。

一九八七年飞抵旧金山时，飞机播音警告：旧金山空港实行全港禁烟。而飞得疲乏时，我曾忍不住躲进厕所里抽了一口，写“抽了一口”的原因是，当我关门、掏烟、撕纸(我也习惯把报纸边再撕窄一点，让它易粘)、卷好、点燃、深深吸入一口以后，警铃响了！两个美国女熊在门外又砸又吼，那警铃声可以吓死任何心脏病人——那个细节使我第一次感到美国人绝不是如宣传的那样以“人”为原则。我忍着耳朵被震得疼痛的愤怒，回到了座位。那两个熊一样胖的空姐一直到我下机都怒目而视。

旧金山机场里全港禁烟，意味着厕所也无法利用——但我胜利地在大厅里抽完了一支。

一天，在纽约著名的格林威治村一家大酒吧里，我和两个朋友喝着谈着，摸出了我的铁盒。那晚我们很悠闲，心情舒畅，莫合烟卷得完全是新疆标准，两头一般粗，扁扁地压出一个巧妙的烟嘴。

我轻松地点燃一根火柴，轻轻吸燃，把烟吐向大厅，想让他们都分享一点新疆情调。

这时，我发现全酒吧的人都停止了吃喝，笑着在看我。远处甚至有人站起来朝我张望。我很奇怪，向同伴询问。欣赏我的一个说：“人们认为你真胆大，敢公开这么放肆地吸毒。”另一个绷不住劲了：“一会儿警察来了，会化验你的莫合烟。你了解这烟的成分吗？”

我毛了。穷凶极恶的警察，最好让我一辈子都别搭理他们。

在华盛顿纪念碑前，我满心对美国都是厌恶的感觉。点燃一支莫合烟，朝它一吹。这时，有一股异香飘过，我一转头，看见一个大约是南美人的青年，正掩饰地扭过身子。他走远后回头朝我笑了，露出雪白的牙齿——他用毒品，我用莫合烟，大概都表达了一种对体制的模糊的反感。

而日本是烟国。在日本汉学界，中亚研究是他们夸口的领域。我曾把吉木萨尔产的塑料袋装莫合烟放在研究室——但他们没有人吸。我想火候之差就在这里，不抽莫合烟当然不足议论，但是兴趣与感情、专业划分与人生所爱之间，并不是没有区别的。莫合烟如一种感受的母语，在那弥漫的雾中，培育纯正和深度。

后来，我在日本也不太当众吸莫合烟了，就像再也不愿轻易与人议论自己的文学一样。若没有理解，便多是误解，在十几年的莫合烟雾缭绕中，我慢慢学会了不表现以及沉默。卷莫合烟的动作，如今很难使人明白这是表达浪漫主义追求的行为——那么用不着再向人表现。

包括今日的北京，如今我决不费力给人讲解莫合烟学。若有人问我为什么卷这个，我就干脆地回答：没钱。

莫合烟还给我留着一件海外悬案。去年在加拿大逗留两月，求国内寄了一公斤。此烟被加拿大农业或税收部门发现，在包裹上盖了一个章，并通知我他们可能找我问询，但我扔了他们的签证走了。或许他们此刻还在研究化验吧，不知道。

还有蒙古，一九八八年在乌兰巴托买过一小包苏制纸包的莫合烟，像一小包碎黄豆。苏制莫合烟粗糙如此，使我非常惊讶。那包烟使我对前苏—东欧有了一个特殊印象，也更对新疆体会了一分。非常希望，若干年后，他们能有近似清水河的莫合烟生产出来。

但是也有更加重要的一个学术感觉在靠近：莫合烟的语言来源一定要快些弄清，因为这种烟的发源地和中心，很可能并不在西部中亚或者俄国，而就在新疆。

从制作的精致有味，和流通的活泼动情这两点来看，这个感觉很可能会变成真的结论。

夏台小忆

夏台只是一个乡的名字，地在新疆昭苏县。当时它这个称谓使用不多，一般被人俗称为五公社。它和三公社（阿克牙孜）、四公社（查干乌苏）一字并肩，组成了天山北麓最美丽的一条风景线，终点叫波马。

后来我出访过几个国家，见过阿尔卑斯山、落基山等一些大山大岭——我才明白了：夏台、阿克牙孜一直到波马连成的一百多公里天山北麓的蓝松白雪，乃是这个地球上最美的地带。

当然人们会不以为然。但是若能列举几十项标准为众山选美，我想不出其他山脉有什么击败天山这一段山体的可能。

唉，夏台，我在你怀里度过的五个月！

夏台又不仅仅是一个乡一个公社，而是西域史上一个著名地点。唐玄奘西游取经，越过一道冰岭——即是此地。另外，比如准噶尔的英雄，也是经夏台翻过冰大坂逃往南疆的。夏台，意即梯子，指攀登冰峰的坂道形势。夏台其地，不仅是南北疆的交通咽喉，而且是中国与印欧之间所谓丝绸之路的要冲。

帕米尔的回忆

于是，小镇如巢，众鸟来栖，夏台的两条土路百十座散落泥屋，便成了许多民族的浪人居留的家乡。

夏台如同梅里美写过的直布罗陀：每走十步就能听到一种不同的语言。

诺伽斜着她不信任的眼睛，不情愿地用蒙语应了一声。我知道她认为我应当说汉语。

她的个子比其他十五岁的小姑娘高一些，淡黄头发，眼珠微绿，非常漂亮——她兼有俄罗斯人的身架和傲气、以及蒙古人的颧骨和朴实。

她父亲，收割机手乌力记巴特尔已经喝得醉了。那些年我总是喝酒，正像这些年我总不喝酒——草原世界的媒介是酒，宗教世界的禁忌是酒。我心里有一种激动：为我发现的这种人激动。什么语言学院的教授专家，什么外交部的首席翻译，一切陈腐的崇敬都在夏台这间圆木和泥的小屋里崩垮了。诺伽，这十五岁的混血小姑娘，是我有生以来见过的唯一的语言天才。

她和父亲讲蒙语的厄鲁特方言，和母亲讲俄语；她妈妈是一位流入新疆的苏联人。

在社会上，从两三岁牙牙学语时就和维族哈族的娃娃玩在一起，所以她的维语哈语都如母语一般纯正。

加上她在学校上汉语班（夏台的小学比北京大学还棒，它使用维、哈、蒙、汉四种语言授课，不同民族的儿童可以自由挑选）——所以，小诺伽就是一个兼通五种语言的天才。

或者不应该用天才来解释。也许秘密的根源只在夏台；只要有夏台这个美丽而奇妙的小村庄，就会有像诺伽一样美妙的人。

我绝望地回忆着脑子里残剩的几粒俄语渣渣，在一张纸上企图和那俄罗斯女人笔谈。

但是毫无希望——北京的一流高中、科学院的研究生院，在这里都被宣判了它们教育的失败。当然，也宣判了我以上学为人生这种存在方式的失败。我只能用蒙语和那女人谈一点点。

我求乌力记巴特尔；他不仅喝醉了而且不会俄语。诺伽的母亲用俄语对女儿讲了几句，但小姑娘调皮地一歪头，就是不给我翻译。

唉，那夏台的沮丧也是意味深长的！

后来，就一直没有再能去一次夏台。我有时做梦都觉得那蓝松白雪在向我涌来。汗腾格里七千米高的银峰像一个矛尖。山麓的斜坡上舒展开一派牧草，种类比内蒙古草原复杂十倍。夏台入口的地方有一处有鹿的山洼；梅花鹿，真的在那里散步。风景中有呛味有潮腥，有不同的种族和秘事。那种风景对于许多人是排斥的，对于有些人却又让他取之不竭。那种景色不但美而且大有学问，但是文人墨客又无法掌握。当你被成全了能够入门理解它时——这美会唤醒一种深刻的感情。

我会写很多关于夏台的回忆。我还会争取画出夏台的美色。最终目标是——在将来，在可能性赐予我身的时候，我一定要在夏台盖一栋自己的小房子。

1990年10月

大坂

从邮电局的绿漆窗口里伸出一只手臂，朝他拼命地挥舞着。

“嗬依！jihdel！嘿！jihdel！”那邮递员用生硬的乌梁海方言朝他吼着——就这样知道了那个消息。他茫然信马走去时，已经听不见雇来带路的瘸老头怎样和那乌梁海人胡扯。远山像一线刺目的闪烁的银霞。

他皱紧眉头，心里感到一片苍凉。马缰一下下地扯着他的手。

一个精光赤裸的小孩正在路边厚厚的尘土里爬行着、蠕动着。细细的淡黄色粉末均匀地涂遍所有的小胳膊小腿，还有肚皮、屁股、脸蛋。他盯着那干土堆里玩得专心致志的土黄色肉体，“是男孩。”他想。这光洁的肤色和白亮炫目的远山都频频向他闪着捉摸不定的光。

这是什么信号呢？马儿却自顾自地走着。她的眼睛里一定也闪着光或信号，也可能是泪光，她是挺软弱的。

走过县文化馆。吴二饼站在台阶上，正慢腾腾地擦着那副变色眼镜。“真的上么？小伙子？”他问。显然声音里带着点酸味儿。

“还有假的？咱爷们又不是你这号废物！”向导李瘸子不屑地插嘴骂道。

“别吹啦，瘸子！”吴二饼戴上眼镜，反唇相讥道，“你能。从青海，到新疆，咋连个老婆也没混上？……”

他费劲地听着。两个老家伙的声音极淡极远，飘忽不定。jihdel应当是信件，而不是电报。但又是走了四天的电报。电波总不会在哪里排队、等车、喂马料吧？居然四天才到达目的地。

干燥黄尘里那裸着的小孩朝前爬着，强烈的阳光晒着那涂匀了一层粉末的小光屁股。马喘着，牢牢跟定那小孩前行。再向前就是汽车站了：赶下午班车，明天能回到城里。接着，坐火车需要七十多个小时——也就是说，一共需要六天才能赶回她身旁。

这内陆亚洲的山前平原酷热无比。大地不仅暴烤在白日之下，而且蒸腾着昨天和几天前饱存的热气。马无言地走着，向导老李跟在后面。汗水淌在胸脯上。电报，jihdel。横亘前方的天山遮断了视线，像一线狰狞的银色屏障。她此刻一定在流泪。一定那样：默不出声，任泪水在颊上流淌。单调的马蹄音也随着这一切，踏着枯燥的节奏，啮咬着人心。

不管那乌梁海蒙古人怎样称呼电报，这该死的消息已经走了四天。而且他至少要六天才能赶回去。十天，十天后她会怎样呢？平安地渡过这场劫难，还是死于大出血？

“流产。大出血。住院。能回来吗？”这电报语言也和马蹄声，和倾泻在大地上的白晃晃阳光，和这肮脏街镇的呼吸，和一切保持着同样可憎的节奏。踢踏，踢踏。马耳朵一耸，一耸。树叶子哗啦，哗啦。十天，十天。

“走哟，尕兄弟！”瘸老李催促着。光屁股的小孩在阳光里蠕动。前方的天山像露出牙齿。他感到头疼起来，似乎牙龈也肿起来了。毒阳狠狠地灼着他的脸，烤着他的心。他觉得心里也燃起了一片毒火，那火苗烧得他要发疯了。

这县城的土街很长，他收着马，慢慢走着，一言不发。他紧张地想着什么，汗流浃背。

耀眼的阳光下，那小孩还在土堆里滚着、爬着，若有所思地。奇怪的孩子！他不觉被那赤裸的小小肉体吸引住了。

“大出血。能回来吗？”这样的电文一定会使邮电局的人投去惊奇的一瞥。十天以后，她会怎样呢？难道她真的会从这世上消失么？那可能消失的，难道真的能是她——那还在少年就结识了的、温柔而真诚的她么？

当他坐在西去列车的窗口时，曾默默地下决心要干成件什么事。他想到过那些当装卸工和卖大碗茶的同学，想到那些在麻省理工学院已经读到博士课程第二年的朋友，也想到过那些拆开了能熏死人的、文质彬彬的人。他们都似乎催着他到这儿来。

这条尘土飞扬的街一会儿就将走完。十天，这个冷冰冰的数字。他还什么都没干成。而十天之后一切只会剩下结局。还有五千公里以上的路程——不管结局怎样，反正他已经绝不可能跨越这十天和五千公里的时间和空间了！

那孩子在黄土粉末里沐浴够了，站起来朝前跑去，横着穿过他面前的土街。

哦，这挺着鼓鼓的圆肚皮、逆着阳光奔跑的小崽子，简直就是一个玩弄大自然的、胜利的生灵。而自己的那一个却——失败了，夭亡了，悄无声息地无影无踪了。

她也是一样。如果十天以后他捧着一个骨灰盒从地铁车站里走出来，那些大都市里流水般涌来的姑娘们女人们照旧会快乐喧嚣，向着他迸射出生的活力。就是这样：弱者的悲哀分文不值。

“能回来吗？”她真能选择语汇。电报纸上这行打印的灰色字迹里，既有她的心境，又有她的冷静。马儿走着，前面是银行的高台阶。

他慢慢地收着马缰，手上青筋凸起。马儿站住了。让艰辛奋斗

翻越大坂前的基地泉子街公社

的弱者也得到一份胜利、一份补偿吧……他目不转睛地盯着那白漆的银行牌子。

“牵着马。”他低声吩咐向导。

当他从银行大门里走出来时，全部公款都已汇至大坂彼侧的县城。这是一种自带凭证的汇寄方法。

现在即使后悔也晚了。只有翻过那道银色的、像大地的狰狞尖牙般的大坂。

路过长途汽车站时，他闭上了眼。两匹马用力跺着坚硬的土路，甩着鬃走着。心头那火苗变小了，开始持久地一舐一舐地燎着他。牙龈完全肿了起来，生理的反应居然这么迅速。

他踢踢马腹，两骑马奔跑起来。

前面那大坂冷漠地矗立着。

李瘸子爱吹牛。据他说，他精通各大山脉里的每条道路，几十年专给各路军头、诸色衙门当向导。

“你这匹马，”他怀疑地盯着这瘸老汉胯下的那匹三岁杂毛红马，“这马能上大坂？”

“行，行呢。”老头不介意地应着，“那一年，我们的马子全垮啦。走到贼疙瘩梁，有个庄户。他妈的，门口绊着个马子。我枪栓一拉——”

他厌恶地打断了这老江湖：“你专门给盛世才的兵带路？”

“还有老毛子俄罗斯。那年回回马仲英进来，也掂一摞子银洋求咱。再后，帮咱解放军干过。再后——”

他不愿再听这青海老汉吹牛。马放开大步，芨芨草丛唰唰擦过马腿。松树林子近了，白桦林子近了，大山四下围合过来。那个光屁股的娃娃在阳光烤透的尘埃里安静地爬着，肤色像熟悉的小麦。世界多丰富：钻山钻熟了也成了一种职业。这老头为着每天两块五的工钱，骑上匹小马就往冰山上爬，而且像去娶媳妇那么瘾头十足。雪线稍稍上移了，大约在两千米海拔以上。广播说山口风力七级。山口就是大坂，在那道传说是冰封的大坂面前，科学院的考察队撤退了。

他只担心瘸老李那匹粉色杂毛的三岁马。

“这马是春天驯的？”他问。

“不价！去年它才两岁口，咱就把狗日的压出来啦。”

他不快地说：“去年你骑的就是它？”

“哪！人家科学院一下就雇了好几匹！又驮人又驮料。就是走个半截子。他妈的，工钱少挣十几块。”

这回你骑个癞皮狗找我开心来啦，他敏感地想。“快走。”他吩咐。

牙疼。用舌头轻轻一舐，妈的，所有牙齿都松动了。他皱紧眉头，阴沉地望着前面的深谷。潮闷的风从云杉林子和密丛丛的草棵里吹来，马蹄踢动石块，单调地响着。

> 你骑着个马吔，我扛了个枪
> 诺们子两个嘛——浪新疆

老李乐滋滋地甩开右镫，弯过瘸腿在马脖子上盘了个二郎腿。这小调八成是个青海的土匪调。“诺们子两个”，他知道就是“我们俩”。可这歌调门很野，他感到山谷里明显地被这老头嚎得变成了绿林世界。

“老李，”他喊道，“走快点!”

马蹄重重地踏着石块。山脉正缓缓向背后迁回。蹄声嗒嗒——离妻子，离夭亡的孩子，离电报或者jihdel都愈来愈远了。

“能回来吗？能回来吗？”他紧闭上干裂的眼角。这已经是第二次了。

上一次是在婚后不久。

“怎么办？我们刚刚开始补习啊，生孩子时，正赶上结业考试……”她注视着他。

他心烦意乱地大口吸着烟，坐立不安。

“……而且，那会儿也正好是研究生考试的日期，你怎么温书呢……”她自言自语地和他商量着。

他一口烟呛在肺里，剧烈地咳起来。

“咱们不要了吧——不要了吧？”她扶住他，轻轻地问。奇怪的是，她像是在哄他。

他心乱如麻，一拳猛砸在墙上。几个指关节都沁出血滴。

生活，你对这一代人太苛刻了……“不，我们回家!回家!”他疯狂地吼着，在妇科门诊“男同志止步”的玻璃牌子下，他一把抓住她的手，转身就走。

这是真实的么？……其实这是一种懦弱的推脱。把残酷的选择推给一个弱女子来作。只是那烦恼是真的，现实从四面八方压来的烦恼。也许，这烦恼的气氛混淆了夫妻双方本质完全不同的心境。

他们太年轻了。当年轻的夫妇在社会的选择面前挣扎的时候，他们还没能体会诸如“父亲”、“母亲”这些深沉的字眼儿。

“你知道么，”从手术室出来时，她虚弱地倚着他的肩，缓慢地沿着医院昏暗的楼道走着，“我们组里的徐玲，想要孩子有好些年啦。我说我不要这个了，她说我不敢。哦——”她惨白的额上沁出细汗，露出一个疲倦的笑容，好像她终于攀过了一道冰大坂，很欣慰似的。“好啦，不怕那些考试啦——”她沉重地吐了一口气，闭上了眼睛。她用手指抚弄着他结实的臂肌，“别烦，只要你心里别烦，我就不怕。”她低柔地喃喃着，缓缓地走着。

也许她觉得很高兴：熬过了这一场苦难，又能倚着这么高大健壮的男子汉。

向导李老汉得意扬扬地甩着缰绳头，指着山崖上的小路，“那一年，阿勒泰的哈萨反啦，盛世才派兵杀。走的就是这个道。”

牙疼得难忍，一跳一跳的，像是在跳脓。天山腹地的景观应当是迷人的：黛色的流雾、翠郁的松林。而现在充斥他视野的却是一片铁色。他盯着那些石砬子和断崖，马蹄无止无休地踏在那冰冷的铁色之上。

“……一个哈萨克丫头子躲在水渠里头哩。妈的，老子正饮马，马子吓得蹦高。”瘸老李还在吹着牛。这老汉每时每刻都在絮叨，瘾头十足地吹牛皮。为着几壶酒钱，他美滋滋地朝大山里钻，骑着个小杂毛三岁马。

这老头一定没有孩子。

“……后来，我给那丫头子披了个军服，扣上个军帽子。趁黑，把她窝在艾比滩一个把兄弟家里啦。”

“老李，生火煮茶吧，歇会儿。”

翻越大坂之前在哈萨克的毡房最后准备

老汉从脏污的马褡子里摸出两个又黑又硬的苞谷馍。

他用力掰下一小块。咬了一下，松动的牙根立即刺入牙龈。他痛得眯起了眼。从嘴里掏出那块烤馍，上面染着红红的血。

“后来呢老李？那哈萨克丫头——”

老头大嚼着，不经意地回答说：“她非不走嘛——咱还不拿上。咦，你吃呀！”

“不吃，不饿。”

“再说，那阵子，她只要一露头，骑巡队见了就是一刀。嘿，山上那死人哪——”

他截断了话头：“有娃娃么？”

“……呃，养了一个。唔，尕小子。”老汉咽下了一大口。

这瘸老汉也有浪漫史。被搭救的哈萨克姑娘哭着抱住了他的瘸腿。牙齿会全烂掉的，现在已经不能吃东西了。十天——已经不是十天，而是更多。一个肮脏而结实的光屁股小孩在爬着，他一定是在追着一只蚂蚁，他也一定是在一个蓬头垢面的哈族女人身旁。也许年轻时代的李瘸子也站在旁边。

他啜着茶水，一杯接一杯。现在只有喝水，要多喝水。他凝神望着前方的冰山，牙龈还在一跳一跳地疼。那冰山轻蔑地朝他闪着冷光。

“走吧，老李。”他站起来。

自从二十世纪初法国探险队在敦煌发现了一份珍贵的唐代写本卷子以来，这条空寂的山峡连同它中间的那道冰大坂，就成了历史、考古、地理世界里的响亮名字。

“你们为什么撤回来了呢？”他曾经奇怪地问过科学院那几位

中年人。

“我们不会骑马。”

“什么？”

“我们不会骑马，屁股疼得厉害。”

他愕然了。真不是一代人哪。不会骑马。屁股疼。他们就这样轻易地放弃了光荣。那份敦煌地理文书现在锁在巴黎的博物馆里，而关于它描述的那古道上的种种，至今没有一个中国人去考察。

“我打算过冰大坂。”他对县文化馆的权威吴二饼说，“麻烦您帮我找找马匹和向导。”

“你过不去，过不去。雪线还低呢。去年我都没敢过。你不懂，山口风力七级。算啦，过不去。”这是县境之内唯一的一个眼镜。他看见镜片里反射着嫉妒的光和一种地头蛇式的恼怒：“马么？马匹困难哪！向导也难找——都搞包产啦，谁愿意跟上你钻大山？”那镜片里甚至闪射着快乐、得意的光。

他默默地把桌子上那杯白开水喝下去。

“那么再见。我明天就上山。现在，和您辞行啦。”他站起来，冷冷地和那人握了握手。

多么狂妄的口气。简直是锐气逼人。而此刻，哪怕妻子丧亡的电报飞到身后的县城，不管那乌梁海人怎样再次把它称为jihdel，他也无从知道了。一步的勇敢，一次男性的证明，背后深埋着多少难言的牺牲呐。牙齿又疼起来了，头晕。他摸出一包土霉素片，数也不数地吞了下去。

两骑马攀到了雪线以上。

“人哪，谁也有个山穷水尽，”老李又把二郎腿盘上了马脖子，

“那回在贼疙瘩梁，咱不是拿了那老回回一个马子么——后来，日他哥，有一回我领着兵上北道桥子浪，沙窝子边边上，嘿!两个土匪绑了一伙淘金的客。顺着跪了一溜，吭吭，大刀抡着砍头。”

“里头有那个人？”他问。

“啊呀!”老汉嚷出一句青海话，“——见了面就哭着磕头。咱一说情，就留下他一个。你看，这家伙赚不赚？给了咱个马，落下了条命。”老头吹得唾沫星子乱溅。

走着，走着。马喘着粗气。

薄暮时，见到了一座哈萨克人的毡房。一个肤色黝黑的女人正在门口忙碌。夕阳染黄的山坡上散着羊群。

那个女人惊讶地望着这两个装束奇怪的骑者。她的眼睛是标准突厥式的、深陷的双眼皮俊目。“她也像这个哈萨克女人一样，”他心里想道，“在都市的深山险谷里迎送生涯。”

女人，为什么也把她们驱赶到这种险恶的生涯里来呢？难道这儿不是男人们拼斗的世界么。

“住下吧？这地场美得很!”瘸老汉问。

“离大坂还有多远？”他犹豫了一下。

“嗨，远得很，那狗日的冰大坂。那一年，盛世才的兵……”

突然，他看见一个小孩，一个光屁股的哈萨克小男孩，追着一条小花狗崽儿朝山坡跑去。金灿的斜阳照得那小小的肉体分外明亮。

“够啦，接着走!”他猛地抽了马一鞭。

“哎，急啥嘛!公家人，住几天也不花自家的钱……哎，下马，下马呀。”

“快，走着说。”马匹已经跑起来。

“走着说？”老汉急了，“走着还说啥！”

“天黑再住。再赶一程。”他头也不回。

“哎呀你这尕娃娃！那年盛世才的兵……”

“老李，看看黄历。别一嘴一个盛世才。”

“……”

他们不再顶嘴，默默地走着。黄昏的山谷清脆地回响着倦乏的蹄音。山道陡峭起来。他们下了马，牵着马登上了一道山脊。

他吃惊地用劲一把拽住了马嚼子。

——山体在此分为几脉，磅礴地朝四方滚滚而去。来路像一根线，缝在深谷崇山之中。层峦叠嶂移开了，正前方是一道明亮耀眼的冰岭。

那冰岭拦住了没有阻挡的夕阳余晖，闪烁着，静卧着，冷酷地斜睨着这渺小的两骑马。

“狗日的，就是它。妈的大坂。”瘸子老李恶狠狠地嘟哝着。

天将黑的时候，在紧挨大坂脚下的石崖旁发现了一个松枝石块搭的窝棚。

“啧啧，美得很！”老汉打量着窝棚，赞不绝口。“猫下！就这儿猫下。”他嚷着，也许这里比帐房人家更对他胃口。

水烧开了，老汉撒上一把砖茶末子。

他试着咬了一口馍，疼得嘴角又抽搐起来。“饿了么？啧啧。”老头子吃得喷香，用狡猾的眼神瞅着他。夜幕正在降临。她如果——她一定正躺在医院里，在昏暗中睁大着眼睛，凝望着漆白的板壁。他用手指轻轻捻着烤馍块，用茶水泡了一缸糊糊。篝火烧旺了，毕剥响着。烤焦的苞米馍块没有泡软，他使劲嚼着，咽下一些咸咸的东西。篝火跳跃着，火苗黄得透明，像一个赤裸在炫目阳光下的小孩在舞蹈。

绊马时，发生了冲突。

拐子老李摸出一根细细的硬麻绳，把马的两条前腿捆在一起，像捆一个贼。

“不行吧，老李。”他担心地望着老李，想起以前在军马场当牧工时的一些往事，“老李，马腿会淤血呀，不行吧！”

“哪里的话！嗨，就这个章法！”

“马走了十来个钟头，这么一捆，明天就瘸啦。”他劝道。

“管它！畜生嘛！明天睡醒，狗日的在眼皮底下要紧！”

“你这是在盛世才队伍上学下的章法？”他生气了，恶意地问。

“哈，就是嘛！尕娃子！”老汉却乐了，龇出一口黄板牙。

“明天马瘸了，咱们也去抢两匹换上？”他愤怒了。

“瘸不瘸，在它的命。人安生要紧。不行，真不行——回到哈萨克帐房浪上两天嘛。”

“解开马腿。”他命令道。

“你——”老头子也火了。

“解开！”他低低地喝道。

老头双手叉起腰，蔑视地打量着他，“你懂还是我懂？尕娃，老李咱五十六岁啰！”

正在这时，那匹粉红杂毛马一下子摔倒在地，而那土匪式的麻绳绊仍死勒在它腿上。小杂毛马绝望地放松了肢体，呼呼地喘着。

他决心趁机压住这江湖老汉，“看见了么？论骑马，你得喊我先生!”

老汉一抡鞭子，喊起来：“这么个难侍候!妈的，咱回呀，不干啦!”

“滚!随你的便!”他吼道，双手攥成拳头，“老子自己走!你卡不住老子的脖子!不信我就能死在这鬼大坂上!”

他狂怒地推开瘸老汉，劈手夺下马缰，把自己骑的红马解下来。土匪!兵痞!老江湖油子!他拔下一束马尾。大坂!大坂!万恶的大坂!他用马尾编着一根辫子。刹那间他看见了许多人的脸。吴二饼、“科学院”，还有别的一些人。他用马尾辫连住两条前腿绊。红骠马低头吃草了——它走不动，但又没有勒疼。他飞快地干着，一声不吭。心里那毒火吞噬了他。

老头子呆呆地站着。浓暮中看不清他的脸色。瘦骨嶙峋的、跷着一条瘸腿的身影，显得可怜巴巴。他迟疑着，迈开瘸腿，一拐一拐地解开了那根硬麻绳，小杂毛粉马站起来了。他扣好皮绊，与红骠马连上。他又一拐一拐地走开，抱来一捧松枝，添在快要熄灭的篝火上——他顺服了。

怒涛平息了，一丝羞耻浮了上来。为了马，伤了人。而且是为了马腿，伤了人心。但他又必须使这自行其是的老江湖就范。他抬起眼睛，夜空星汉灿烂。那些星星在凝望着他。妻子和夭折了的小生命也在凝望着他。

又是这种莫名的烦躁的发泄。上一次的烦躁是为了让一个女人承担一切。这一次是要对付一个瘸老头。老李当然会顺服的，他要挣你的钱。当向导一天两块五毛钱，你是公家的人么……他慢慢地咬紧了牙关。三十二个牙齿的尖尖齿根一齐向肿胀溃烂的牙床刺进去。你用金钱的优势压服了一个穷人，一个老人，一个男人。星光下，青蓝色的大坂一片朦胧。哦，为了越过这大坂，他已经不择手段，不惜丑恶。莱辛说过，古代艺术家即使在表现痛苦时也避免丑，他们的法律是美。他觉得，这位德国老头子疲倦的眼睛，似乎也在那永恒夜空的星群中注视着他，像注视着一个渺小的例子。他垂下了头。咸咸的液体流向喉咙。

篝火熄了，只剩下暗红的灰烬。

两人枕着马鞍，裹着毡鞯和皮袄睡下了。

天地一片漆黑。一股刺骨的寒气无声无息地浸入了膝盖以下没有盖上的肢体。双腿渐渐麻木了。

他一动不动地躺着，睁着眼睛。

李老汉似乎轻轻一动，大概也冻得睡不着。

“老李，抽根烟么？”他侧过脸去。

“嗯，不，咱……”

“喏，抽这个。我白天在马背上卷的。”

嗤的一声，火柴的亮光照亮了那张干枯的脸。“这莫合烟……是伊犁的么？”

“不，县城买的。”

“怪。咱这烂县城能出这号好烟？”

他地道的途中。我的向导是盛世才的护兵，精通维语哈语

“不坏吧？真有点伊犁烟的味儿。”

“就是。好烟。”

两个烟头一闪一闪。红光映亮两人的嘴唇和鼻尖。他们小声地谈着。

“狗日的。真冻人。”

“老李，你常在大山里睡么？”

“嗯……不。日他哥，这鬼地方。”

“抽烟，接上一根。”他又摸出莫合烟。

“不，抽我的，尕娃。给——”

“冷哪，忘了带上瓶酒。”

“狗日的，是忘啦。有瓶子古城大曲才美。”

“三台白酒也行啊。”他赞同地附和道。

“河南大裤裆的红薯干烧酒也行啊。”老头向往地说。

两个人都嘿嘿地笑了。

“尕娃子，我有个章法。”老头来精神了。

“什么章法？”他问。

“插筒子睡。你脚伸我怀里，我脚伸你怀里。就是——咱脚臭。”

“好！”他蹦起来，“插你老的筒子！”接着他又笑道，“不然，明天马腿不瘸，人腿倒瘸了！”

“咱反正是瘸子。怕可惜了你城里人。”老头子狡猾地回答。

两人调整了睡法。脚和膝盖立即暖和过来。老汉放肆地把脚丫子踹到他胸前，恶臭阵阵袭来。他也痛快地伸直两腿，满心希望把脚伸到老汉鼻头上去。

两个旅人沉沉地睡熟了。

他梦见了一座冰雪砌成的大坂。梦见了两匹连着绊子吃草的马。他看见了妻子。他走过去，想用双臂使劲地搂住她。但她却飘忽难即。他眼前闪过一道金黄色的电光，一个赤裸着胖乎乎屁股的小孩在正午的太阳地里爬着。满天的星斗都深不可测地望着他。妻子也用那星斗般的眼睛在望着他。不是每个女人，不是漂亮的女人和热恋中的女人就能有这样的眼神的。他好像揍了那当向导的瘸老汉，老汉哭了，又笑了。邮局的那个乌梁海人喊道："jihdel!"文化馆门口，吴二饼慌张地跑来想拦住他。"能回来吗？"他终于从妻子的眼神中看到了这句话。"大坂，大坂。"他在梦中沙哑地嘟哝着。

大坂，在探险家A·斯坦因爵士的地图上写为Daban或Dawan。几乎中亚和蒙古的一切语言中都有这个语汇。已经很难判定它究竟是一个古老的汉语借词，还是一个汉语对某种民族语的谐声切意的译写。谁都知道，大坂是指翻越一道山脉的高高山口，是道路的顶点。

清晨，两骑马越过了松林，登上了植被稀疏的高海拔山顶地带。

"老李，你常年在山里跑，不想家么？"

"啥家！吴二饼不是说么，咱是光棍子。"

他想起老汉的浪漫故事，"咦，你不是娶了个哈族丫头，还养了个儿子吗？"

"嗨！早跑了个屎的啦！"老头不耐烦地一甩鞭子，像轰了只苍蝇。

石头上有一处游牧人的岩画。一只抽象派的岩羊。他取出笔记本、地图和罗盘，临摹着。他又问道：

“老婆儿子还能跑么？”

“日他哥，一块过了六七年，她家里亲戚闹事。马队来了把她拿上，跑尿啦。咱也没敢声张。”

“你也没去看看她？”

“前些年，我给地质队带路，山里见着她一次。妈的，一进帐房……”

他举起手止住老汉。石头裂隙中有尊残破的石窟造像。他举起照相机，按下快门。

“接着说呀，老李。”

“我一进门，她哇地就嚎开啦。”

马匹汗水淋漓，停住了脚步。他们下了马，朝上步行攀登。老汉一瘸一瘸地走着，说着。

“我吆喝她说，你嚎个啥，嚎得你男人回来一准揍你。快烧些茶，咱喝了上路。她不听，捂着脸，哇哇地嚎。狗日的，嚎得昏天黑地。”

“后来呢？”年轻人听得很紧张。

“后来没喝上茶。地质队那些人说，别惹个民族矛盾。嘿，帐房外头挤了不少人，偷听哪……她男人回来准揍了她。”

年轻人问：“后来呢——再也没见她？”

“没。也不知他们上了哪处，是死是活。”瘸老汉擦了擦汗，想了一下，叹了口气，“唉，那丫头，是个好丫头。”

远处那鞍形的冰大坂白雪皑皑。他想起了那双凝视着的眼睛。哦，她也是个好丫头，她现在也不知是死是活……现在他和老人心里体会到的，可能是一样的、过来人的滋味。

他们默默地上了马，穿上皮袄。马弓着背，在青灰色的缓坡上一步步走着。山风带着尖锐的哨音掠过耳边。他觉得头晕得更厉害了。巉岩陡崖已低低沉向脚底，两侧山沟里满盛着白沙般的粉雪，明晃晃的。

在这片青色砾石的漫坡尽头，就是那鞍形的大坂之顶。

他转过身来，向老头问道：

“儿子呢？也和他妈在一块？”

“嗯。”老汉点点头，”那回没见上他。”

他失望地转回身去。这时，一股寒气逼人的风突然迎面冲来。他抬眼一望，前面是一道白色的山口。

他的心突然激烈地跳了起来。摸摸前额，有些发烫。

那快要伸手可触的山顶突然传来了一声呼唤，像是他逆境中的妻子发出的绝望叫声。他突然无比强烈地仇恨起这凶险的巨大山脉，仇恨起这高踞在上的大坂和这强大的欺凌人类的大自然。刹那间他也记起了吴二饼和他熟知的那些恶人，记起了所有侮辱过他和侮辱过他热爱的人们的人。他还记起了那制造又消灭了老李的家庭和使他沉默寡言的因素。肿起的牙龈一跳一涌地折磨着他，但他没有向挎包里去摸那些消炎药。他使劲地咬着那些背叛的牙齿，任咸咸的血向嗓子里流。他已难以压抑一股冲动，一股野兽般的、想蹂躏这座冰雪大山的冲动。他想驰骋，想纵火焚烧，想唤来千军万马踏平这海洋般的峰峦。他疯狂地感到一种快乐，感到自己终于找到了什么。他想呼喊，想喊来世上一切英雄好汉和一切专会向生活耍光棍的坏种，在这里和他一比高低。他想告诉无病呻吟的诗人和冒充高深的学者：这里才是个够味儿的战场，才是个能揭露虚伪的、严酷的竞争之地。他的胸中正升起着勇敢，升起着男子汉的气概。他想一步跨过这可怕的大坂，纵身飞下彼岸的绿洲，然后向那无援的女人飞奔。“能回来吗？”她用了问号。她已经安心承受一切苦难，为他留下了向这座大坂冲击的可能。“坚持住！”他默默地向她喊着，“等着我，坚持住！”他坚信只要迈过这最后一步她就能得救。但是——这里海拔已近四千米，他不仅无法驰骤，甚至不能加快一步。他僵硬地屹立在马背上，颜色铁青的脸上，两只血丝密布的眼睛死死盯着前方那白色的、迷蒙的大坂。

马匹喘着，拐着之字形，缓慢地向大坂顶端的分水线蠕动。其实，从远处或从空中看去，那黑甲虫似的两个影子已经和那鞍形的山口融为一体了。

他在霎时间平静了。

世界化成了斑斓的地图。在分水线上，他同时看见了山脉两侧的准噶尔和吐鲁番两大盆地。唐代敦煌文书描述的古道正静静地深嵌在弯曲的峡谷之底。山顶的一块巨石上铭文剥落，旁边堆着一匹驿马的骸骨。大地峥嵘万状地倾斜着，向着南方的彼岸俯冲而去。这是从海拔四千米向海平面以下伸延的、大地的俯冲。剧烈抖动的气浪正从吐鲁番低地淡白色的中央地带扶摇而起，化成长长一片海市蜃楼。在赤褐色的南侧深涧里，嵌着一条蓝莹莹的冰川。

他从未见过如此雄壮的景观。

大坂上的那条冰川蓝得醉人。那千万年积成的冰层水平地叠砌着，一层微白，一层浅绿，一层蔚蓝。在强烈的紫外线照射下，冰川幻变出神奇的色彩，使这荒凉恐怖的莽苍大山陡添了一分难测的情感。“大坂——”他失声地喊起来。他想不到这大坂、这山脉、这自然和世界会用这样的方式来安慰他。他久久勒马伫立着，任那强劲的山风粗野地推撞着他。

“他妈的，这大坂。老子的马子累垮了！”拐子老李满头大汗，咒骂着走上山顶。那匹粉色的三岁马浑身透湿，簌簌地打着战。

“畜生！这么个样！”老汉恶煞般朝小马怒吼着，“趴蛋啦？挨刀子啦？这号样，能回来吗？”

他颤抖了一下。“能回来吗？”他听见一个低柔的声音。一个最后的声音。他下了马。豪迈和勇敢突然消失了。他慢慢把照相机放进了挎包。不能在山顶上冒充英雄，他想。他把马料倒在雨衣上，看着那匹精疲力竭的小马嚼着。风卷着积雪，在冰川顶上堆起乳色的一层。这层层砌起的冰川里不知葬着多少人的不幸。今天的这层雪会在夜里结成新的一层冰。每天冰川上都结着新的冰。不要照相了，哪怕为着已经粗现轮廓的论文——留下些缺憾吧。

“喂，抽些烟吧，尕娃。”

“抽莫合烟——帮我卷一根粗的。”

“这王八大坂，真难走。”

“喏，老李，点上火。”

他吸着浓烈的莫合烟，望着冰川顶的乳色积雪。今天的这一层里埋着他夭亡的孩子。这一定也是一个在阳光中光彩照人的、赤裸着的小男孩。他在今天被父亲葬到了这冰川之中。

他们休息了很久。粉色杂毛小马吃饱了苞米粒子。马褡子捆扎稳当。他们上了马，走向古道的另一半路程。

你骑着个马吔，我扛了个枪

诺们子两个嘛——浪新疆

瘸老李又乐陶陶地唱起了那支野蛮的青海小调。马蹄又在岩石上敲出单调的响声。南来的骄阳烫着脸颊，他们走离了分水线。

古希腊的艺术家是对的，经过痛苦的美可以找到高尚的心灵。这一点，她已经做到了。她不会死，她只会得到更坚实的爱情。因为，她以一个女人的勇敢，早已越过了她的大坂。死去的儿子也做到了，他将在这永恒的冰川上化成一个洒满阳光的胜利的小精灵。

下山道上，马儿走得很快。他朝那冰川，朝那大坂投去了告别的一瞥，然后不动声色地追上了他的向导。

荒芜英雄路

传奇的阿勒泰山脉终于摆在我两眼之前了。比起天山也许确实多少有一些舒缓，但依然是雨坡松林黑郁，阳坡绿草明媚。

对于新疆来说，这是偏僻的死角，然而我却清楚它应当是通路。幸亏蛀书的研究所生涯没能泯尽我的想象，我一直在心中揣摸那路在哪里。

看了阿勒泰郊外的白桦林，没有想象的雪白。小城当心也有一座树林，清澈的白浪翻卷的河上，有一座圆木桥。背后是闭塞的丘陵大山，积雪还斑驳可辨，但已经划不出雪线了。然而从蒙古高原到中亚细亚，我偏执地相信该有一条路线。

你不该闭塞着遮住小城，只显给我一些白桦林清河水。我说的是路，是具体的“路”，而不仅是路线——那时我顽固地想。

路应当就埋在阿勒泰的这重重山间。

石堆墓如链在左面隐现。草地荒漠化后，五月的芨芨草已经快啃光了。广阔的视野中有褐色的和铁色的秃山，使人难以想象这里居然就是阿勒泰的著名领土。

过北屯时，有一蠢肥的女人上车，活像西陲蝴蝶迷。粗俗无耻至极，对司机怒吼“坐你大腿上”。小屯、小聚落，中国人才造得出来的呆若木鸡的红砖平房不时推出，刺人眼膜的红色长条中走出几个流氓相的小伙，愣愣地盯着汽车看。

这种戈壁荒地的住民居然活得健壮，在干旱得连岩石都龟裂的荒裸山脚迎送无聊人生，每天最大的事情是——看几辆过往的汽车。

然而那条道路应该在此。

我怀着的，是非常不合历史学者习惯的一种偏执。为什么呢？

就应当在这里。既然英雄时代的蒙古人以这里为通道，走向了广阔的中西亚，那么路就一定应当埋藏在这里。而且，我还判定这里应当有大量蒙古后裔。尽管我初次走向阿勒泰边缘，但我相信主观的感觉，我相信我只要见到蒙古人就能挖掘出那条道路。

到了青河县。如我判断，“青河”二字是蒙语“青格勒”的音译和意译。我兴奋地打断介绍，要求找几个当地蒙古人座谈。第一个见到的是县武装部长Dika，土尔扈特部蒙族军人，我开门见山动员他说：咱们要找到成吉思汗走过的那条路，不能让那条路埋在这里！

Dika激动了。

他取出万分之一的军用地图，用一根粗指头指着上面的等高线：“这里，在hara-balaqik-tu，有路。”他说的是蒙语。

接连几天我同本地全部老辈蒙古人谈着、唱着、喝着。青河县境的蒙古后裔是乌梁海人，讲一种远不如伊犁的厄鲁特方言那么和谐有致的难懂方言。但我们坚持不用汉语。那时用汉语会出现泄密和玷污的语感。有一个老太婆反复问道：能唱么？能唱阿睦尔撒纳么？真的唱了阿睦尔撒纳也没关系么？

于是，反叛的英雄颂就唱起来了。

阿睦尔撒纳是北京的蒙古史界再三表态与之划清界限的叛乱首领。

正在忙着蒙古史硕士生论文的我，当时听着瘦骨嶙峋的老太婆醉酒高歌，倾诉着对阿睦尔撒纳的崇拜时，浑身每个毛孔都流动着“入伙”的快感。不知为什么快活得鼻子呛酸，觉得自己体内的邪恶在古怪地排泄。而那歌声比内蒙撕扯得更凶急，我心中学来不

荒芜英雄路

久的史学诸原则在醺醉中哗哗响着崩垮塌落。听着阿睦尔撒纳的赞歌，手足舞蹈在一伙陌生的乌梁海人中间，有一霎我觉得昏昏然放松了。

算了，为什么非要考古寻觅，那条古代通路比起这首叛歌又有多大意义呢？

但是，蒙古人对成吉思汗的感情可不像汉族人对他们领袖那样实用主义。蒙古人对成吉思汗的爱是绝对的。所以，既然我断言这里应该有一条让成吉思汗四十匹挽马拖着的宫帐大车（ordo teregen）走过的古路，那么乌梁海部就一定要把它找出来。事情一定要成功；我是否有斗志已经无关紧要。

方向是青河县东风公社，中蒙边界。但是没有车。枯坐在招待所里，干等。

我们住一个套间。后来来了一些当今最有权势的财政局或物资局的人，背信弃义的招待所就把他们安排进了我们里间，使我们当夜就变成了他们的值夜护兵。气愤得我每天往他们屋里吐痰，扔脏纸（当然趁他们外出时）。一直到Bata来的那个下午才结束儿童抗议战争，继续正业。

Bata是博州出身的察哈尔蒙古人，武装部干事，天天盼调到博州温泉县去。他扬言若到了温泉，就是“他妈的一等干事”；若不让他调，他就怠工。Bata闯进屋子，吓得我停住了对里屋的骚扰战。他大吼道：出发！有车了！出发！

走向大名鼎鼎的东风公社边界，途中依然满目疮痍。走向哈尔嘎特山沟的两岸，处处是一种青红色的灼烫砂块。不见畜群，不知夏营地在哪里。沿途星点不均地看见一些乌孙时代的链式墓，还有一处突厥石人墓——这也暗示着古代蒙古高原与中亚的交流。

边境线静悄悄，连风都压低嗓音似吹似听。古怪地突然想到北京的长安大街，若是那条路也变成这般荒凉，该是多有意思呢。

在乱石丛生的山坡上颠簸着，吉普车像坦克在斗勇争狠。石头在枯柴蓬蓬中倔强地挡着，地势在蛮荒之中升高了。

车猛地刹住了。

Bata回头对我说：“喏，就是这儿。”

我揉揉眼睛，茫然不知所措。我在死寂的石头堆里走了几步，疲懒得想躺下睡一会儿。青白的烫人阳光高高充斥，那些石堆上的苔藓都是焦枯的。

我揉着酸痛的眼睛，费劲地踩着怪石走了几步。地势升高，右手出现了蒙古人民共和国的领土。我突然看见了一条痕迹，有一个形状突然出现了：峥嵘的怪石整齐地排成十米宽的一条宽带，朝着哈尔嘎特左手的山顶伸去。青草枯干地刺出石缝，荆棘刺网般缠绕着这条尖石带。路，清清楚楚地静悄悄停在山坡上。

我不能理解。我惊慌地环顾四野，天地之间一片死寂。

静得像是一切都被抽空了。没有气流，没有地热，荆棘般的芨芨草像插在石缝里的锈箭。顶着凝住的阳光登高一些，巨石垒筑的大道像一条死去万年的死蛇，白白地反射着一种青绿的白光。我的脑子在一瞬间便计算了、归纳了、整理了、判断了，我在寂静中只用了一瞬就判断完毕。只是我古怪地被施了妖术，我觉得死亡般的荒芜正疾疾地蔓延上我的心，我觉得恐怖的白昼缄默正悄悄地封死着我的喉咙。

“Bata, tele jam muna。”我艰难地对那个察哈尔军人说。说出口我就觉得嗓子被重重地堵塞了，心头也猛然沉沉地坠下来。

Bata向其他人转译说：“是那条路。”他还亢奋地补充，“是成吉思汗本人的路，已经肯定了！已经决定了！成吉思汗本人的路！嘿，干得好哇兄弟！”

独自一条嗓子在空旷里倏然逝去了。

其实我没有多少依据。唯一依据是路宽十余米，以石方垫起了凹陷。在青河迤逦的草原上，这种道路无疑是为了车。而恰巧成吉思汗的宫帐大车又见于史料，所以——我解释着。愈讲朋友们越兴奋，而我自己却愈讲愈茫然。

全部洞悉一切的是阿勒泰。它沉默不给我一言相助。但我知道它支持我的感觉。

是这样。完全是因为感觉，使我嗅到了这条湮灭的英雄路。

哈萨克司机Toral把吉普开成了坦克。车在尖牙怪石上蹦着，我们吵嚷着追着，把石头搬着填给车轮。吉普车奇迹般在陡坡上蠕动了，离开荒凉的哈尔嘎特，向对面的夏牧场攀登。

我告诉Toral，从成吉思汗以后，这是第一辆上了这条路的车。大家哄笑着，马上叫他Toral汗。

黄昏时分，降到了美丽的夏牧场，地名也是蒙语：Hara-Barqiktu，黑泥巴。肥美的绿草无声地涌着，五畜归牧，毡房上的炊烟浓浓。

远方有些骑手的影子在疾忽地闪着，像在捕一匹马子。浴着最后一抹金晖的山坡上，两条狗终于舒服得禁不住伸伸懒腰，然后打着滚滑下坡来。女人们悄然游来游去，孩子们默默地盯着凝视。沉甸甸的蓝黑降下来，溶进苍茫的夕照。一位哈萨克老者恭敬地把手抚住胸，好像朝我们问了好。他背后有一道蓝醉的溪水，静静地碎成斑斓的紫缎色。

同样的宁寂啊，我想。

就这么静静地，我仿佛眼睁睁看见一切都在沉入暮色。无论是七个世纪以前那壮举般的行军，无论是大名鼎鼎的成吉思汗或阿睦尔撒纳，无论是石砌的草原大道还是几千年星星点点遗下的各式古墓，一切在这片黑泥巴上都黯淡地沉灭了。山影灰了，树林淡了，毡包模糊了，炊烟终于和天地融成一色，轻轻拥推着这异界般的夏牧场吐出一个久久的喘息。

野望消沉了，堕入仿佛情欲般的夏夜草原的游魂般的呼吸之中。

Bata从毡帐里出来，唤我快些进去。哈萨克人迎宾的礼性，还有煮熟的羊肉已经准备就绪了。

那条古道应当备忘如下：

经蒙古人民共和国境内一座叫做乌兰大坂（Ulan Daban）的山口，自34号界碑进入阿勒泰。于克勒干敖包东侧南下，绕边、中、花三个海子；与自35号界碑入境的另一条古路于卡增大坂（Kazen Daban）以东汇合。汇合后的大道遇滩消失，遇山修起，陡谷石筑，通向山外的哈尔嘎特大通道。

然后，再汇合（或并行）自中蒙国界67号界碑处Baka-ebi至盐湖，再至Ike-ebi的大道，南下准噶尔将军戈壁，直指木垒或吉木萨尔一线的古路。

《长春真人西游记》载：“二红山当路。又三十里咸卤地。前

走向马海·给哈萨克的礼物

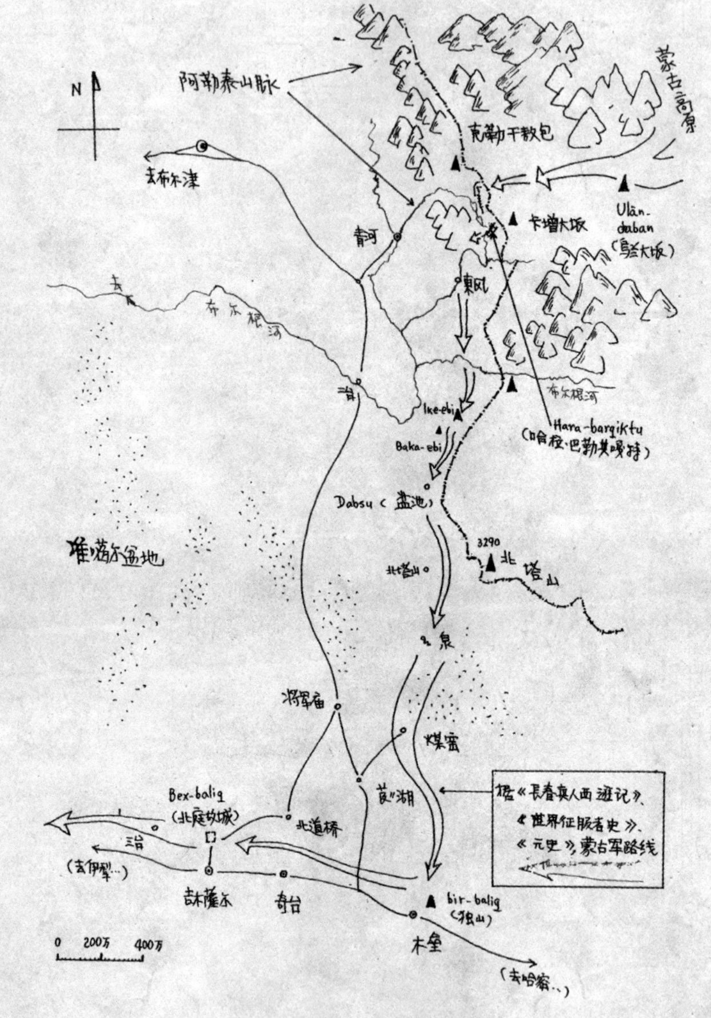
N
阿勒泰山脉
蒙古高原
去布尔津
青河
Ulān-daban
(乌兰大坂)
布尔根河
Ike-ebi
Baka-ebi
Hara-barqiktu
Dabsu（盐池）
3290
北塔山
准噶尔盆地
将军庙
煤窑
Bex-baliq
(北庭故城)
北道桥
三台
(去伊犁…)
吉木萨尔
奇台
bir-baliq
(独山)
木垒
(去哈密…)
《長春真人西遊记》、
《世界征服者史》、
《元史》蒙古军路线

阿勒泰山脉古路示意图

至白骨甸地皆黑石。”

问了牧人们，Baka和Ike（小、大）两座山都是红色。中有Dabsu，蒙语“盐池”。醉酒高歌的老妇人念念不绝地叨叨着乌兰大坂，显然那是自蒙古高原进入中亚的最大咽喉，可惜我不可能越境去查人家的领土。

写上这几行文牍是为了备忘么？也许只有我知道它的“史学”价值。在日本时谈到这次调查，见到过许多羡慕和怂恿的眼光。好像我也曾经打算过再深钻一下，搞一篇海内外扬名的论文。从青河武装部Dika部长那儿我已经抄了万分之一图的图号，难道我不曾准备让这条死路在学术上再活跃一番么？

黑泥巴（用蒙语写成“哈拉·巴勒其嘎特”就优雅了）草原皓月当空。脚旁蒙古的山和境内这边的山都苍茫无依。说不清为什么草地漾动般悄悄在动，山影林影都在忍受着高海拔的清冷。我披衣出外，肩肘间涌着清白的雾。心中被冻了一怔，接着就充满了冰冽的凉意。

老主人也披衣出来了，我猜他是担心狗会咬我。我在月光下望着他，只觉得他漆黑得像一个阴界的魂。我想问候或搭讪几句，但是我没有几句哈语。我沉默着，他也默默等着我。我想出了一句：

“Jakse jaylaw，”好夏牧场；我听见自己的嗓音像一声塑料人的响声。

“Jaylaw jakse，”他赞同地答。夏牧场好，接着他突然深深地叹了一口气。

我们都陷入了无言。

不，我永远也不会去搞那篇什么论文了。仅仅在这篇散文中留一条线索，让哪位偶然翻翻文学作品的学者去青河考察吧。或者去巴音乌里盖——蒙古人民共和国拥有着那座乌兰大坂的省份去考察吧，他们会发现整整一条成吉思汗的石筑大道。

英雄的时代结束了。

我只独自一人默默悼念英雄。我不干那种事情——当年英雄帐下几十万战士没有一个人屑于干那种事情。

英雄的道路如今荒芜了。无论是在散发着恶臭的蝴蝶迷们的路边小聚落点，还是在满目灼伤铁黑千里的青格勒河，哪怕在忧伤而美丽的黑泥巴草原的夏夜里，如今你不可能仿效，如今你我找不到大时代的那些骄子的踪迹了。

老人探询地望着我，欠着身躯。

我抱歉地道着谢，迈回了毡房木门。

真的，从那以后，我再也没有重访阿勒泰。我也没有搞那个“科学研究”；因为我一翻开资料就觉得有一种嚼英雄粪便的感觉。我只是永远地怀念着阿勒泰大山，我清晰地看见有一条雄壮的大河般的道路，山间谷底奔腾蜿蜒。没有人知道它，只有我和那些牧人想着它。

1988年7月

双联璧

1

这本书到手的时候，我已经对马良骏阿訇神驰心往、想象许久了。那几年，只要我一脚跨入甘肃南部，就不禁默默地思索他的事。他背过身一去不返的家乡——张家川上磨乡的风景，就平铺在我的视野里，青山绿水的长条梯田，包裹着庄子，像一幅黄绿模糊的淡彩画。

不用说，若是赶上一个光阴，他会破例接纳我这五功不勤的瞎汉，一如在他以后，在西海固，在甘青新一样。

他不单是个念经阿訇，而是罕见的文人。那时候我弄不到这本《考证回教历史》，仅仅见过他翻译的《穆罕麦斯》。瞎汉藏经，我也留着一册。赠书的是川里弟的老父亲，译文是经堂语，滋味纯正且幽玄，最受苏非家的喜爱。

怀着与古人交谈的一种奢想，那时我长久地伫立过。何止马良骏，整个张家川已没有他的族人。我感到人的不能尽意，站在山梁边，只有让一对眸子享受。

2

如今这本使我好奇的书，已经拿在我的手里。惊奇才刚开始：因为开卷读到的，竟然是一对琢磨剔透的玉璧：先是张治中将军的序，后是马良骏阿訇的书。头一次开卷的时候，我对张治中能写出些什么，心里微有保留。说实在话，在我的这一代光阴里，教授也好专家也罢，凡民间最紧要的东西，他们常常一问三不知。在中国知识人受教育的过程中，自古是小树苗灌醋不灌水。以后学而优则仕，当官的知识体系里，自然是天生就少长了这几根筋。

而张治中将军不然。翻开序，读进去，一种太罕见所以使人感动的文字，一种端庄、精确、真挚的文笔，悄然抓住了我。

读下去，突然觉得振聋发聩的震动，读了几遍仍然不能相信；咀嚼几过，仍无法摆脱被震撼的感觉。张治中写道：

> 真主的仆人在路上小心翼翼的走着，蒙昧的人呼喊他们，他们回头答曰："和平。"

自一九八四年岁末初进大西北，我从未见过回教著述的任何一处，有过如此绝妙的概括。理解要等到第二次，那是在乌鲁木齐的八户地。我和一位阿訇议论起此事，他猜测地说，这话"大概就是那段阿叶提（《古兰经》句）"。我要求立即查找。找到时，我更吃惊了。

张治中写的这句话，是一个普通的阿叶提，在经的25章63节。只是这一句翻译，超过了一个世纪十五个译本的苦心劳作。我激动得简直喊起来：这一句译的，水平高过了十五本！为什么你们当阿訇的就找不出这个译法？……

视野里莽莽苍苍铺展的，是陇东的一角，惊人的地相。隔着深壑又近在眼前的，是一条条老虎腿般的山梁。如此将军，早已久违隔世了。我的脑海中，联想到淞沪抗战和他主政新疆的经历，想到大时代里，人的波澜生涯。四野无声。无限的山地平塬，居然就这么无情地断成了道道深沟，让人咫尺难近。

张治中将军对于伊斯兰教的了解和描述，无疑依仗着马良骏的经典和解释。穆民世界的真实，于是获得了有识之士的证明。两者相互的善意和水平，成全了一个美谈。一瞬间，我仿佛看见一对晶莹的玉璧；以一个共同的举意，以两个深厚的功底，他们完成了对伊斯兰教的出色释义。

隔了一年在宁夏黑铁峡，和另一个阿訇又谈起此书。他说："一个赛俩目，你看机密有多么大！……"是的，张序的功力，只在新译了一句话；而一句翻译的核心，又只是一个词。这个词，Al-salam，其实穆斯林天天都把它挂在嘴上，只不过，唯有在马良骏的判断和经文支撑下，张治中将军把它译为"和平"。

日后要再花费多少时光，人们才能体会这千钧一字的感觉呢——和平的宗教，和平的教义！

3

骑耕牛，过关山，大营扎在了上磨川——

是谁曾唱过这一段民谣？

此刻，我脚下山谷里的深沟，就一直弯弯地绕着，通到对面的上磨川。人称小马阿訇的马良骏，故乡就在这里。历史课，原来最好不是在北大，而是面对着山野和古人，慢慢地咀嚼吮吸，揣摸他们的隔世心事。

当年在这道川里，仗着自己的乃夫思（生性）一蹦子跑到新疆

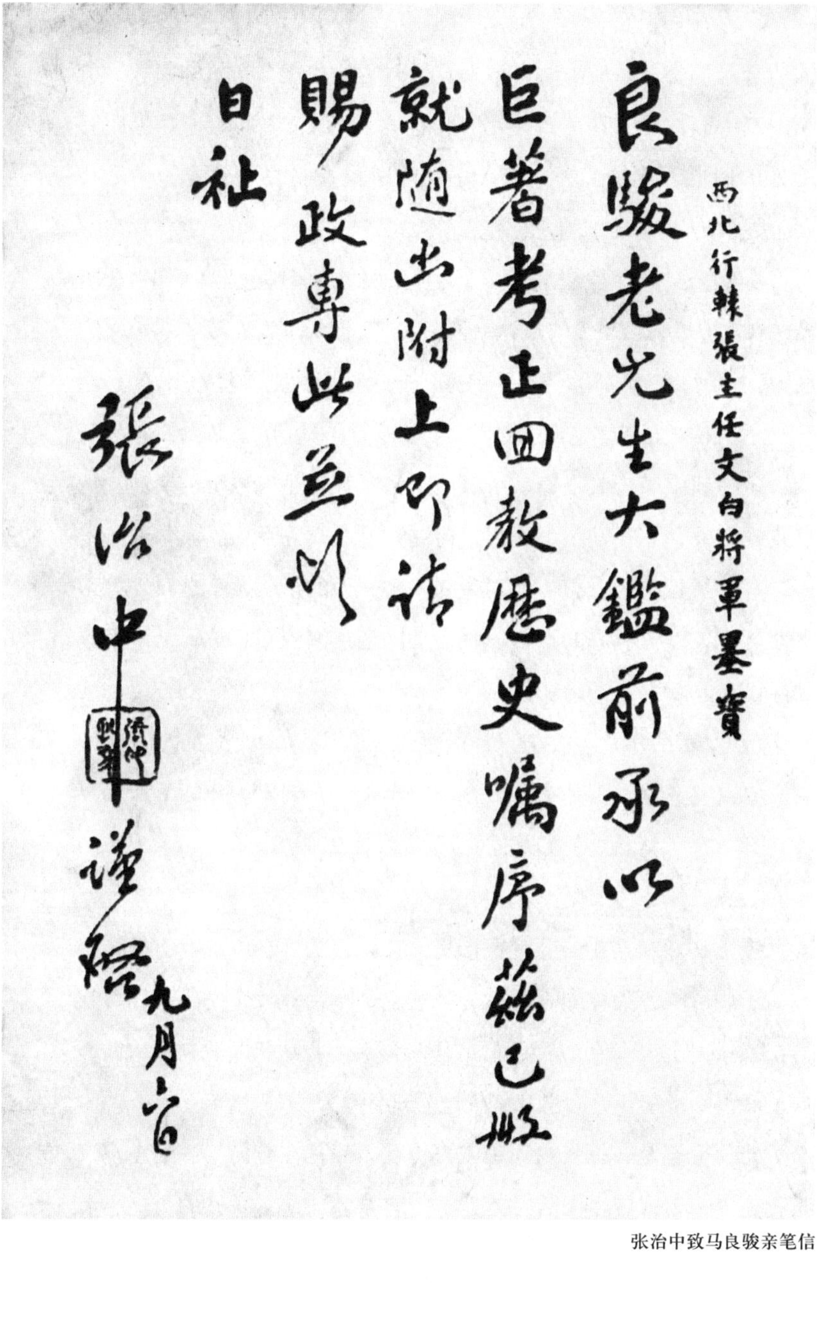
西北行轅張主任文白將軍墨寶

良駿老先生大鑒前承以
巨著考正回教歷史囑序茲已脫
就隨函附上即請
賜政專此並頌
日祉

張治中謹啓 九月六日

张治中致马良骏亲笔信

的哲合忍耶小马，后来做得可大发了。是他代表全新疆的回教，电贺的新中国成立。知道么？毛选五卷里，还收着一篇毛主席专门写给他的回电。满拉们在山道上歇息的时候，先要上一阵，喝足泉水，然后给我指点上磨的位置。

其实，这一本回教史体例罕见。它先用半部篇幅，解明了回回和卡费尔，以及乃夫思与伊玛尼这么两对概念。然后博采阿文“塔勒赫”（历史）与汉文古典，简练至极地勾勒了一个穆斯林世界简史。

人们说，他的乃夫思（脾性）没有压下，闹了气，跺跺脚走了新疆。走了新疆又恋着上磨，所以他给经堂翻译了《穆罕麦斯》。为着夜晚时分，悠扬地跟上调门，遥遥和家乡唱和呼应。人与人就是不一样，灵性的乃夫思，是天生的前定。他的译笔，不是蚊蝇之辈的小玩意儿，他满心的重负一旦成书，便从西到东，被半个中国到处念诵。

我总发生幻视，总好像看到他在默默坐静。我悄猜想，他还有心事没有成全。那是家乡么？小马再也没有回家。他的事业和灵魂，都留在了新疆。他们是志在远方大学的阿林，不是一生纠缠乡土的农民。那是什么呢？

就这样，在几年的咂吮旧事里，在独自的体会中，我仿佛随着他当了一回陕西大寺的满拉。这种感觉奇特又新鲜，使我暗怀着欢喜。“瞎汉半道当满拉，经不好，凭参悟。”我从伊犁城到天水城，从上磨川到张家川，心里总细细地想这件事。

忘了究竟是在烟袋峡还是在黑铁峡，反正在黄河的一处庄户，我和几个弟弟闲聊。谈话间提到了“乃夫思”（nefus）的含义，大家说，在这一带说起这个词，大致还是贬义的。乃夫思一字常与另一个词“海哇”连用，专指人的坏脾气。然而这个词也带着更重要的褒义：乃夫思指人的天性。所以，人的精神意气、尊严气质、性格人品，也都在乃夫思的范畴。

确实，张序是百年不遇的慧眼之作。但阿訇的究里，也有将军难以洞知的层位。我执犟地感到——在马良骏的深处，他追求阐明一个乃夫思的道理。

我想，马良骏在回答自上磨的时候就遇到的乃夫思问题。比起回民社会常见的解释，他剖析的乃夫思涵盖要大得多。一己的乃夫思，所谓闹脾气、没修养，并不能与伟大的生命的冲动相比，不能与造物主给予生命（乃夫思）以信仰（iman，伊玛尼）后，那精神的价值相提并比。

西北把没有十年寒窗念过经的人，戏称作瞎汉（文盲）。对这样的哲学概念，毕竟一介瞎汉，不敢浪加解释。所以好几年里，我到处和圣职人士讨论求教。

后来有机会做客在马良骏后人的家里。终于找到了这里，我想着。于是对他的二儿子，提了一个又一个想了多年，已经发酵的问题。

“二师傅，您参悟——他老人家为什么写了那么多的乃夫思呢？”

二师傅一手举起筷子：“吃菜，吃菜吵！”

也许是不知客人根底，主人不愿细谈。我在多少觉得突兀的同时，也觉悟到，这深沉的命题，已经不能再探究了。那饭菜非常丰盛，我吃着，满心惆怅的滋味。宝贵的机会，在马良骏的家族里确认本意的机会，与我交臂而去了。

4

细细读了张治中回忆录，不由得暗自作着比较。显然，他的处境诸般不便，结集的作品，固然是宝贵的文献；但就见识就文采而言，大都不能说超过这一篇。

从英勇地投入淞沪战场，与日本侵略军几万兵力血战；到重庆谈判，把毛泽东接到自宅就宿——张治中以一人之身，武有武道，文有文德。他主政新疆时期的政策文章，我坚信将被未来的人们回味不已。因为施政作文的背后，不仅修养见识高人一等；而且真的跳动着一颗赤子之心。

> 马先生之言曰：各宗教之精神，都是归向主、惧怕主，精神统一也。凡敬造物主者，应体主好生之心，推己及物，不以互相战争为然也。如是天下和平，世界战争熄灭矣。又曰：若能抱良善宗旨者，必能得其心平。人心平，则无不平矣，又何战争之有哉！斯数语者，可谓尽之。……
>
> 尝考伊斯兰一语，意谓和平，乃与战争仇恨相对峙之词。古兰经云：真主的仆人在路上小心翼翼的走着，蒙昧的人呼喊他们，他们回头答曰："和平。"兹所谓蒙昧人者，盖轻薄骄矜好战之徒。穆圣以和平之教，普济群伦，

后世不察，误谓左手执经，右手执剑。以讹传讹，流弊所及，岂可胜言。……

一切宗教，究其根本，不过无限之神，必死之人，及两者关系依次开展。亦不过人类精神脱离一切矛盾，而与绝对融合之过程。如假倭铿之语以明之，则所谓经过否定而达到肯定，承认苦痛而超越苦痛，次第发展自己生命而与无限大生命合为一体。国父论人格之发展，谓由兽性进于人性，由人性进于神性。夫既进于神性矣，安有所谓战争乎。质诸良骏先生，于意云何。是为序。

我总感到，他在写上述的文字时，心里可能也会掠过特殊的感觉。在他的与苦难中国同步的复杂阅历中，与一名阿訇的合作，会给他留下怎样的回忆呢?

我只知阅读者如今只能感慨；为那难得的携手，为一册薄纸维系了两个那么不同的人，为读时心里涌起的纯净感觉。

张治中的回教史序，是中国知识分子水平的一个重要标尺。由于对伊斯兰教的一语中的理解和说透，他的序将被人们一读再读，品味不已。

5

就这样，这本书，从寻找到入手，再到一边读一边确认，我在从甘肃到新疆的广阔地域里，若有所思，寻寻觅觅。时间像流水迎着我淌过，地点如走马灯，围着我变幻循环。我沉湎在读书的乐趣中，顺着山川指引，读取着一词一义。

寺里的阿訇和世间的将军，是那么不一样的两界。偏偏他们两人却能相交相知，把事情办得天衣无缝。

阿訇忧愁的是械斗，将军反对的是战争。阿訇悟出了赛俩目中间的和平，将军看透了民族的前途在平等。马良骏全文讲的，只是生命的信仰；张治中一生求的，只是中国的救亡。

在这本书里，他们都总结了一世的教训，说出了最终的结论。事情其实就这么简单，他们大声疾呼的，其实就这么清楚，只是——人们似乎听不见。

春去秋来，我把世纪末尾的几年，就这么在大西北的徘徊里，消磨着度过了。此刻冰凉的金风，正长长地从伊犁方向吹来，直直扫过张家川的山岭。随着风，梯田上最后的庄稼，次第卷过滚滚的浪。

无论在伊犁汉人街的陕西寺里，还是在天水上磨川的黄土梁上，我翻弄着书页，与当地人谈论着马良骏。当然这个名字无人不晓；倾听着甘肃口音浓重的种种解释，我暗自判断和假定。就这样，一面在大地山野里推敲，一面在心中暗自叹惜。难道这是能轻易实现的么？现世和幽玄如此和谐，穆民和中国如此一致！

无论如何，那珍贵的心心相印，已经一去不返了。剩下我自作多情，为这罕见的双联文采，为这真挚的双手举意。

2000年7月

嵌在门框里的耀眼绿色

1

对我来说，它位于整个北亚草原的处处。

在天山深处的哈萨克家里，我的视野和瞳子受过一次烙烫般的冲击。那是从毡房深处，穿过敞开的木扉，一方亮得耀眼的、鲜嫩欲滴的绿色正嵌在那里。山麓的松林、满漾的草潮在那长方形的绿彩里浮动摇曳，生灵般栩栩如生。哈萨克的孩子们拥有这样的视野，而且是从孩提时代——我这么想着，总觉得自己悟出了一个什么道理。

后来我心里便存上了这么一个意象。我多次在文字中提及它。在一篇记叙自己人生美丽瞬间的作品中，我把在那一方明亮绿色中穿来穿去的孩子，写成了一个绝美的少妇，记不清她是克烈部落的，或是属于柯扎依部落。在另一篇描写休息之家的短文里，我把这个意象的场景改成蒙古草原，把穿行闪幻于那方绿色的人物，换成我家的五一。但我始终觉得描写乏力，摄影更乏力，我表达不出——门框嵌住的一方明绿带给我的感受。

2

人要获得怎样的机缘，才能和美如此接近呢？人若是生于如此的美景，又会被造化怎样的气质呢？人要是怀着这样的蕴藏和气质，又为什么默默无语、不求表达呢？

这个问题，其实极其重大。

我曾经非常考证地问一个哈萨克：“以前，天池真的只是你们部落的夏营地吗？”

“是的。我一千个保证，是这样。”

他不仅斩钉截铁，而且充满哲理地直视着我回答。

那么我就懂了。为什么我们和别人，和那些精英大家总是格格不入？为什么人与人有着不同的观点、哲学、倾向，以及立场？——原因很简单，我们的血性不同。我们之间的分歧不是由于哲学，而是由于气质。

气质和血性，如天山上的冰川一样，是一切的源头。也许我热爱的气质、我珍惜的血性，它的起源还是一个谜。但这仅仅是就我而言。对天山和北亚草原的牧人们则不同，他们的美质，起源于无双的美景，孕育萌生于自由自在的大自然。这样的牧人天地，完全不同于制造轻狂文人的单元小区，这样的天人和谐、地杰人灵，是造物千年一施的美意。

以后，它就要退隐消失，一逝不返了。

火焰山小考

全世界儿童都知道孙悟空。无论中国怎样江山不幸，无论中国人怎样招人歧视，孙悟空与小说《西游记》，总是中国永远的属物。其中孙悟空一行长旅中的遭遇之地，如火焰山，也永远是人们憧憬的胜地。

而火焰山的故事，其实还没有讲完。

身处生死攸关之间，动辄存活大计——便渐渐厌恶装模作样的学者之态。本来可制论文的材料，怕被学者们偷读可惜了；于是漫笔散文，让劳累的大众能藉以神游——这是我近年来采取的形式。人应当有在地球上旅行的权利；我常常盼自己的文章能成为一种供人们让心灵在大地上散步时的可靠向导。

火焰山，应当是牛魔王发妻——铁扇公主的分地。据小说描写，路在长安城正西，山上烈焰千年不灭。可是，后人精心研读后，考定火焰山确有其地，神话常常生于现实，火焰山在今新疆（或日本人爱称谓的东土耳其斯坦）东端吐鲁番。

吐鲁番是维吾尔人最古老的故乡之一，地名辗转变化，今称Turpan，是亚洲东部著名盆地，盆地正中艾丁湖水面海拔-154米，以盛产葡萄甜瓜为人称颂。

在吐鲁番盆地正北，有一道颜色鲜红、寸草不生、沟壑挣扭如火苗丝丝的浅山。哪怕只是看它一眼，也觉得眼瞳灼痛，如烤如烫。长久以来——但是确切的年代不详——此山被用汉语唤作火焰山。

吐鲁番的维吾尔人也用生硬的汉语借词称呼它。一九八〇年，我先是骑马，后乘毛驴车踏查火焰山时，钻遍了这道盆地北缘的鲜红山脉中的每一条山沟。从胜金口、吐峪沟、木头沟，直至葡萄沟、桃儿沟、大河沿沟。可怕的灼烤每天都从清晨直至日落，折磨着我和我的维吾尔人向导里铁甫。我从第一天起，确切地说是从第一天上午起，就感到体内和皮肤里的水分被晒干了，唇上瞬息之间便结了一层紫黑色的、厚硬干裂的痂，只要一开口说话，那硬痂便流血，疼得说不出一个长句子。我心里想，大概，孙悟空在这儿也一样渴得半死吧。

我问里铁甫：

——Bul tag，Bul tag-eng ate ne degen？ Bul tag At?

这是非常糟糕的维吾尔语，意思是：这个山，这山的名字叫什么？这山，名字？

里铁甫简短地答道：

——Koyanzan。

他说的是“火焰山”。

究竟是因为维吾尔人也读了《西游记》，才受影响使用了这个汉语借词地名呢，还是因为更古老的历史沧桑中，汉族移民早把这个地名留在了这里呢？

可以断定的只是：如我的朋友里铁甫，是承认吐鲁番北缘这条红山枯山叫做“火焰山”的。

后来，那个一九八〇年几近恐怖的曝晒我至今记忆犹新，我们便沿着火焰山坡麓，一个村庄一个村庄地、一处古迹一处古迹地、一道沟一道沟地，走完了我们用毛驴车走了十天，而乘坐日本电视台考察队的空调小汽车只用半天就可以遛完的长旅。火焰山，它那

果子沟中八十岁的养蜂老人。他说：劳动是天命

外貌酷似一丝丝火苗挣跳的形象，也牢牢地留在了我的心里。

然而，那次我们还离开“火焰山”，纵向地向正北走了一条路线——即从吐鲁番盆地北缘的这条村落密集的浅山走向天山山脉主体的路线。起点是木头沟，在十九世纪末诸大盗探险队的文件中，它被标为Multuk；终点是煤窑沟，一个天山南麓斜坡上维吾尔、回族混居采煤的大村庄。煤窑沟坐落在倾斜的天山南坡上，出门便要弯腰爬山，或者顺坡下山。维吾尔村与回族村之间有一道大路相隔，各有一座清真寺，互不混扰，相敬相远。住民中，辈辈以挖谋求生者很多。

此行路线，还有有关地理，我做了一个示意图附上。

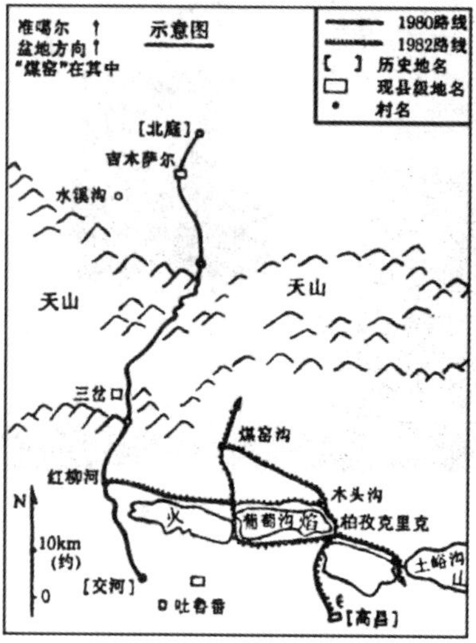

话题稍稍偏离一下：

在那次调查之前两年左右，我曾骑马踏勘了此行路线以西的另一条道路——敦煌文书中称为“他地道”的天山孔道。那是一条真正自古以来使用的古代天山的历史古道。历代史书记事不断；学者们虽然并未用脚踩过那条古道上的泥，却是精心对之钻研，论文遍见中、英、日文学术报刊。

其中，日本早稻田大学长泽和俊撰文，以为《宋史》关于东部西域的基本史料《高昌传》乃是断简错编，应予以校正。他在《王延德の使高昌记について》（东洋学术研究，1975，14－5）一文中，不仅认为《使高昌记》（原题《西州程记》，高昌、西州，均指今吐鲁番）即二十四史之《宋史·高昌传》史源属于错简脱删的残本；而且进而谋之，自己复原了一个“应当正确”的《宋史·高昌传》。

——这是一个必败的动作。我受业于北京大学考古学系，我凭直觉也明白：长泽氏此举是一个中国的大学一年级学生也不会犯的错误。于是，我决定钻研这个问题。

学术必须两脚沾上泥巴才可能可信。我在一九八零年骑马调查了天山东部的古代通道即王延德当年代表宋朝出使高昌的通道——沿途景物遗痕，一一与那位使节一千年前的记录相合不二。

关键在于一种西天路上的特产——硇砂。宋朝使臣王延德在笔记中写道：“北庭北山中出硇砂。山中尝有烟气涌起，无云雾，至夕，光焰若炬火，照见禽鼠皆赤。采硇砂者著木底鞋取之；若皮为底者，即焦。下有穴，生青泥，出穴外即变为砂石。”这里提到的怪物产“硇砂”，是历朝历代西域诸国向中原皇帝必进的贡物。治《西游记》的人未能关心，而搞历史的人却盯住了它。

长泽和俊重修《宋史·高昌传》之举，是建立在同一早稻田大学之松田寿男对硇砂的研究之上的。松田氏有名著《古代天山的历史地理学研究》；他自称硇砂考证在其大著之中，“时时成为重要的钥匙”。

然而，偏偏是硇砂问题被他全部搞错了。

松田氏考定：硇砂仅仅产于龟兹（今库车）。然而，一九四六年中国地质学家关士聪在吉木萨尔（北庭）水溪沟发现了硇砂。松田氏又考定：硇砂产生原因在于火山活动。而中国科学院的火山专家告诉

硇砂生成示意图

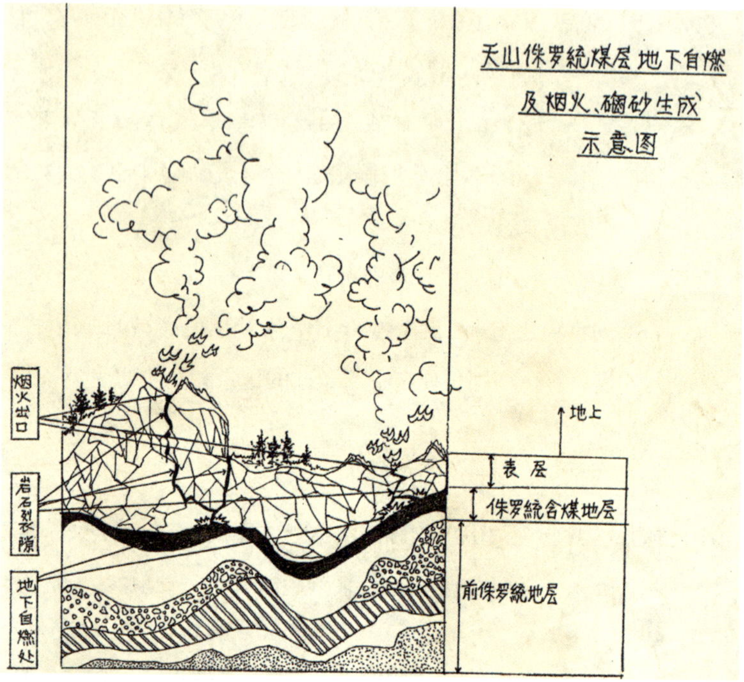

我，如果一千年内天山有火山活动，那孙悟空就不是猴子而是活人。

核心在于地层。考古学和地质学的命脉都在于地层学。从甘肃到新疆，尤其在天山山脉，侏罗纪地层中的煤炭普遍存在自燃现象。这种在地下自燃的煤炭产生的气体，在地表裂隙形成多种非金属矿产——硇砂即为其一。

我曾发表论文《王延德行记与天山硇砂》（文史，20辑），整理了这个问题，并且指出松田、长泽之论不确；此事已无须再论。

而且，学者们（包括我）通常认为——“北庭北山中出硇砂”一句中“北山”应该改为“南山”；因为水溪沟位于北庭南方。其实，再三吟味王延德的“小西游记”，他描写的是高昌国四至，即高昌国境内。高昌王通过夏宫北庭一直控制到阿勒泰南麓，至今人均泛称阿勒泰山、北塔山为“北山”。其中准噶尔荒漠盆地亦在北庭控制之中。准噶尔盆地中有一处地名“煤窑”的地方，据一旧物就一九五九年中国地质学家调查，那遥远的北方也有硇砂出产。看来，不仅《宋史·高昌传》全文改动不得，连一个“北”字也未敢轻易乱改。修正《宋史·高昌传》壮举，犯了史家大忌。

插入以上两页，已伤文章趣味。真正值得注意的是：人们憧憬不已的美丽天山究竟是怎样一道山脉？《西游记》中大书特书的火焰山，难道真的就是吐鲁番北面那道焦渴鲜红的低矮小山么？

未必如此。

对小说进行实证，确是一种荒谬的方法。但是《西游记》一书虚虚实实，往往又以真实为神怪。人们已经熟知：小说《西游记》是因唐高僧玄奘西域壮游而逐渐编成的。唐宋以来，人们对西域传奇的山河故事，往往基于这种秘境壮行而产生。其中必有真实——包括一座烈焰熊熊的奇山，也未必全是想象力的创造。

日本松田－长泽逻辑是错误的；因为它的思路是：历代硇砂史料多见库车（南疆，古龟兹国），仅宋王延德一条即《宋史·高昌传》记有北庭（北疆，今吉木萨尔），因此少数必误，《宋史》当改。这种逻辑的错误在于它不懂历史和历史残片（史料）间的关系。

然而，小说《西游记》中记载的火焰山很可能基于天山山脉的煤层自燃现象——因为天山南北麓均是古代东西交通孔道（丝绸之路）的主线，北庭和库车，一在山北一在山南，在昔日确实有过山中火起的奇观——盛唐以来奔波于那路上的旅人不可能没有耳闻目睹——见闻流入中原，在民间酿为传奇——后日为编纂《西游记》的人引发灵感；这种逻辑却是顺理成章的，因为它符合中国古典名著与古人知识之间的规律。

否定吐鲁番盆地北缘那道浅红色小山即火焰山，尚为时过早。尤其是，我们尚不能准确地判定维吾尔族住民对它的称谓之一——“KoYanZan即火焰山”，这个汉语借词或汉语地名产生的年代。

但是，据黄汲清、关士聪等民国时代的新疆地质学家们记载：吉木萨尔出产硇砂的煤层自燃地点之火势，正逐渐变小。笔者本人于一九八〇年调查该地时，火苗已熄。可知在四五十年间，那火势一直在变弱。回首宋人王延德目睹的照亮了鼠獭的火势，可以感到千年前确实曾有大火，千年内渐渐衰竭。若如此，唐代之天山某个地点，难道不可能真的烈焰熊熊，难道不足以使旅人目瞪口呆叹为观止么？

作此小文，只求使读者对中国古典名著《西游记》增添一点兴趣，并且对天山——那道雄奇美丽的大山脉增添一点知识。

是的，关于天山的知识是学不完读不尽的，谁能想到那道蓝松白雪的山脉里，还曾经有过熊熊燃烧的峰谷呢？

正因此，中国人的《西游记》确是伟大的，它使我们对大自然的憧憬更加深沉了。

1991年1月 东京

冰山之父

人会常常想念山脉。

但恼人的是，走向任何一条山脉，前段的路都漫长之极。尤其在西北，不用说当代那些伟大的设计师，连古人也一样——把城镇布置在远离山麓的平地，然后顺手一根线地用路把它们串起来。这样，看山易，进山难，望山跑死马。何况人多是心高技寡，靠的多是长途班车。所以真正地让自己进入深山，其实不是易事。我更一样。还没有看见山，准备探访的山脉还远在天外时，我已经遗憾只能在一个地点接触；已经为那接触的短暂而难过了。

黄土高原若算一个海，我把兰州当成码头。的确，它的功能就像个旱码头，汇集着八方的穷乡僻壤，集散着外界的花红酒绿。它并不独自拥有甚么文化，它展现结论，不演绎证据。包括黄土高原的内涵风物；须得离开这个码头几步，或南下河州，或东去平凉，才能找到源流，尝出滋味。因为暗暗怀着这么一种个人地理学，我常常把兰州当旅途的起点。但是这次我要跳过这亲切的高原；闭紧双眼，遏止情感，略去这一大块高原，努力地把痴痴的心思，向尽可能遥远的天地发散寄托。因此，熟悉的兰州，此行是一块跳板。

但若投奔大山，还要像闯过关口一样，穿越三个地理地带：除去黄土高原，还有河西走廊，以及一个个焦旱枯裂的山前干沟区。

从兰州出发，要跋涉的下一个大地理区是河西走廊。穿行在这一条紧紧夹在沙漠高原中间的、名副其实的地球上的大走廊上，车行如飞。戈壁的风，顺着走廊凶猛地冲来，粗粝地打着人的脸。走廊显出形相后，右翼是平坦的沙化原野，连着一条白亮的沙漠边缘线；左翼是退开的远山，向阳面褶皱峥嵘，沿走廊一字排开。那就

塔什库尔干的主麻寺

是我打算投奔的、几条山脉的第一条，祁连山。

但是进山还早；人不能避开的第三个地理区，是干沟旱土的山前浅山区。无论在哪里，谁也避不开这段煎熬。特别是在新疆。对着山影，绕着沟壑，满目都是不毛的石砾。更可恨的是居民点却建在这种地方，为着水更为着出山的交通。公路从来在远离牧场的、焦旱狰狞的山前绕行。

久久的忍耐一概略去。

如今回忆起来，心里开始为出发前的决心高兴。在这个难熬的苦夏，怀着说不出的渴盼，我跋涉过了这些山前的阻拦，探访了三条山脉。

1

祁连山，胭脂山，匈奴给它六畜生命，汉武使它史上留名。

黄昏降临了，四合的一幢幢寒山次第黯淡。我注视着它，清冷的暮色确实与别处不同。行政语言把这儿称作肃南；其实它是祁连山脉的整整一半，是黑黄两部裕固人（尧乎尔，hara-xiara yogor）居住的北麓。

大自然，以前是向往和憧憬的对象，但今天是逃难的去处。远在围攻还没有兴起时，我就决定：夏天之前，一定要竭力接近雄大的山脉，找到牧人和自然还有清冽的空气，度过这个思想的闰八月。

说不出的舒服和快意。山脉，如今我住在它的怀里。果然，在祁连山里，白日也相当安静。山头有变移的雪线，大多时候，顶上柔和的白雪总是被云遮着。雪线下面的山坡，隐约衬涂着一层费人捉摸的色调，是它使祁连山和其他的大山区别开了。是甚么呢，我猜不透。总之，像是它被覆盖在植被下的本色，闪烁在青黑绿三者之间。想着，突然失声笑了，我知道我又在漫不经心地猜测。摇摇头——不能深究了，否则必须二次插队。

在这山里一切单纯。十字街的镇子，河州人的馆子。沿着河滩，有淘金沙的大汉出没；帐房附近，养的是平犄角的藏羊。只有高处的森林，在雪线下一派墨黑。七月仲夏的山里，不停地涌出风来，在这日落时分，飒飒地响。

礼性很重要。虽然不敢奢望更大的收获，但我想哪怕只是为着礼性，进了祁连山就要拜访今天此山的主角：裕固人。

他们是古代的逃难者。我在书上学过他们的事。在一个养鹿的牧场，天上移动着大团大团的乌云。“黑”裕固人在这里放牧，他们说突厥语。有趣的是，他们使用古代称谓，把回族称作sart。我喜欢听他们说几个简单句，多少做些记录。挡路一般，一架墨绿的大山在我眼前立起，拖曳着一泻而下的坡麓。这座山给我留下了清晰的印象。它的顶如戴着帽子，仅是在那高处生着浓暗的树林。那是我第一次见到裕固族牧民。要落雨了，天非常冷。被砍了茸的鹿、骑着马的牧民，都急着回家，在微黑的溪流上哗哗涉过。

书上说，史称回鹘西迁的民族大迁徙，具体说是一场绝灭的大雪灾，把他们从北方蒙古高原赶到了河西甘州，逃难到了祁连山，慢慢地喘息回复。但是他们自己却根据一首古歌，说祖先是从西边一个叫“西只哈只”的旧地迁来的。这个地名使人联想吐鲁番的旧称西州或者和卓；总之，也是被逼迫逃难出走。

我听得饶有兴味，若是以前我会热衷这项考证。现在我只想和他们随意闲谈，享受平和的气氛。喜庆地被选了“裕固”二字来做称谓，其实今天一共还不到一万之数，却分别说着蒙古和突厥两种不同语言的yogor人，不知为什么也说不准在什么时代，结伴来到了祁连北麓。无疑藏民给了关键的条件，所以从他们的举止里，能辨出一点藏民的味道。富裕巩固么，这不最重要。关键的是，他们存活下来了。

后来在一个贴近祁连山脉的分水脊线的牧场，又接触了讲蒙古语言的“黄”裕固人。那次是背靠一道山梁，不由得想入非非：再爬一阵，山那边就是青海，祁连山脉的南麓。他们也住藏民式的牛毛帐篷。一条河分开流了，深绿的山中草原沿地势分成巨大的分杈。他们也称回族为sart，口语中的辅音有古代特征。这是第一次。在古代匈奴人悲歌“失我胭脂山，使我妇女无颜色”的地方，在甘州回鹘人，或者“西只哈只”的yogor人靠着高寒的山，还有稀薄的草生存下来的地方，我喝了他们的奶茶。

不知为什么，逃难者都选择了荒凉的祁连山脉。后来进入了二十世纪，每隔十年，居然就有一批人偶然或必然地投向祁连山避难。蒙古独立后，一支喀尔喀蒙古人迁来这里；当然他们是被革命驱赶出家乡，流落到祁连山贫瘠的草原的。三十年代后半，一支长征的红军也逃进山里；他们却是为着革命全军覆灭，残存的一股逃进祁连山，在大山的掩护下最后逃生的。最后还有一支哈萨克人；历史强加于他们的苦难，以及他们向着祁连山脉的迁徙，很少有人知道。

端详着这个比内蒙古的草原要稀薄，比新疆的草原要简单，可是比它们任何一处都贫穷的高山牧场，我心中不由得暗暗称奇。事

我在塔什库尔干的主麻寺里面

物是处于神秘之中的，看来的确如此。这里是一种边境，隔断杀伐和残害的边境。只要逃到了这里，就能获得奄奄一息的生存。这里又是一块活地，性命和生计的活地。它不靠丰腴肥沃，只要付出劳苦，就能得到一点点余地和繁衍。

在安下心来以后，一如往常我遭逢着真实和吐露。我不动声色地倾听，暗中压下不平和激动。这个夏天，我常常咀嚼这复杂的矛盾。没有话语的环境，只有自然的话题任人谈论。我到处求教，学习关于原生林和次生林，打听云杉、圆柏和柴白杨。青海大通来的淘金人住在河床里，用推土机挖开石砾层，把五米厚的沙子全部过水。我过去说出切口，问问金脉的走向，听听他们的生计，让野地的山风吹拂我们一会儿。

想想南北各大山林，恐怕祁连森林最荒瘠。荒漠戈壁直到山的腹地还在伸延，山表草薄树瘦。在这道荒凉贫瘠的山里，森林生长缓慢。山上太冷，树木的年轮才仅仅只有一毫米。一棵树长成碗口粗的直径，居然要花上四十年时间。但即便如此，山上的每一棵树仍然使劲地伸开吸管般的根须，拎一串水桶般地黏挂着一团团含水的湿土——然后让水成滴、渗漏、淌出、汇集，在凹地就地势形成小溪，最后在谷间和沟里变成河流。昔日只是让匈奴六畜蕃息的祁连山脉，今天不言羸弱抽血化水，一共送出了三十多条滔滔的河水出山，滋灌喂养着金张掖、银武威和走廊上一连串的绿洲，喂养沙漠般蔓延的开垦建筑，喂养不尽的人贪兽欲。

森林齐齐地摇摆着枝梢，连峰在极远的东西两翼消失。站在这么浩莽的大山里，人清晰地觉察出身体的苏醒，和一丝温暖的喜悦。我也可以从祁连山吮吸一滴水，不由得这样想。留一个念想，再来时我要直取真实。从乌鞘岭到阿克塞，这个地带长宽合适，朴实单纯。抬头仰望，嵌在岩石缝里的冰雪是灰蓝色的，随着一天的终结，它正渐渐地逐次变暗。

无论对生存或思想，不能缺少的条件，是一块驻营的基地。农民说，安家立业要有块地场。都市只是战场，那里缺少阴柔的滋润和灌溉。幸而我唯心地向大山求援，现在看来决定是对的。这里是祁连山，古老的牧地，智识阶级话语不通用的异域，逃亡者、牧羊人和淘金汉的求存活的地场。

站在滔滔流水边的石头上，我觉得自己也是一株柴白杨的细细根须。千里迢迢也好，一路风尘也好，满意的是我总能到达这种世界，这种世界总是接受我，给我新的可能，给我宝贵的吮吸。在雪山下面的河谷里走着，我忘了山外炎炎的夏季。林涛如同诱导，悦耳得使人留恋。祁连山的萧杀风景，平熄了心中的急躁。

2

半个月后的一个傍晚，在昌吉境内，我抵达了天山。

“山前”的折磨总算结束了，忍受了整整半天黄石头红石头，穿过了数不尽的焦干的山沟，特别是越过了康家石门的岩画之后——人们时髦地说，这岩画是世界最大的“性文化遗址”，车子转了一个弯。

——森林的梢尖，突然从下方升起来。刚刚走过的山前地带原来海拔更高。转过弯后，不留意已是阴坡，地势在颠簸中向下倾斜着。空气骤然凉爽了；曝烤之下明晃晃蜇眼生疼的、干渴的红色黄色刹那间一扫而光。亲切的、只有天山才有的浓蓝墨绿，清凉地熨着干裂的眼睛。

前进着，黄昏的夏牧场，它音乐般的美色，轻摇着满盈在刚打开的世界。已经是几年不见了呢，我算不出来。心里袭过一阵难受，我差点落下眼泪。

那个夜晚给了我久违的幸福。

天山太大，天山的全部美貌无法全窥。只能从不同的山口分别进入。多进一条峡谷，就能多看一眼天山，多住一个地点就会多一分知识。开卷有益，在这一生中，要尽量多地进入天山的条条沟谷。这次走进的天山沟谷，叫kul-say。

这个地名的意思是“湖之谷”。因为我们亲爱的时潮是一定要在中文里印上西文来加强语言；为着平衡，我也要在我的文学中故意印些哈萨克、尧乎尔，以及蒙古等语言的转写符号。

无论如何，这次是痛苦的久别之后，四个东干人住进了哈萨克的毡房。女主人很能干，在夏牧场的浓白晚炊中，她应付和我们的交道。男人却不声不语，沉重地在草地上慢慢踱着，拖着伐倒的几根松树枝干。喝过茶以后，东干人在他们之前接起都瓦尔。我觉出女人微微一怔，男人却不动声色。

顺着kul-say的山谷，我和东干兄弟们漫无边际地闲谈着，散着步。熟悉的、我此生只能永远憧憬的天山深处的黄昏景色，包裹着我们。

有两个巴郎子骑着马，从峡谷的上头驰来，寂静的山间只响着他俩的清脆喊声。我问他们什么，前头的一个却在鞍上扭过身，大

塔什库尔干的感动

声问后面“他说什么”。于是我们不再纠缠巴郎们，径自朝落满白白松枝和长满了美丽云杉的深处走去。让内蒙牧民惊讶地、哈萨克的毡房扎在陡峭的土崖上和松树的巨根旁，紧紧地一座挨着一座。羊和马都很少，只看见一些牛。

傍晚应该响彻归牧的喧嚣，而这里显然畜群已经稀少。

天黑了。

我坐在毡房门口。夜影里，清冷的空气在浸漫。不知在哪里有谁单调地拨弄着一个东不拉。辨不出，不是常见的曲子。黑色的森林尖梢刺破紫色的天空。我感到心脏在非常舒服地休息。世间布满凶险的埋伏；但是在此刻，我感到大自然在对疲惫的我无声地抚慰。

这道山脉，对于我来说，就像一位白发飘飘、威风凛凛的导师。它对我得自蒙古乌珠穆沁草原的知识，实行了大幅的修正、补充和阐释。自从我理解了这一点以后，我就对它久久地怀着一种感情。

女主人问到晚饭时，我学着哈萨克的回家游子，说吃苏由阿什。它是把面片和羊肉、番茄和芹菜等等古来的西域菜蔬，用浓浓的肉汤煮成的。要求吃这种饭的潜台词是，不想过分麻烦更不想排场，但是盼着滋润一下在外干枯了的身体，解一解太久的疲乏。

饭后应该消化。同伴发现了一架风箱漏气的手风琴。他拉尽了会的全部哈萨克曲子。于是男人找来一个孩子，那男孩唱得非常动人。他把圆舞曲节奏的哈族歌子唱得每个节拍都饱满。由于害臊，唱那些节拍时他的童音在颤抖，他不住地依偎在那男人怀里。

晚上是游牧民的促膝闲谈的时间，我问了牛羊、部落，和山外见到的一座墓园的来历。他们也是苦难深重的克烈部落。问到迁徙的事，我震惊地听到，他们以前居然在美丽的天池驻夏。可怜的几句哈语罄尽了！但是那男人不笑，也不惊奇。他只是再回到沉默，等着我的下一句提问。我早麻木，不再自责，如今后悔学习不努力已经太晚。好在心情的交流最重要，它实现了，这个克烈部落的男子清楚了：我们不是游客。

后来还是女主人谈到，明天是他们母亲逝去的四十日。我也告诉他们，我的母亲也刚刚去世不久。这个话题虽深，但结果都很满意：双方的礼仪非常相像。东干人么，有时会翻翻随身带来的经典。那个男人从毡子上欠欠身，微微地朝我们挪近了一些。他总是注视着我，不过目光平静而柔和。他不断地使我联想起多年前，在阿勒泰腹地踏查古代道路时，相遇的一位哈族老人。那也是一个夜晚，也有夏牧场难以忘怀的夜色。只是他比那个老人更无言。

人们休息后，我又披衣出了毡帐。

月色如洗。此生中，我已经若干次在天山腹地过夜。每一夜都那么珍贵，一次次都历历在目。这无论如何又是一次，我想，求一次美好的体验要千里迢迢，而且找到后转瞬即逝。我惋惜地想着，望着迷蒙的月夜。

剥落了皮的松树枝干躺在草地上，散发出白光。远处传来偶尔的犬吠，还有像女人又像孩子的、清脆的叫声。kul-say的小潭水淹不过马膝，他们以前的夏牧场是天池。但是他们的情调一丝也没有变。我仿佛看见了他们坚持古老生活的韧性。在静夜的天山里徘徊着，我禁不住想象。我永远不能想象，若是一个孩子从小看惯了诸如天池、喀那斯湖、赛里木湖那样的绝美景色，那对于他意味着什么。如果天池、喀那斯、赛里木只是他们的恬静的夏牧场，他们拥有的是什么。

分手的次日早上，哈萨克的男女主人招呼着，我们又喝了一顿喷香的奶茶。喝茶时那男人仍然默默无语。然后，一如昨天，我以大哥和主客的身份领着兄弟们接了都瓦尔。当大家双手抹过脸，觉得这次天山小住已经结束的时候，那男人突然开口，低声地念起了古兰。念了一共两个短章。他念的调子很好听，念的章节是我不熟悉的。他的水平出人意料，但他意在哪里并不难猜。我们，甚至他的女人都非常感动，可是一直到告别，这个男人再没有说一句话。

3

终于，在最后的帕米尔路上，冰山出现了。

在高原过酷的曝烤下一片疮痍的群山路上，在我一直牢牢凝视着的灰砂石砾的尽头，突兀地出现了一些蓝白的冰。它稳稳上升着，截断了火烧土，显示出轮廓，挡住了高原。

看到他的那一瞬我就明白：决定探访帕米尔，是正确的。无论谁，当路径堵塞难以屈伸的时候，至少可以走向冰山。高原之顶的万仞冰雪，会强大地改变人的心情。帕米尔，当我还是个儿童我就听说过的世界屋脊，如今总算挣扎到了它的脚下。二十年前一念之差，于是就要经过六盘和陇山、饱尝戈壁和荒漠、经过那么多黄土高原和山脉江河之后，它才为我出现。

远处的世间，酷夏还在肆虐。但是在冰川和雪岭的缝隙之间，河水滋润了一些狭窄的草滩。地名越出了我的能力。盖孜、库尔干、斯东、塔合曼，维语混合着波斯语。基础在消失，我感

冰山之父

到不安，剩下只有感受了，只有仰仗机遇。一般说来，人不能奢求启示。

一路藏着的任性突然按捺不住。过来的每一步，都像进入帕米尔的山岭，被灼烤得碎裂焦旱。水冲来时，岩石的山一片片翻倒下来，坍塌如泻。我们表情平静，我们忍受失散。他们百无禁忌，我们缄口不言。迎着过于巨大的命题，人会渐渐学会平和，为歧视而害羞，为压迫而叹息。在遭逢危机时，连孩子气的弟弟都成熟了。不仅如此，在诱骗和蓄意的围逼中，我们竭尽全力，为着古代的情义，掩护颓垮的文明。我们走遍了西域，在一个个异族的聚落里学习寻觅，远远地避开了自己。我们冲进东川，在孤单的逝者身边，为母亲和孩子、为女人和亲人、为自己和大家，念完了辛酸的章节。我们分手在乌鲁木齐，兄弟几乎流泪。小伙子们居然会那么眷恋，但我还是走了。就在这样的穷途，就在这样如同逃亡般的道路的终点，我看见了你；你的姓名就是启示，Musutag Ata，冰山之父。

冰山乡现在叫塔合曼乡，河滩里是塔吉克人的夏营地。从晒得破裂的砂石坡麓上，一条河湍急地穿山而过。河水在两岸养育了一条狭长的绿草地，草又低又密，从泛碱白的河床来看，草一定是有劲的含盐草。

夏季，他们挖起连草的土坯，趁湿一块块堆砌成四方的墙。再罩上松枝石片，就安了家。这种碱土坯砌成的夏窝子干得很快，年经日久后，被直射的烈日晒得又白又硬。透风漏雨的里面，昏黑但凉爽。我喝着他们的酸奶子，随便问些无关紧要的话题。

牛马驼羊之外加上牦牛和山羊，原来这就是人所谓六畜。塔吉克牧人拥有的畜群很少，问答间我吃了一惊。三百多户人家，只有二百多匹马、绵羊七千，加上山羊，不过一万牲畜。我猛地明白了：塔吉克是一个不仅忍受着高寒酷晒，也忍受着贫苦的民族。

若一切仅在贫富，还可以由人平衡。这里是古代的大食，专生以貌美著称的塔吉克男子和女人。他们把粗织的鲜艳地毯挂在壁上，在精绣的花帽上再蒙上雪白的头巾，极度的简陋穷苦中，就出现了华丽的波斯味道。但是生的艰辛无法勾销。用内蒙牧人的目光，我看出人们活得并不轻易。后来转到冰山的另一面；那里的草地，简直就嵌在绝壁和碎岩中间。没有草，一角大的牧场，十数头的牲畜。塔吉克儿童追着山羊，攀着被烈日烤焦满山酥碎的陡峭斜面，寻找每一丛草。一头羊能卖四百元，这些钱能买半年粮。生计，全在几十个羊的身上。

不用说，我也决不问，能称之痛苦的，并不是这些游牧的辛劳。

但塔吉克人的眼睛里，好像瞟过一丝嘲笑。高耸半天的透明冰雪，慕士塔格父亲的传说，鹰笛、舞蹈和高傲的语言，毡房和土坯的夏窝子，神圣的依斯玛仪勒信仰，这一切陪伴着支撑着他们，使他们在烧伤的高原上，牢牢地抓住了骄傲与美貌，使那么多的民族深深叹羡。

喝了茶，吃了馕，我走出土屋。冰山在尘雾里时隐时现，远处白色的草皮块房子，在乳色的日射中亮暗分明。这种寂静的塔吉克的平顶小屋，和冰山之麓浑然一体，渐渐地使人忘了曝晒和灼烤，溶入了一种情调。Musutag Ata遮断着一切，注视着世界，仿佛在永恒地否定和肯定。

他银白的冰顶就在眼前，半隐半现。涌淌而下的冰川低在眼眉，重重地遮裹着烧伤斑驳的岩基。是的，在他身上，冰冻灼烤都是妆扮的色彩；在他脚下，痛苦灾难都是迅忽的瞬间。他像一位苏非老人，启示着主与人之间的机密。他冰雪的白发不梳不理，缕缕冻透，直至烧石戈壁的山麓，长长曳着坚硬的棱线。隔过昏蒙的阳光，他晶莹闪烁，严父般地望着我。

和所谓“旅”，和它的严峻本义真的答问的时候，人会非常难堪。由于特殊的遭遇和命定，以前的体验会令人紧张地质问。从大西北回来的路上，我曾长久地研究这个矛盾。后来，我追忆起一张张脸庞。有我描写了几句的哈萨克男人，也有我没有触及的、塔吉克的老者和东干的青年。他们都是些大气的人，谁都承担着自己的一份。我留意到，他们对什么都不强求；对世态变幻和对自己，有一种淡然的态度。而且，微微有点像那些茫茫大山，他们都喜欢沉默。

就这样，我结束了夏季对三条山脉的寻访。

确实，在穿越枯燥漫长的山前地带时，我有时觉得疲惫不堪。但是每当达到了山的深处；每当对着美好的风景，赏心悦目胸襟开阔的时候，我就感到快意，好像地气在向我灌注。虽然往往只是瞬间，但是劳累退却了，人获得了补充。

对于不少人，这都可能是一种度世的生活方式，我想。

1995年10月

正午的喀什

1

站在这里心中怅然。十五年前我还年轻。那时古风的广场还没有被整肃，站在广场上就能看见传统，还有商品和文化的集散。大寺一直到台阶都被热腾腾的摊贩集市簇拥，显得随和而贴近。那时第一次见到鲜血淋漓但不停歌唱的自残乞丐，第一次见到白瓷般可爱的小姑娘。还有热烈的音乐，那是挣脱异化的一片旗帜。不用说，还有不时瞟来的、迷人心窍的眼神。十五年前的那一天，我的心被掠夺了。那一次是毕业前的实习；但不知怎么，就像走错了路一样，越过那么辽阔的大沙漠，我独自跑到了这里。于是人就再也无法不想念，春夏秋冬，我身在异乡，一丝游魂却时时在这街头游荡。

今天我又沿着沙漠的边缘，穿过绿洲，来到了这里。今天看到这些浓密的黑胡子、长到膝盖的袷袢和花帽，我已经不再惊奇了。不敢相信地，切实地踩着这里的土路，我甚至难以压捺心中的一丝莫名的伤感。今天我懂得这是逊乃，效仿的圣行。不过，衣冠须髯，几件逊乃居然能变成如此声名远扬的形象，变成一个个魅力生动的男子，这一点使人禁不住地暗暗感慨。

女人们更是如此。难言的娇美，痴醉的歌舞，和拒绝的褐色盖头巾，都不可思议地同属她们。仿佛她们神秘的女体，在不语之中暗示着彻底的快乐和禁忌。一切都藏在她们的深处。如今我能稍稍清楚地分析了；经过了时间和经验，如今我开始能猜测，暗暗编织其中的经纬。心中悄然游走着一丝苍凉。我开始善意地谅解；何必对肤浅也进行讨伐呢，那是最后的残存浪漫。

毛驴子依然皮实地在炎热中拖着车，沿着田野上的林荫路小跑。青黛的绿荫遥遥伸延，这里也许是中亚最大的绿洲。风景和人都依旧。他们依然不稀罕编入公家的单位，各自在私人的铺面前头忙碌。喇叭还是丝毫不介意流行风尚，自行其是地，向世界灌注着古老的小调。钻天杨的满树叶子沾满尘土，摊子上香喷喷地、齐齐叠放着焦黄的馕。妙龄姑娘一排排走过，眉毛染成黑绿的黛色。老者在杨树下消磨着时间，双双深目不可捉摸。

我顺着著名的巷子，走走停停。我说不清自己多么喜爱这些古怪的小巷。不用说，在我生长的中原也用泥盖房子，但是同样的泥土，却堆砌出不同的气质。

一定从古时候就已经定局了。神秘的一股情调，被无形地划归了这里。从淡白色泥屋的光滑平顶上，它轻曼升起，俏皮柔韧，难以触摸，不可言说。接近它几乎是不可能的；长久以来，我一想到此生恐怕不能与它再求深交，心里就忍不住难过。哪怕是用感性或学识，哪怕仅仅想一把抓住它的一丝形影一股味道。太难了——它飘忽幻变，不作允诺。它和我们不得不寄生的此界之间，好像是隔着一层绝缘的空气或尘雾。

我年年都这样想：一切是不是已经太晚了呢？

他们却在神秘地微笑。像瓷一样白嫩的娃娃、在每一寸身条上迸射活力的姑娘、即使穿着破旧也潇洒有仪的男子、肥胖快乐的主妇、白髯碧目的老者——他们分着清楚的年龄阶梯，一层层一类类地，在这些神秘的小巷里成熟。他们总是从他们那令人艳羡的神情中，轻轻地投过来一个微笑。唉！

世间正是可怕的正午。恐怖的毒阳在放肆地曝烤着，泥抹的平顶屋一片片低伏着，在这亚洲的腹心干透、变硬，被烤成了一抹光滑的蜇白色。它们一语不发，静静地和白杨沙枣一起伸延，在天尽头化成一片淡雾。

我用鞋揉着淡白的干土。尽管头上高悬着如炽的骄阳，我心里却觉得如释重负。我发觉，在我来到的同时，目的便已经消失了。遥遥地，由于禁止使用高音喇叭而显得若有若无的、艾提尕尔深处传来的长长梆克，飘出来后变成干燥的夏风，散向炎热的中天。

是的，这里就是中亚的名城，我渴念的喀什。

2

在整个中亚或者更远的外界，人们可能没有听说过乌鲁木齐。但是一提起喀什噶尔，谁都会叹赞之神，形诸于色。

有时站在沙漠的南缘顾盼，总觉得喀什噶尔绿洲实在太辽阔了。它大得以至在胸脯上发育了不止一个市街。有的沿袭旧制，

1980年的喀什

音译古语；有的顾盼水草，指地为名。当然不管街镇的历史如何，它们都是交叉通达于喀什大绿洲上的枢纽，都是拖拽着一大块村庄之网的纽结。

水量丰沛的河水浑浊地奔腾着，和条条灌渠交叉补给。眺望着无垠的绿洲，我不知去哪里走走更好。和人们闲谈时，他们说，在喀什噶尔的郊外，比如在疏勒有不少东干人，不去看看么？

疏勒离喀什很近，不知它是不是文献里讲到的，政府军经常躲进去的古丽巴哈尔堡。“东干”的语源已经不易究明，不时地它也被写成“东甘”。打听的话，只能问清楚它在哈语中读成Donggen，在维语里念作Tongkan。人们用现代语的惯用形猜测说，这个称谓来自Turgan，意思是“留下”，指当年留在甘肃没有回到故乡的撒马尔罕之类地方的游子。当然也有人说，这个词就是指东部甘肃。

上一个世纪的末尾，天下沦为乱世。面对着歧视和威胁，东干人选择了争斗。于是也就尝受了迫害，最后流离失所。悲惨的故事持续了很久，不过事物终究会有结束。后来当安定又巡回归来时，人们发现，东干人已经悄悄地靠着城边定居了。

一如以往，东干人么，买卖些凉面酿皮，栽种些辣子洋芋。斤斤计较地勉强营生，紧靠着寺抱成一团。他们学了些维族话，把泥屋搭在了这片绿洲。后来世道继续稳定，他们开始出门也戴白帽子，在泥屋的庭院里，栽了些葡萄和鲜花。从劫难以后至今，刚刚过了一百年。

一对东干人的老两口，悄悄住在疏勒北郊，一个叫塔孜拱的村庄。

远远地先看见一排高耸的杨树林。顺着急流的水渠，这些树干粗粝的青白色大树笔直地密密挨着，雄壮地排成了街道。小小的院落遮掩在青杨树深处，他们的家盖在维吾尔人的聚落中间，街上依着门口，三两地有衣裙鲜艳的维族女人在闲扯。进门前抬头望望，一切都曝晒在火烫的阳光之下。

老人的眼眶深陷。投手举足之间，他很像喀什树荫下的那些维族老者。他总是迟疑地把我的话再问一遍，然后先在脸上露出确实懂了的表情，然后再慢慢开口回答。我不能不欣赏他举止中的，准确的维吾尔式的优雅。

院子宽敞得令人艳羡。沿墙矗立的巨大青杨，把院子围成小小的城堡，完全隔绝了外面的任何动静。角门通向果园，院子里架着葡萄。从檐下就密密垂满的葡萄和大片的浓绿肥叶，把一派炫目阳光架挡在上方。它只能在缝隙里闪烁，但是再也无法落下。

他姓的是在东干人里最常见的马姓，但是他的汉语已经不熟练。我竭力把普通话讲得再清楚一点，但是他却更听不懂了。在新疆我总是尽量少讲汉语。我喜欢用半通的蒙古语或几句哈萨克语，和汉语民族以外的人们打交道。但是，我没有想到在这个小院里，在同胞的老人面前，却要经过维语的翻译。

他在疏勒长大后，就投奔了维族人的毛拉念经。也在维族毛拉的主持下，当了东干人的阿訇。他安静地坐着，一个穿连衣裙的邻居女孩依偎着他，一根根吃着待客的馓子。家里没有儿子媳妇，只是老两口做伴。他抱怨地说，自己的孩子都“工作”去了，不来接他的班。他的这几句话说得断续吃力，不知是因为他的老实，还是因为他对自己的用词缺乏自信。

塔孜拱的开始

听着他说不准的话，人们笑了起来。大家开起玩笑，说该请个懂汉话的维族小伙子来，因为马老汉的汉语不如维语。他更窘了，无奈地摇了摇头。吃馓子的小姑娘倚赖地靠着他，香喷喷地嚼着。他不知所措地低下头，抚摸着那维族女孩的头。孩子举给他一根长长的馓子，他摇摇头，说了句什么。小姑娘应声跑了。

老大娘则活泼得多。她是完全的维吾尔装束：穿长裙，衬衫外面套着对襟的坎肩。也像维族女人一样，戴着小花帽代替盖头。比起老实的丈夫来，她的母语记忆要好得多，口音里居然还带有一些陕西腔。

她的心思只在留下我们吃饭。不管怎样坚辞，隔上一会儿她就再来挽留一阵。而且隔上一会儿，看到我们还没有马上就走的意思，她马上就跑到灶房，切上几刀或者洗一把菜。果然，等到我们坐够了，真的要告辞时，她已经把饭菜收拾了一半。这下她的态度坚决了，她拦住我——陕西话急切中显然不够了，她就用维族人的调子喊起来："你们走的话，我，我——哭呢！"她的真心使我们局促不安。坚持告辞呢，她已经说了这样的话；不走吧，那么就要让七十多岁的老人做饭。

我突然感到，若是此刻离开，以后我会长久遗憾的。于是我跟着她跑进灶房，连声说：那让我来帮您……后来，就是富足的南疆饭菜。我什么忙也没帮上，他们宰了两只鸡。在场的人里，有一个政府要员。或许是由于我的帮腔？要么就是为了向我展示政策阳光的煦暖浩荡；饭桌上决定：可以额外给本村一个名额——去学古兰经。我心中暗暗感到震惊，但是马老汉夫妇知足的表情纠正了我。饭很香，客人们由衷地觉得打搅，再三地致谢和表示礼性。

现实而短暂的一课结束了，感慨不住涌来。离开他们的时候，我走了几步，又回过头来。我实在舍不得就这么走掉，其实我有和他们交流的全套本领。但那是完全不必要的，马老汉的平和，像是一个不变的哲理。遗憾的潮冲击着我；就这么离开喀什郊外的疏勒么。几乎是什么都没有来得及说，我还有多少家常话和心事，想和老两口说它一顿呵。

离开葡萄架，就回到了灼烫的阳光里。在密密勾连着、满身叶片簌簌摇响的大杨树下，两位老人并排站着。老大娘的花裙子飘着，脸上笑得开了花。马老汉迟疑地抬着手，好像不知怎样告别。

他们心满意足，再也与世无争。由于命运的逼迫，还有环境的濡染，短短的百年之后，从服饰到思维，不用说人生，人本身包括语言都变了，他们几乎变成了另一种人。

我抓住他瘦嶙嶙的手。白帽子下面，他苍老黝黑的脸型，愈看愈显得更像维族人。我舍不得，尽量多用了几个术语，和他道了再见。他抬了一下眼睛。大概这时他才想了想我是个什么人。在正午烈日的逼人照射下，他的眼凹愈发深陷，微笑中显出一丝忧郁。我心中微微触动。我悟到了一个罕见的道理。当在尽头处，当被生死与否生存与否的选择裹挟的时候，人会发生直到内里甚至体质的改变。

3

她坐在我的对面，沙哑的声调急促地说着，四周的土墙上满是地毯的美丽图案。和伊朗航班上的黑衣姑娘不同，也和不能见面的巴基斯坦主妇不同，当然更和西海固或者河州那些戴盖头帽子、穿短棉袄的女人不同。

塔孜拱的孩子因我成了艾提尕尔的塔里甫

有生以来这是第一次，我和一个蒙着褐色纱巾的维吾尔女人，面对面地坐在一起。她穿一袭长袍，细细的手加强着语气，轻快地做着手势。

四壁地面都被挂毯的图案填满了。从敞开的门朝院子望去，白亮的渠水正从院墙的水洞流进来，浇灌着院落中央的一簇鲜花。喀什噶尔郊外的绿洲上，每个庄院的景色都是这样：外面有耸天的白杨、渠水隔开的土坯院落、沉重的葡萄架、静静的鲜花，还有作为后院的果园；进了室内，则是满壁的挂毯，是充斥满目的波斯或和田的漂亮图案。

地毯的厚实和图案，仿佛使我身心都突然进入了休息。时间已是傍晚，我觉得自己置身于奥深之内。四外远近悄无一声，只有图案上的亮色在浮出。在这种帷帐之中，在被四围上下的织毯遮掩下，我感到近乎绝对的宁静。原来鲜艳的色彩在暗处，可以变成更深的幽静。

不知道她经历过怎样的学习知识的过程，我只是从与众不同的举止中，暗自猜测着她的修养。她蹲坐的姿态，和谈吐的韵味，都优美得令人惊奇。她随意地和我们谈着，我突然想到我的蒙古草原的莲花嫂子。就待客时的姿势而言，她们非常相像。只是我和莲花嫂子之间有着丰富的语言，而此刻我为自己不懂维语而痛苦，我只能可怜地观察，只能看看她们的生活。

她记下我的名字时，握笔的动作很敏捷，字迹潦草潇洒。她的纱巾垂下来，触到了纸上。从这一切——几乎可以无误地猜测她的形容了，只是纱巾低垂着，我看不见她的脸庞。

自遥远的十五年前起，我就对蒙面怀着一种复杂的感触。我曾

1980年阿帕克和卓门前的涝坝

经觉得遗憾；但是当我渐渐意识到歧视的顽固以后，我又理解了这种遮蔽的抗议。

蒙面是奇异的。那面纱拂送过来一丝莫名的气氛，使心在一瞬间就肃然庄重。我必须说，虽然不见眉眼，尽管隔着褐色的面纱；但是轻轻地跪坐着、用低柔沙哑的嗓音很快地诉说着的她，浑身都笼罩着一种形容不出的美。

我们交谈着一些常识的话题，她在话题稍大的时候马上说，可惜丈夫不在家。在谈话中，仿佛有一个深目黑髯的男人隐身侧后，而且我想他一定是个美男子。因为，我屡屡感到这位不在的丈夫的存在；因为她提起丈夫时的语气，有一种倚赖、把握和不易察觉的自豪。

他们是南疆的苏非派，本地称苏非派为“依山”（yishan）。我对她说，在黄土高原，有不少农民虽然目不识丁，却牢牢记挂着南疆。他们把喀什莎车一带的依山看作自己的源头。她听得很认真，但是并不多作回答。她说：关于这个话题，最好还是由我丈夫来谈。也许由于对依山派的判断吧，我感到在这个挂满壁毯的屋子里，悄然游走着一丝同在的严峻和热烈。我直觉地感到，在她和她追随的丈夫之间，一定有一种罕见的联系。我猜想，这里一定藏着动人的、神秘主义的故事；不仅有男女间的愉悦和结合，而且有道路上的搀扶和追随。

小院里漂荡着像是维吾尔古歌一样的音乐，它一跌三转，动听地流动着。我赞叹时，没想到她回答说，那是她录的一些自己念的经文。我又禁不住暗暗震动。因为，它和我听熟了的各种旧式和新式的叨热（调子）都不同。我走过数不清的清真寺，但从没有听过如此富于乐感的念法。见我听得发痴，她说，丈夫是朝觐过的阿吉，跟随着丈夫，她已经学习了三年。

维吾尔人的一些阿语借词省略了词首辅音，比如她把哈吉读成阿吉。但是音乐天赋使他们把经读得像是圣乐。不仅是简单的日子，在这个院落里，维吾尔和伊斯兰，已经变成了水乳交融的情调和生活。小院里，奇妙的旋律仍在抑扬回转，一阵阵听得人沉沉陶醉。我懂了，虽然不由得伤感——对气质不同的人，尤其是对音乐传统不同的人来说，神圣包括仪式的吸引力是大不一样的。

地毯上放着一本大开本的经，红色的塑料封皮上印着——我试着读，当然是一个一个字母地认——她赞许地和着念完："无可置疑的经典。"我忍不住一个心里的愿望。犹豫了好久以后，我下定决心，开口说了出来。

我问道：如果不是为了我自己，而是为了能让我的女人和孩子看看维吾尔的女人——您愿意戴着盖头，和我照一张相么?

她答允了。

旅游喀什的文人骚客在作诗的时候，一般在诗头先写"哦，艾提尕尔"，诗尾则一律为维吾尔女人的盖头扼腕三叹，好像面纱是奴隶的标志。其实就在无人知晓的艰难日子里，仪礼的趋势正在被谨慎地探讨。关于规定必行的"菲力作"，关于被允许的"哈拉里"和被禁止的"哈拉目"。假如歧视能受到广泛的制止，这一变革或许已经实现了。早就有人响亮地歌唱过：是真主赐予我美丽的头发，把天经镌刻在玉杯之上。

这是一个过于严肃的题目，我当然不能浪言轻论。我只是忍不住探望一下的愿望。已经有人利用穆斯林女人的面纱对我进行造谣和攻击。歧视也是一种传统，面临的经常是无知的敌意。在一步步如履薄冰的日子里，我学会了缄默。我没有奢求心灵的节日，也决心放弃了倾诉。

但是，在天道巡航的又一个岁末，我想向他们传达我的蔑视。在喀什噶尔郊外的一个小院落里，我和一个虔诚而又深沉，看不见、但是最美丽的蒙面维吾尔女人一起，照了一张珍贵的合影。我戴着她丈夫的维吾尔式的白花帽，那帽子上绣着四朵绿色的叶子。连为我们照相的老李都激动了，他低声对我说："别眨眼，这是非常难得的！"

院墙外，夕阳的金辉染得白杨梢头片片金箔。

蒙面的她，紧紧地抱着那本红封皮的大经。我并排蹲在她身边，盯着对面墙上的一枝弯曲的忍冬花纹。不知为什么我觉得自豪，喀什噶尔这座名城，维吾尔这个世界，总算和我有了第一步的交流。这个小院对我意义重大，它里面也许没有多少财富，但是有信仰、自尊、音乐和美貌。有由这几种宝藏合成的，喀什的秘密。

一共照了两张；第二张，轮到我抱着那本红皮的大经。我等着快门按下时，忽然觉得眼前晕眩了，那一瞬之间我清楚地感受到了陶醉。暮色昏暗的院落里，那天籁般的乐曲跌落下来，柔和地转出那么神妙的一个旋律。如同沙漠绿荫中穿行的风，如同抚摸着伤口的手。如同久久没有见到的和平，如同早已不再盼望的希望。

她说自己念得不好，把录音机关掉，换上了一个歌曲磁带。满院的旋律骤然一变。我惊醒了，一抬眼，看见了蓝紫的暮霭。

天色已经太晚。我们赶快起身告别。院子里响着音乐。突然我听见一个熟悉的句子。那是一首关于母亲的歌，叙述一颗死去以后挂在路边的母亲的心，突然之间开口了，对她的摔下马的儿子心疼地提醒什么。

我猛地觉得喉头哽咽，突兀的愤怒冲了上来。为什么我不能勇敢地说出来呢？为什么我不能向世界宣布——我们对真主，还有他许诺的世界的渴盼、仰仗、和深藏的爱呢？

难道只是为了规避有意的陷害么？难道只是为着追求廉价的理解么？不！

4

提到喀什人人都言必称艾提尕尔。好像它是喀什的市标，是花瓶和塑料树，是给浅薄诗人提示句子的小人书。文人骚客到了喀什就直奔艾提尕尔，简直比穆斯林还要急切。而只要看见艾提尕尔的尖塔，他们枯干的骚兴就变成了灵感。他们千篇一律地在诗头唏嘘“哦，艾提尕尔”，虽然不知道自己在咏叹“哦，艾提节礼拜的地方”。

终于迈进了艾提尕尔大寺，迈进了它的三座尖塔三支镰月的拱门。寻觅般浏览着，我发现在瓷砖装饰的拱门里面，并没有想象的大殿。只有回廊，漆画着维吾尔情调的图案。在几重进深的院落里，毛拉的一间小屋，比预想的远为粗陋。

房子是用厚土坯盖成的，加上层层的浓荫，正午的屋里凉快适意。我企图利用见到毛拉的机会，在艾提尕尔听上哪怕短短的一课。十几年都过去了，我已经不能再容忍似是而非的粗糙解说。用一个白银般的金属碗，我啜着毛拉为我斟上的红茶。窗子外面一派葱茏，连人影都被绿荫滤得静悄悄的。我正式地询问了喀什噶尔最主要的仪礼。

还有谁曾在艾提尕尔度过求学的时刻

那么，这是一种类似东干常见的、格迪目的礼仪么？是的，我们也讲格迪目这个词。那么比如说，清晨也诵读一些辅助的功课？……看来毛拉也喜欢我的提问。他给我在碗里加上两块方糖，饶有兴趣地回答着我的问题。——不，在晨礼后这里不念奥拉特，你说的奥拉特我知道，这里的依山派念。据我所知是一个十一世纪的两河人，名叫阿不杜·尕底尔，是他传来了哲合忍耶。是的，有四个分支。此外还有契迪耶、库西迪耶。

散漫地听着，偶尔望见院子。树影之间，有三两的人在默默礼拜，还补欠落的功课。我总忍不住一个念头：此刻我是在新疆，也许是在整个中亚的心脏，求教着他们最核心的问题。毛拉并没有想象中的银髯飘飘，他的表情和善文雅，无法轻易估测。他的房间陈设简单，案上摊开的是常见的经典。他的回答简洁果断，有些概念闻所未闻。我抑制着惊叹，但这样大的题目不能轻易穷究。但是我提醒自己，艾提尕尔大毛拉的解答不易求得，它是一种见解的权威。我把小本子平摊开来，尽力一字不漏地疾疾记着。

也许，这一天艾提尕尔毛拉的讲授重要至极。世间的事往往如此，周知的常识往往似是而非。而偶尔的一次，仅有的几句，却准确地描述了本质。问答之间，不是艾提尕尔一座寺的事情，而是维吾尔，是使人神往又令人费解的维吾尔的形式，一阵阵被勾勒得清晰起来，又瞬忽地漫漶着隐褪而去。

这一天是聚礼日。午后的艾提尕尔，几重的庭院人声鼎沸。明亮日光下的人群色彩斑斓。眼前人头攒动，花帽，白帽，山里牧人的黑边毡帽，塔吉克人的镶边皮帽，在骄阳中像涂了油彩。下殿后

那天当我走出艾提尕尔的大门
发现四周都是普通的维吾尔人

就明白艾提尕尔的场所主要在廊下；浅蓝色的廊柱之间，刚刚聚礼过的人像潮水一样，缓缓向门口涌动。还有人在专心还补，男子的身旁跟着少年。旅人铺开自备的拜毡，行李和水壶就放在一旁。随着人流我也向门口移动着，心里盈满了亢奋和感动。这么多人聚到了一起，彼此并不相识。

大寺门口，也就是那三座圆塔的入口，被拥挤的孩子们挤得水泄不通。男孩和女孩，扬着清脆的嗓子叫卖，每个人都高高举着一只金属的水杯。这是清净的水，今天多么炎热，请喝一杯吧！买一杯吧，买一盏主麻日的清水吧！孩子们睁着双眼皮的清澈眼睛，急切又充满希望。我从未见过清真寺前的卖水。也许这水真的特别干净呢，我犹豫时立即被孩子们包围了，大小的铁杯子和搪瓷杯子对着我晃动，清亮的、显得特别凉的清水，在杯盏的沿口迸溅。

和孩子们一起挤在最前面的是乞丐，著名的、永远唱歌的喀什噶尔乞丐。他们激烈嘶哑地唱着，凝视着从身边涌出的、刚刚向真主表白过的人。有一个妇女唱得哀伤至极，她号啕着，歌声和眼泪俱下，瘦瘦的两臂举向天空。门洞里坐着几个哲人般的白髯老者，微笑着望着人群。出寺的人流沉默着慢慢挪动，一张张两角、五角的钱，纸片一般扔到乞丐怀里。门外挤满的是各种各样的小贩，孜然的浓烈气味随着他们一拥而至。花布丝绸在哗哗抖动，羊肉在槽子里嗞嗞冒油，铁扦子嘭嘭地剁着刨冰。一片喧嚣的声浪，淹没了一切。

广场已是人山人海，我忽然发现这就是节日。这么多人，怕是所有的喀什人都来了，因为城市的习惯，也因为心的愿望。如此的场面，使任何东干人的古老名寺都望尘莫及。人人都来了，这才是

“聚会”。何止是宗教，这是成为日常的仪礼，这是丰满的文化和人的生活。艾提尕尔突然显露了内涵，完全不顾我的震惊。人潮照样缓缓地蠕动着，经过大寺那弧线优美的拱门，太阳已经西斜了。

5

现在，沿着绿州的两翼，大路朝南北两个方向，遥遥指着帕米尔和伊犁。高矗的白杨树像塔一样，碧绿的叶子居然没有烤焦。晃眼的白炽造成了一片死寂，它无声无息，泻满大地，在南疆大沙漠的边缘绿洲上，夏季的正午静得难以置信。

此刻千真万确，我站在喀什的滚烫热土之上。阳光、白昼、如火的风，所有的一切都是真实的。我的双脚踏着这块土地。心头掠过的快感或者伤感，都在曝晒之中蒸发逝尽了。就像正午射进树叶缝隙间的一束光，哪怕只是一眼，我看见了十五年前不懂也没有看到的东西。在注视中，在感受中，我多少还是探询了本质，在七彩贴瓷的高塔的里面，我多少还是轻轻地，触摸了一下这个美得耀眼的文明。

如果非要写下一两句结论式的感触，我想说，在喀什噶尔古城，在使人感到遥远和神秘的维吾尔世界，我感到了一种——柔和了、变成了艺术的仪礼的力量；我触着了一种——变成了传统、文化和气质以后的，信仰的魅力。

也许，秘密和奇迹就藏在这里。在这里，宗教成熟了，变成了和谐的文化。简洁的圣行，化入了每天的生计和日常的习惯，渗进了音乐和体质，变成了姑娘和男子头上的花帽，演化成饭前的洗手和饭后的感恩。这样的文明魅力十足。每一个儿童都在它的哺育中

与因我成了艾提尕尔塔里甫的孩子在艾提尕尔内合影

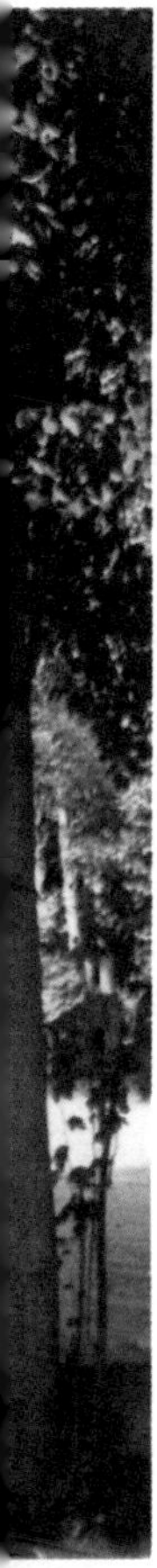

长大，每一个姑娘都觉得这样更美。甚至每一件坏事，都在它规定的限界到头和终止。

——我觉出了久违的喜悦，我的精神集中起来了。哪怕是来去匆匆，哪怕是不能深入，哪怕是严守禁忌，我明白此行于我，已是一次珍贵的体验。这是多么好的、参照的道路呵，我发觉自己又在放纵思想。可能性，或者只是奢望，好像又隐约地对我引诱，这使我常常独自笑起来。

愤慨在曝烤中散尽了，消失在沙漠绿洲上面的，千里万里的白炽阳光之中。麻木的心在苏醒，天性在复活。在正午的喀什，我开始计划着下一次。我不明白，造物主为什么只是对这里，才降赐了这么扰人的魅力。就像纲绳对于网，就像经纬对于布一样。我开始希望接近，虽然为时太晚，但门户却开启了。我甚至盘算着补习一点哈语或维语。即便不是为着文明的参照，只是为着自己的生而为人。

我在南疆的最后几天，是闲逛度过的。每一个巴扎，每一个小贩，都是我打招呼的对象。我一刻刻地记忆着这个喀什噶尔的夏季。

四望都是烫人的白色浮尘，炙烤迎面扑来，气流滚烫地裹住了身体。无论如何，总还是实现了一些宝贵的瞬间。多么难得，我独自想。我想着疏勒的马老汉，想着艾提尕尔的毛拉，尤其是想着那个蒙面女人。我已经迫不及待，想把对她的印象告诉我的女人，告诉孩子，告诉愿意理解她的朋友。我没有能够看见她的眼目；但正是她，为我揭开了喀什噶尔面纱的一角。

由于这种思想，我甚至珍惜在每一个烤肉摊子，在每一个卖炒面和薄皮包子的小铺吃饭的机会。不管和谁坐在一起，不管这里是根本不通行哈语的南疆首府，不管他是否能容忍我的蹩脚的一共不到二十句的哈萨克语，我一定要坚持着，把这些话说完。问好，自我介绍，问他的家乡、年龄、有几个孩子。

最后再告别：kudayemberse, Jenekorsermez。如果胡大允许，我们还会再见的——这是我特别喜欢的一句哈语。每一次，好奇的人看着我，又大笑又鼓励，对我笨拙的简单句，对我的固执相。可是对我来说，强行的对话是起码的表达，是我对憧憬的世界表达尊敬和爱情的形式。我沉浸其中，一瞬瞬的时刻那么美好。我有时也笑，但那是假装的。

离别前一天，和一个来自帕米尔的塔吉克老人并肩坐着，在尘土飞扬的集市上吃抓饭。看着他那风尘仆仆的旧靴子，我觉得自己和他那么相像。我们都不过是些牧羊人，终生不过依循了血统的教训。凝视着他，看着他在热风中一飘一飘的漂亮胡子，我觉出自己的孩子般的渴望。我想这样生存，想属于这样的气质。伤中华之多艰，我盼我的文明也有华美的色彩。是偏执的癖好还是浅薄的浪漫？我不究辨，我只凭直觉喜爱。

碗里有一块肥香的羊胸骨，被胡萝卜染成了金黄色。我用着他的小刀，细致地剔着吃着。他满意地点着头，重复着每一句听懂的话。我们费力地谈着，消磨着炎热的白昼。做饭的小伙子听着，不住地微笑，而我却差点哭出声来。

1995.11～1996.7

从象牙塔到吐鲁番

近一个世纪以来，地处中亚的新疆，特别是它的考古发达地吐鲁番，一直是西方知识人追逐的地方。西方对它的发现，使得若干个学科分支发展得日益丰满，并且使语言研究淋漓尽致地进入到新型的考据之中。由于整部研究史也是帝国主义向亚洲扩张的一部分，因此，探险其实衬着恐吓的影子，史料往往出自掠夺的盗掘。而文物流进列强囊中以后，又养育了专业性极强的学科。对中亚的主人来说，不利是连环式的：民众无权，国家腐败，对过去的抗议尚未喊出声来，又必须正视过去中产生的学问。对于当时被侮辱、被席卷一空的人来说，世界确实是不公平的：十九世纪末的文化掠夺生下的儿子，今天一个个都是如山的科学巨人。谁也不能不承认，它们已经是地道的象牙之塔。挣脱昔日的屈辱，必须洞彻这些山和塔。马克思说，只有在科学小路上不畏艰险只顾攀登的人，才有希望达到顶点。但即便只是攀登，也不知耗尽了多少人生。学者已经代代更迭，智力还在急速发展，后人与过去恩怨之间的关系，确实愈来愈淡了。

不仅如此，所谓丝绸之路的流行在全球经久不衰，更多的人加入着对这个方向的追逐。不能不说，在漫长的追逐中存在着一种浪漫主义；也许是鲜活的中亚绚丽色彩，使人们禁不住憧憬吧。

学科尤其在语言方面分支。很多人都好奇地或者内行地，谈论着突厥语言，谈论吐火罗文之A或者B，谈论和田文或者佉卢文，甚至古叙利亚文、粟特文。大陆腹心出土古文献的种类繁多，意味着这块大陆经久的沧桑之变。单是名称就够吓人的，艰深莫测的古语，大都湮灭了。

也有些没有湮灭。中亚同样发现了在专门研究之后，更期待现

葡萄架下的六角帽 · 发掘哲赫忍耶的源头

代人了解的古代语言资料。它既非不可解读的死语，又与当代住民的口语一脉相承，这就是突厥语系统的资料，尤其是吐鲁番出土的回鹘文文献。

社会有了科学发掘的手段，文献有了清白出土的可能，但历史却狡猾地收回了机会。无论考古队怎样努力，除了零星碎片之外，吐鲁番再也没有那样大规模的回鹘文世俗文献（区别于较多的佛经写本）出土。一些学者等待新资料等得白了头，一些人改行转向。在漫长的、细而又细的研究过程中，回鹘文社会经济文书的研究，渐渐地有了某种定格的趋势。

它逐步和佛经写本、语言研究分道扬镳，形成为探索古代史的一派；求全集成的资料书，愈来愈著名化。其中一九二八年出版，甚至制作了一套回鹘文铅字以供排版的、拉德洛夫（W. Radloff）名著《回鹘语言资料集》（Uigurishce Sprachdenkmaler），长期以来一直作为全面收录了回鹘文契约的基础资料书，不可或缺。贵族式的文化活动会积累成一种遗产；后来，基于对这些文献的反复切磋，历史研究中出现了一种由民族语言入门的方法。

应该说，以被研究民族自己的文字写成的文献作为主要研究入口的方法，是近百年来研究旅程的文化判断和人道思想的进步。这种其实不一定在方法论上能一较优劣，而是在资料上对本地住民一方的偏重，难能可贵地在象牙之塔里变成了倾向。在国外如日本，大多因循德国突厥学家葛玛丽（A.Von Gabain）的路子，先打下现代土耳其语的基础，再钻研突厥文碑铭、回鹘文契约写经，然后广征博引，展开研究。必须指出，在我国的民族研究学界，除了民族语领域之外，从来没有把掌握民族语言作为研究者的条件来要求。

这种现象虽然尚未从立场上受到批评，但是却受到了在一些领域里长期落后的现实的惩罚。幸而有少数大学或学者，如耿世民先生，依仗对维吾尔、哈萨克等语的熟悉入门攻研突厥碑铭和回鹘文书，使得这种缺陷多少获得了一些平衡。从七十年代中央民族学院设置第一个古代突厥语班以来，至今新疆已经成长起一批维、哈族青年学者，由于他们本人乃是以现代的突厥语族语言为母语，所以对自己的古文献的理解，显示出一种自然和余裕。

简称USp的拉德洛夫回鹘文资料集，是在他逝后才被编纂出版的。六十五年之后，已故的日本山田信夫氏遗著《回鹘文契约文书集成》三卷，也由日本和德国的后学编成问世。这是一部豪华本。第一卷收录山田论文；第二卷对编者收罗所至几乎全部迄今已知的契约类回鹘文书一百二十一件，都重新进行了一遍整理、转写，和日、德文翻译。第三卷则为一百二十一件文书的清晰优质的图版。

此书缘起在山田信夫遍访散落世界各地的回鹘文书的一九六一年。在原东德科学院的书库角落，山田信夫从灰尘堆里发现了当年普鲁士探险队从吐鲁番弄到手的写本。这批东西在被欧洲学者研究过以后，已经长期下落不明了。于是前东德科学院把研究与发表的优先权给了山田氏，据我所知，条件是研究成果中必须包括德文译文。

后来的漫长日子的遗迹，在山田氏主要是第一卷所收的诸篇论文，在学界则是对吐鲁番回鹘契约的持久的反复订正、转写、过细的考证。

在数十年的攻读中，有过不少花絮轶事。比如日本西域学术泰斗羽田亨曾发表《回鹘文女子买卖文书》，后来被严厉驳正。因为他把“葡萄园”(borluq)一词误读成了“女子”(bölök)，买卖问题变成了奴隶问题。无独有偶，我国冯家昇先生一九六一年所著的《回鹘文斌通(善斌)卖身契三种附控诉主人书》虽是开创之作，但他把“我的儿子们”(oghlan-lar-im，即oghul-lar-im的古代语形式)错译成可以驮载人夫的“乌拉马”，把整整一篇“赎身”文书误读成了“卖身”文书。

这样的故事，若是让阿凡提知道了，无疑一定会被编成笑话。高深学术对日常生活的无知比比皆是，这是无法辩护的。但是一笑之后，如果认定学者就是白痴，则更是毫无道理。教训大概主要是，熟知母语的人不懂古代书面文字，而识文断字的人，胸中并不拥有自然的语言。

亚洲北部的文字演变极其有趣。成吉思汗向西扩张时，从吐鲁番学到了这套宝贵的文字。但是，虽然它后来成了蒙文和满文的源头，却被原来的主人舍弃了。回鹘人的后裔们在后日改用了阿拉伯文字来书写。由于那时正值察合台后王的时代，所以后人把取代了回鹘

文来书写突厥语的文献，称作察合台文献。总之，文字变了，但语言没有变。它活着，而且像变化了的文字象征的一样，在新的历史时期发展得一片繁荣。

也许，在这里不易察觉地埋下了一个暗伤：由于不熟悉改变了的、又一种古文字体系(不用说，新的文字体系往往意味着全面的文化质变)，学者们大都不能把一直活着的人，即昔日和后来都操突厥语言的民族，整体地加以观察。在回鹘文献学界，即便专家也大多不懂得丰富的察合台文献。因为那是另一个学科。更没有多少人了解极其丰富的、近代乃至现代的各种突厥语书面文献和民间语言资料。因为没有谁呼吁过——活的生活可以指导古代研究；想究明中亚古代的真实，必须熟悉在这亚洲的中心腹地存活的，人们心中的真实。

当我收到三大卷《回鹘文契约文书集成》的时候，心里曾经漾过一阵强烈的遗憾。曾经那么久，我一直把这个领域当成自己的奋斗目标，并且相当正式地摆开架势，向它的基础语和古代语进攻。山田信夫教授是位很有魅力的老人，在我留学期间，曾和我有过不少交往。那时见我求学心切，他连自己未发表的论文都复印给了我。如今，论文已经漂亮地结集，已经豪华地出版，而我却最终也没有读完那些在夹子里变旧发黄的复印件。一九八六年我随民族研究所代表团访日，那时他已经很衰弱。从大阪民族学博物馆出来时，门外下着大雨。我不容推让，催他上了第一辆出租车。车刚刚走动时，他抓着车门，突然对我说："以后，就见不到了！"那情景历历在目。他逝世于次年。

但是由于自己的愚惰，我渐渐离这个领域远了。只是一种熟悉，以及当年也曾抱有过的犹豫和思索，还一直留在心里。

丰富的突厥语族古文字资料，不仅说明中亚语言文化的发达和复杂，不仅指示着它们与所依存的环境的关系，还暗喻着这种文明的生命力。

这一点可以从现代维、哈等语言“被使用”的程度看出。比如，我发现，在一些民族语区，民族语使用的半径(如果以边境、牧区纵深、社会底层为语言的地理中心的话)，勉强还能覆盖“乡”，到了“县”，就几乎完全是汉语的天下。非基层城市的少数民族干部，事实上以汉语为生活用语。民族语的使用者，已经快要只剩下底层的牧民、农民、猎民。而新疆则不同，新疆诸民族语，尤其是维吾尔语使用的彻底，不仅使得民族语当仁不让地成为有效的政令语言，而且使得基于这种富于生命的语言的音乐、诗歌、文学，一直能够枝繁叶茂。它们可以与操汉语的明星大家新潮旧制保持距离。尤其在歌和诗两个世界，谁也休想征服它们。望着这边的花样翻新的喧嚣，它们只是礼貌地微笑，然后自尊地与之分渠并进。

谁也不能忽视学术，但是博物馆里那些既珍贵又可怜的残片，在某种意味上确实已是一小群学者的私有。有些已被博学的专家恍然解读，但是由于资料本身近乎绝对的稀少，一旦解读成功，启发的可能也就将近枯涸了。有些则还被反复琢磨，继续攀登着已经接近百年的解读小径。

而世上兴衰艰辛，处处不平。专家们有时暗暗焦躁：因为与这个专门领域的世事直接关联的许多知识甚至常识，居然自己至今还没有学习和接触过。在象牙塔里，读不到在吐鲁番可怖的灼烤下，哪怕是微弱的人的语言。读不到祈求的低语、痛苦的呻吟，和欢乐时的歌声。这样的思索必然会出现：专家究竟是否懂得常识呢？精深的绝学，究竟是不是一种人类智力的奢侈的猎物呢？是否应该把吐鲁番盆地那终年不雨烈日炎炎的日子，当成更重要的学科呢？

学界中亚研究的重心早就发生了转移。与山田氏齐名的另一个专家護雅夫在《回鹘文契约文书集成》第一卷序中说："研究则必须依据已刊布的文书，但其中自有限度。我如是考虑，后来遂离回鹘文书研究而去。"当然，他指的只是资料的限度。不过，他的例子揭示着一种学术的变迁游动的倾向。学术自身的规律，在使它向近代，向生活及常识靠拢。也许，它还会向正义和向民众靠拢。

这部书的出现，将替代长久以来被使用的USp，它对于学术界的贡献是不言而喻的。优质的照相图版，无论对六十年前挖空心思造出一套回鹘文铅字的欧洲人，还是对三十年前竭尽全力手抄全本的葛玛丽《古突厥语语法》的中国人，都曾经那么不可企及。但是，物质的追逐没有尽头。也许不该弄错的还有一点：回鹘文献的解读，不是靠写本或照片有多么清楚，而是靠懂多少现代突厥语。此外，干一件小事业的条件已经成熟：把古文献准确地对照印成现代维、哈等语，再译成汉语，各印一本小册子。那么连初中学生也可以阅读，人人都可能了解象牙塔。渐渐地，文化的主人就可能对文化的研究发言了。

1996年6月

（《回鹘文契约文书集成》，三卷，大阪大学出版会，1993年，山田信夫著，小田寿典、P.Zieme、梅村坦、森安孝夫编）

哦，神圣的树！

1

当那篇《幻视的橄榄树》写作时，我心里充满的是对西海固或新疆的干旱大地上，遍地栽满橄榄树的憧憬。对这个题目走火入魔的我，深知自己钻进的是植物学的未知领域，自然，对干扰这个梦想的种种因素都非常在意。

非逻辑的文学梦幻，依照着有逻辑的科学思路。在逻辑上我知道，西海固的橄榄梦将迎面的最大困难，无非是缺水与越冬两件事。

第一件，也就是缺水的问题，可以通过想象的滴灌或者渗灌来解决。而第二个难关，即越冬却不那么容易克服。每年一度巡视我们大陆的严冬，哪怕它年间只有一两个月，哪怕它最低不过零下十五度——对于不是只打算弄些盆景，而是要使广袤的荒山瘠岭披上橄榄绿装的、大规模山野栽种的热望——却几乎难以克服。大陆性气候的铁一般的规律，使幻视无法甜甜地继续，使美梦渐渐被寒风吹醒了。

这篇散文得到过一封读者来信。对我来说，这是一封很特殊的来信。显然，渊博的来信者不仅读懂了我的散文，而且看到了越冬难题给我的烦恼。但他以一种科学的大家手笔，给我以支持鼓励。信文如下：

（前略）

读大作《幻视的橄榄树》深受感动。据我所知，文革期间我自阿尔巴尼亚引进一大批橄榄树，其中有一部分曾被安排在陕西省汉中市城固县，有成片栽植。倘您欲得此苗木，给城固县林业局去函，我想会如愿以偿。若能在渭河流域或陇东试栽成功，未尝不是一大幸事。但油橄榄原产于地中海沿岸，气候温和，属阔叶常绿植物，移至秦岭白龙江以北，可能有一定难度。但若像对待竹子，在北京（北纬40度）一些背风向阳的小气候条件下，也可正常生长。所以，也可以一试，便于驯化成功。

特致撰安

（某某）2001.12.30

这封信教给了我一个重要的植物地理概念：秦岭白龙江气候线。我的西海固，以及我更渴盼一望无际的戈壁上满视野都是橄榄的新疆，都在这道天堑难度的秦岭白龙江气候分界线以北！

在清冷的醒来时分，我捉摸着这道题。

有时，我仿佛听见了茫茫的西北大陆上，无言的农民不说的话。其实移植，可能已经悄悄地尝试过。即便没有那些神圣意味，单凭它果实的可食与榨油的价值，古代的人们也会竭力对它追求。

他们并非没有试过，但他们无法战胜天定的分界。远在茫茫古代的移植，随着风鸣水流，早已逝去得无影无踪。今天我要强求白崖子女婿他姨父，我要把这使命强交给西海固的回族农民，是太难为他们了。

除了沿着秦岭白龙江的天堑实在难以飞度；由于饱受中国封建文化的浸濡，回族农民们还缺乏一些——浪漫的热情。比如，只是因为读到《古兰经》上记载着那些树，就满怀欢喜兴致无限地、要在自己的家乡把它们种活的热情。

因为他们的伊斯兰教是在中国发展了上千年的伊斯兰教，比起经典记载的橄榄和无花果，他们更重视中国式的父母孝悌家族伦理。不像维吾尔人或马来亚人，他们没有——被伊斯兰全面提升了一个民族的生活方式的体验。所以，他们做不到像维族人那样，把生活的每一个角落，都尝试用伊斯兰的色彩装扮一新。

去南疆，把橄榄树的事，找维族兄弟谈谈？我已经开始盘算。

2

新疆与西海固不同。

他们尤其具备实践《古兰经》教喻的悠久习惯。立即拿起坎土镘，去试试把刚学会的那条阿叶提，变成家门口的风景——他们有这样的气质。从姑娘头上的小花帽到老人身上的袷袢，他们从头到脚都是"逊尼"。唉，哪里用得着我来苦口婆心，哪里至于党委为了推动种树，在文件的题头印上《古兰经》！凭着对新疆的文化掌握，我直感——在逝去的古代，只要有一丝希望，对伊斯兰感情深重的维吾尔农民，早就一边吟唱着经句，一边把《古兰经》中的一切植物，都尝试着种遍了。

本来不用我幻视和梦想，本来在南疆大陆，满目都应该是这些植物。

问题在于：那道气候分界线是不理睬人的感情的。我经历过"火洲"吐鲁番的冬季，清楚记得扫荡盆地的寒风。南疆的冬天，逼迫所有的植物都冬眠了。wo提尼，wo宰墩，这个"wo"是阿拉伯语的起誓词。《无花果章》的第一个经句就是（Wo al-tini , Wo al-zaituni）"以无花果起誓，以橄榄树起誓"。在西海固，比如他姨父的庄子里，寺里聚礼那天不变样地就念这一章。在美丽的中亚讲着突厥语的那些人，他们也特别喜欢这一章么？

在发觉自己家乡的寒冬之前，在意识到这些神圣树苗怕冷之前，也许他们曾经掀起过动人的移植大潮。我总觉得，他们会怀着誓言般的心境，一边不停地吟唱，一边栽下一根根橄榄和无花果的秧苗……

突然我眼前一亮。

什么？提尼！我一嘴一个地说“提尼”！

这个词就是无花果。阿拉伯语写作al-tin，维吾尔语经由波斯语引进了它，所以按照波斯借词的读音念作“anjir，安吉尔”。我着魔的橄榄树，其实记在《无花果》里。他们在寺里念道：（以无花果起誓，以橄榄树起誓）“喔——提尼，喔——宰墩”，但他们在生活中却说：“啊，安吉尔”，这个小小细节其实含蓄丰富，因为人们可以从中品味波斯的含义。

只是橄榄树消失了。从喀什到吐鲁番，干旱苍莽的大地上，不见一株橄榄树。

我估计，若是他们如我猜测，他们一定曾经企图栽活两种树。你想，天经的一组两种神圣的树，若是绿油油地在自己的家乡成活了，该是多么令人欢喜。我又禁不住发生了幻视，甚至我逼真地看见——就在喀什噶尔，特别是在阿图什的郊外，人们曾把两种树并排地栽在一起。他们挖着土，低吟着那美妙的章句。但是插下的橄榄苗，在遇上第一个冬天的时候就夭折了。也许这一场移植的试验发生在更偏西的撒马尔罕或者布哈拉，发生在临近波斯的石国。跃跃欲试的欣喜，化作了伤心的失败。火烧的南疆，炎热的南疆，谁想到如此的南疆，对于橄榄树是一个不能生存的寒冷世界？运来的树苗和技术，甚至没有抵达喀喇汗朝、没有抵达阿图什的绿洲。橄榄的脚步，远在遥遥的波斯边界就停止了。

但是无花果不同。这第二种植物的命运，与它的姊妹树截然相反。

为什么呢？为什么无花果的移植却大获成功呢？它那叫做“安吉尔”的波斯名字，回响梭巡于中亚的天空。它成了阿图什的象征，它覆盖了南疆的所有绿洲，它充斥着夏季的所有巴扎，它种满了每一家每一户的果园！

我的脑子里，一道亮光细细地射来。

3

心里怀着这个问题，去年我又去了南疆。

在库尔勒的马赫麦特江家做客那天，刚巧是一个主麻日。我们先在果园里散步，密不透风的果园里，我开始和马赫麦特江老汉仔细讨论无花果树的越冬问题。

“到了冬天么？把它埋起来！”马赫麦特江兴致勃勃地说。

“埋起来？怎么埋？”我连连问。那一瞬我兴奋得语无伦次。我的思路在瞬间跳跃着，如果需要埋起来越冬，更说明无花果不是本地的土产野生！

他高兴地给我讲解，我们在低矮地遮蔽了果园的无花果树下面，转过来钻过去。

原来到了冬季，他们就把树的枝条压下来，让它低垂到地面。若是枝干太粗，就用草绳和土坯把长长的树枝坠下来，再培上土。“土不用压得很厚，有这么厚就行了。”马赫麦特江比划着。在坠下来挨着地面的枝干上，大约压上二十公分厚的土。

“这么一来，它就不怕冬天了么？”我惊奇地追问。多么不可思议，又多么简单啊，居然就用这样的办法，无花果躲过了异地的严冬，从此成了果园的主角。

“到了春天，看，把土挖掉，再把倒下的树枝用棒子支起来。”我终于看懂了，每株巨大的无花果树，粗干的下面，原来用一排木头柱子支撑着。“接着它就伸伸腰，长出叶子，结下这么多的果子！”

马赫麦特江递给我一捧新摘的果子。我学着他教给的吃法，把无花果平放在掌上一拍。真奇怪，在以前游荡新疆的日子里，我怎么没有尽量享受它！今天，我要把在新疆二十年没吃够的无花果吃个痛快。咬第一口之前我先念道：“Bismi allāh（以真主的名义），”又接着念了一声“wo al-tini（以无花果起誓）”，然后一个接一个吃了起来。

马赫麦特江老人笑着连连点头：“是的，是的，wo al-tini，安吉尔，提尼。”

吃饭之前，我们先去参加主麻。那是一个南疆小村的聚礼，炎热的骄阳在晴空照射，乡间的土路在绿洲穿梭。由于无花果，老人与我多了一种默契。我随着他，向人们一一致礼。简陋的寺，诚挚的人。当仪式开始的时候，我听见了《无花果章》。

维吾尔人随口而出的旋律，没有哪一种颂法能与之比拟。他们有天生的乐感。我似乎在珍惜什么，凝神一丝一分地欣赏。四周的农民们都肃立着，我觉得大家都陷入了倾听。一个沙哑的嗓音如诉如歌：喔——提尼，喔——宰墩……

不知是由于心里盛着放不下的心事，还是发觉这南疆小村的主麻日也和西海固的村子一样——诵读《无花果章》，我深深地感动了。那声音似乎在启示或召唤着什么，它纯如天籁，人的感受无法相容。

做过主麻回来，香喷喷的羊肉抓饭已经熟了。和抓饭并排摆在一起的，是两个巨大的盘子，满满的一个盛着无花果，另一个盛着葡萄。

也许在未来人们会承认：维吾尔人用压枝越冬的技术，完成了植物栽培史上的伟大一步。我拿起一个无花果，在掌上放平，啪地一拍。没有非要种活它的热情，没有足够的聪明和韧性，今天就没有掌中的这个果子。本来该在冬季的打击下，试验就结束的。无花果的滋味是，淡淡清香中有一丝微甜。探究和感悟的余地还正宽广，不用我把这个题目做完。我慢慢咀嚼着，不知该怎样感叹。

4

弄懂了这一切的同时，我陷入了一种淡淡的,也是深刻的悲哀。

可能，我再也见不到那远溯《圣经》和《古兰经》的第一神圣植物、见不到使我梦系神牵的橄榄树了！

它的移植失败，在于它与灌木的致命区别。不是幻视，我看见了在冬季以后，那残酷的景象和人们的泪水。栽下的树苗冻死了，冻得又硬又枯。一个老人,一个酷似马赫麦特江的绿洲老农，皱纹纵横的脸上淌下两行浊泪。与它的姐妹不同，橄榄树不能压埋。它若长大了就更粗壮，人们对它束手无策。有什么办法呢？事情就是这样不给人以全美。在这内陆的腹地，人们只会像养育婴儿一样，

无花果的秘密

压弯柔软的枝臂让它贴紧地铺，再用干燥的土，给它盖上一层厚被。但是这一招不能奏效，人们绝望了。

后来在香山植物研究所，我请教了一个研究植物分类学的院士。他当然没有我的心事，也不太明白我究竟想知道些什么。不过他使我明白了小乔木和灌木的区别。橄榄树，别看它也是用细枝插活的，但是一旦长大它就有了结实的主干。那树干盘枝缠根，异常粗大。谁能把它压枝埋土，让它躲避不仅是秦岭白龙江以北，而且是春风不度的玉门关祁连山以北的严冬呢？

姊妹树的梦想，被扫荡冬季绿洲的寒风吹散了。如同安达卢西亚一样的风景、如同摩洛哥北部黧阜山区的风景，没有出现在新疆。至今绿洲的维吾尔人，包括马赫麦特江老汉那样的园艺家，还没有见到过橄榄树的姿影。虽然每逢他们念起《无花果章》心头就掠过一丝遗憾，虽然他们在南疆的每个角落，都种满了无花果。

启发他们的，我想是葡萄的示范。

远在伊斯兰的文明濡染这片土地之前，葡萄就已经在这里落地生根。葡萄同样是从遥远的地中海传来的植物，也同样是倚仗着一种不屈不挠，农民们发现了特殊的御寒方法。这个法子非同小可，由于压枝越冬的成功，先是葡萄使新疆大名鼎鼎，后来无花果更让新疆丰腴富饶。

从葡萄移植的运动中，人悟出了伟大的技术。于是中亚的文明奠基了。更大的文明波浪接续而来，无花果随着新的历史又定居新疆。本来塔克拉玛干不该只是一片沙漠；本来从库迷什向东、从库尔勒向南、至少在每个绿洲朝四外延伸的数百里方圆，都应该是无限绵延的橄榄树林。本来新疆人应该用橄榄油拌老虎菜，摊子上摆着腌橄榄和杏干。而它毕竟与葡萄相差太远，而且不如无花果随和——所以它只能遵循另外的前定，而无法实现一个辉煌的理想——把新疆直到西海固，都装点得斑驳银绿。

5

《史记》没有记载这种植物。

被《史记》记录了的西域植物，只有苜蓿和葡萄。也就是说，当纪元前后的汉代，在中国从西域移入的瓜果植物清单上，没有无花果。

我饶有兴趣地观察新疆的外来果木，显然，还有过地中海植物东传的第二个浪头。

无花果在唐代移入新疆。自唐以后，这种果子就频频见于记载。《酉阳杂俎》卷十八：“波斯国呼为阿驿，拂林国呼为底实。”前者无疑就是“安吉尔”（anjir）；而“底实”，则可能就是阿拉伯语“提尼”。

读了一些植物志，无花果东入新疆的年代是唐代。这个年代诱人联想。因为在唐代的域外，正值伊斯兰兴盛的大时代。波斯在那个时代里，是伊斯兰在东方的枢纽。不久维吾尔就经由波斯全面接受了伊斯兰化；恰巧，那时的农书又记载了无花果的传来——其中的逻辑一脉相承，还能怎样解释它呢？

即便如此，我也没有说——无花果的西来，一定就是伊斯兰传入的结果。因为文化尤其农业的传播，并不以政治或宗教的传播为前提。它们是风吹的种籽，是人类的本能接触与交流。

给无花果压枝

我只是说，我对新疆的理解提醒我——谁忽视了波斯的因素，谁就会视而不见；低估伊斯兰传入的文明意义，更会使知识丧失真实。

波斯语名称“安吉尔”提示了无花果的传入途径。是的，一切都经由波斯。早在公元637年，波斯已经变成伊斯兰文明的新中心。而大约在天宝十年（751年）怛逻斯大捷之后，伊斯兰文明就年复一年地、牢固地定驻于乌浒水和药杀河流域的广阔中亚。新鲜的文明之风强劲地吹来，熏陶着、包围着、叩击着喀什噶尔的土城门。

宛似风吹草籽一般的传播，商品、思想和物产的传播，最晚从这时起，突然变得频繁了。波斯的一切新品土产，都被活跃在香料盐茶之路上的驮商运来，推销到绿洲和农民中间。无花果的东进，不会晚于这个时期。

或者商人农民的心里曾记挂着《无花果章》，或者他们只不过为着交换和利润——总之，罕见的无花果，先是在集市上被吆喝叫卖，接着又被栽进了屋后的果园。当人们习惯了把果子放在掌上啪地一拍时——果树已经覆盖了绿洲，他们也已经头缠白巾……

“喔——提尼，喔——宰墩”，等到无论老小，他们都习惯了这奇妙的旋律，等到大势已如叶尔羌的春水时，最后才有了汗王的宣言。就这样，一直到喀什噶尔完全伊斯兰化，没有出现过征服的军队。

至于说到十世纪的喀喇汗王朝——那时已经是移植运动的尾声和总结。我想，阿尔斯兰汗从小就吃惯了清香的无花果，而他那位受到南疆妇女爱戴的王后，更可能早就知道了用无花果养颜。

谁都没有记住——

那一天，在土曼河的峭岸上，有些无事闲谈的喀什人，使劲嘲笑一个阿图什果园的园丁。那憨厚的园丁不屑和他们争论；因为他来喀什，是为了找一个塔什干老人。他激动得声音颤抖，把秘密告诉了这些闲汉，没想到却招致了他们的哄笑，以及只有城里的巴扎商人才说得出口的恶言恶语。巴扎使他们变得多冷酷！他们已经忘了对奇迹的恐惧……阿图什的园丁脱身走了，他跑向老城深处，去寻找那个塔什干的白髯老者。

正是听从了白髯老人的劝诱，他在冬天开始之前，把安吉尔和宰墩的幼苗都用土埋了起来。一连几个冬天，他都坚持这么做。每逢冬天过去，他就用坎土镘刨开土，寻找希望。但是每一年树苗都死了。昨天他又刨开了去年的土，他的眼睛幸福地看到了奇迹：安吉尔活了，甚至在土层下面长出了两片嫩绿的新叶！……他跪在那株“安吉尔”面前，流着泪赞颂创造奇迹的主，又捧着冻死的“宰墩”树苗——白胡子老人曾说，从这种树的果实里能榨出最好的油——发誓一定要种活它。

他见人便想诉说衷肠，但是堕落的人不信奇迹。

后来的事就不用说了。喀什噶尔大绿洲整个都成了果园；而阿图什，成了世界上种植无花果最出名的地方。

最后的徘徊，是在喀什噶尔城的乡下，在离阿尔斯兰汗的王后陵墓不远的柏什克染木果园里。

无花果伸展着长臂，一排排的粗木棒支撑着，枝干上果实累累。我们拨开粗糙的叶片摘下青黄的果子，肥硕的叶片，使人联想到——夏娃以无花果叶为衣服的传说。

南疆的烈日在天空燃烧着。不知是气流声还是叶子响，果园里传动着一种沙沙的动静。

那么对一切新疆的果树，都有再端详一回的必要了。红花就是被西班牙人喜爱的阿飒夫兰，石榴恐怕也有神秘的来路。至于橘子，它一定遭遇了和橄榄树一样的命运，所以没能在新疆栽培成功。它们都是地中海的礼品，莫名地含有神圣的意味。

沙沙的响动中，我听见了历史的足音。

无花果在这里安下了家，但橄榄树却默默退回了波斯。

——严谨逻辑的遵循，已经走到了终点。不觉间，我又恍惚跟随着梦幻的指引。

正是这覆盖了南疆的无花果，是它们互为姊妹、连理而来的见证。它们曾经并肩携手，从地中海的东南出发。它们曾让每一块种下了它们的土地，都充满和平的感觉。它们目睹了欣喜万分的农民喃喃念着那些章句，发动着更大规模的栽培热潮。只是，在干旱、苦难，尤其是寒冬难度的中亚绿洲上，这对姊妹树分手了——尽管无花果获得了伟大的胜利，而橄榄树却未能被栽培成功。

我体会着舌尖齿缝的滋味。新疆认识的分寸，支持着梦境里的思路。

风起了，满园的叶子一齐摆动起来。我站在飒飒的浓叶密枝中间，视野里，沉沉垂挂的果子微摇着，仿佛无花果在呼唤它的姐妹。

2004年6月

改定于2011年5月22日

بسم الله الرحمن الرحيم

文明的入门

A

无疑各自都感到了紧要。所以一个多世纪以来，许多专门大家都不倦地撰写中亚的入门书。时至今日又是一个世纪过去了，已经可以说，诸如巴托尔德的《中亚突厥史十二讲》、拉铁摩尔的《中国的边疆》、羽田亨的《西域文明史概论》和《西域文化史》，已是经受了时光考验的大师著述。

与大师们的时代不同，近期这个地域成了热点，所以新疆书出版得很多。随手便可举出许多，但值得一提的倒是法西斯主义政客的中亚新论；如俄国右翼党首日里诺夫斯基的《俄罗斯的命运》,近年居然由这个骇人的极右狂人亲自授权翻译成中文，并在中国出版发行（新华出版社，1995年）——总的说来，值得重视的新疆概要入门之书，作者不分良莠都有着中国学界最缺乏的民族语能力，以及基础知识的覆盖面积，他们熟悉的地理世界之辽阔，超出中国人的想象。

读巴托尔德尤其会有这样的感觉，他用深厚的语言基础进行勾勒。读者的语言以及地理预备愈丰富，获得的概括就愈准确。在接触过一两种语言的条件下，再使用一张地图，读得的脉络就是可信的。

与巴托尔德把突厥语言的边界作为论述的范围，与拉铁摩尔的吸引急功近利的读者的地缘政治眼光比较，羽田亨的《西域文明史概论》（东京，弘文堂，1931年）和《西域文化史》（东京，座右宝刊行会，1948年），以一种因为洞知，所以浅易的叙述，大笔勾勒几个文化，给初学者以比较可靠的常识。在一册之中，居然囊括了史前的、印欧系统和突厥系统的、历史的和考古美术的、宗教的和民族的全部线索。熟知甚至索性背熟这个概要是如此重要，所以在中国，钻研回鹘文古文献的耿世民先生干脆翻译了其中的《西域文化史》（《西域文化史》，新疆人民出版社，1981年）。

斟酌再三，我迟疑地把这本《西域文化史》，列于推荐中亚新疆文化入门书的首选。主要为着它的小册子篇幅，也为它叙述大事时，敢于用语准确的特点。不能说它是第一名，无非因为我对这一本熟悉一点，毕竟二十年来不时翻阅它而已。

B

众多的综述书基本上都大同小异；因为对象的艰深，鹦鹉学舌者多，一针见血者少。国产的中亚书则更给人缺乏大的视野、缺乏个人体验和社会常识的读后感。尤其是：他们似乎无能学习文明中的语言和宗教这两大关键课程，这使得他们的作品里有一种挥之不去的视

补注：

这篇文章初次在《读书》发表后，我在“布衣书局”网上读到网名约是“八百民”的一位读者（提交日期：2009-06-26）针对这一段的批评。他指出羽田亨的《西域文明史概论》与《西域文化史》乃是两本不同的书。惊出了我一身冷汗！因离开民族研究所多年，当年读过的书早已还了，于是赶快查索《日本中亚关系研究文献目录》，方知这位读者所指完全正确，我又犯了一回学术错误。他的批评原文如下：“老张搞错了，这是羽田亨写的两本不同的书。《西域文明史概论》，弘文堂书房1931年初版，有郑元芳的中文译本，1934年刊于商务印书馆的史地小丛书。《西域文化史》是另一本书，1948年由座右宝刊行会出版，篇幅也小一些。耿世民1981年翻译的是这本。后来平凡社把两种收入东洋文库，合订为一册，书名就叫《西域文明史概论 西域文化史》，1992年出版。老张说的‘小册子’，应该是文化史。概论篇幅大一些，我有个再版本（实际比初版就晚两个月），196页，拿手里已经有点分量，内容念来也不轻松。”

我一直等着机会写这个补注。一是为了向“八百民”学兄认错和表示感谢，二是因自己学术的不严谨向读者致歉。糟糕的是：记忆中在民族所时我读的应该是《西域文明史概论》，而写作这篇书评时手头却只有耿世民的汉译本《西域文化史》。我至今无暇去把两本书都找来再读一遍。考虑再三，决定稍改文字，把评论的对象换为《西域文化史》——不仅因此书的耿译本易找，更因我的文章，说到底，不过是借羽田言其他。

如此半做小补半是阙如，再加一句约束：我一定要把此事清算，待我把两本重读之后，再用某种形式发表，用以作为向“八百民”学兄的真正答谢。

张承志记于2011年5月20日

野误差，甚至浅薄的歧视色彩。

羽田《文化史》不过一本百页小书，就叙述的简练它是罕见的。而且游刃有余；作者使用余墨边幅，趣味盎然地讲述了波斯－印度的语言渗透关系，以及上个世纪的语言学者构建“古代印欧语”体系的故事。它介绍了不好懂的粟特、犍陀罗、塞种、吐火罗，粗线条地勾勒了南疆的文明底色和古语言分区。如今重读不能不佩服羽田亨，当人们还在概念之海挣扎的时代，他就能如此大笔触地勾画庞杂的文明进程：汉之经略西域、粟特队商的沟通、回鹘西迁以及突厥化、蒙古的大扫荡、中亚的伊斯兰化。他同时涉及了最学术性的几个专题：古代语言、佛教美术、文献整理。等一读终了之后，人悟到“概论”的目的，是描画一个中亚的轮廓。

一直使喜爱新疆文明的学生发愁的，是古代南疆的种族和语言脉络。如果允许省略并简单化地统而言之，这个脉络大概是：

①公元前3－公元后3世纪，住在塔里木东南部的古鄯善和楼兰国居民源自印度西北。他们的语言是犍陀罗语，文字是佉卢文。大批佉卢文书面遗物意味着南来于印度的文化影响。

②以和田为中心的是一批操中期伊朗语东部方言的人。他们的语言被称为塞语，他们用改造了的印度文字书写自己的语言，是为和田文。希腊史书所谓的“斯基泰人”，指的或是他们。5世纪后，他们覆盖了塔里木南缘诸绿洲。

③大约在公元5－8世纪，与南缘的东伊朗－塞种人相对，一批不是说着印欧语的东部方言，而是说着一种与希腊－拉丁语类近的西部印欧语的人，在从高昌到焉耆、龟兹一带活跃。他们的语言被研究界先称为吐火罗语A与B，后更名为焉耆语（A）和库车语

塔什库尔干的感动

（B）。他们是西部印欧语人群的最靠东的一支。

上述三种古代先民，都以印度文化以及佛教为文明的基调。还有通行于天山北麓的粟特语等等——古语言都死灭了，出土的书物残卷，引发了一个世纪里天才们的劳作竞争。必须说，能把这些天书的碎片解读梳理，已是人类智力和学术的奇迹。

优点本身也附生着缺点。入门书梳理了种族和语言的隐藏脉络，讲清了从祁连山到阿富汗的古代经纬，但它们没有说——这经纬铺衬在今日文明的底座上。不如说恰恰入门书关上了门：一道道学问墙挡着，背后是死语的迷宫。谁能学会那么多古语言呢？人们因无从入门而失望，于是淡漠了对鲜活文明的兴趣。

古语的流布范围，是古代人群的故国。但古语的死灭，是否就意味着人的消失？遗址里虽然只剩下了死语，但是社会上人的血脉活着。概论书没有提醒说，人虽然能够迁徙，但人也可能改名换姓地留下来。他们没有提醒一句：原住民是不会完全走光或绝灭的，人的本能是追求存活。古中亚住民的后裔，经过了漫长的融潜流化，进入了今日维吾尔和其他中亚民族的血脉之中。

他们都是语言专家，但他们没有说清语言对人的依存。语言的改变解释着人的文明跳跃；但文明的主体即人，不一定随舍弃的语言消失。

以语言研究为基础，出现过粟特学、吐火罗学、突厥学、回鹘学；以及以美术考古为基础的吐鲁番学、敦煌学的概念。但炫耀羽毛的名称，并不能概括朴素的文明。未能命中本质的概念必然会萎缩。当罩在文明头上的面纱一点点揭开以后，文明呈示的样相是左右渗透、亦此亦彼的。文明更主要的特征一定是简明的和条理的。

若精通于破片而不能说清文明的大体，就意味着道路发生了偏离。

它们毕竟死去了，碎片毕竟不能替代全部，不能复原成古代的真实。它们如一片片沙漠，如一堆永远焦干的海绵，长久以来把学者的精力吮吸殆尽，也傲慢地排斥了普通人的疑问。

C

原来，维吾尔等中亚各突厥语民族的漂亮色彩，还遮住了他们先民的本质。那是一批体质语言都与波斯印度渊源密切的人。他们活动的东界，据汉代史籍记载是在“敦煌祁连间”，也就是说至少整个河西走廊都曾是这种异质文化的摇篮。过去狠批过的彩陶和文化的“西来说”，其实既不一定是帝国主义的扩张宣传，也未必是学术的无稽之谈。

后来因所谓张骞的“凿通”，他们如印第安人被哥伦布“发现”一样地被中国“发现”了，于是史称西域三十六国。沙漠和绿洲的地理环境，决定了这些语言与政权的隔离和弱小，它们在历史中被淘汰了。那时兴盛于这些绿洲的宗教，主要是佛教，它留下了灿烂的美术遗存。

不知为什么，文明水平更高的各绿洲语言，居然被向南渗透的游牧的突厥语同化了。这对恩格斯的“文化的反征服”理论，是一个有趣的驳难。也许散布沙漠的绿洲的孤立性，以及文明规模的过小是主要原因。

至此历史重重迈出了它的大步。生气勃勃穿过天山南下的突厥语，替换了分散塔里木的各印欧古语。至今依然可以看到：它有旺盛的生命力和广阔的前景。至十一世纪又一次迎来文明的全面改容之前，它有过相当长的佛教时代。那时留下的以突厥语（已经可以具体地称为回鹘语）书写的佛经和少量世俗文书，造就了最后一个可能诱人脱离现实的专业。

在象牙之塔的迷宫寻觅是可以谅解的，但还是要说：从这一期开始，文明的脸庞已经浮出并渐次清晰；若学术的话语照旧暧昧，就是养痈为患了。因为紧接着几乎同步展开的，是历史上最重要的事情——“西域”的伊斯兰化。

这个过程绵延了数百年之久。如今深目高鼻的绿洲居民和天山牧人，不仅操着涵盖广阔的近代维吾尔等语言，而且因新文明而形成了与往昔不可同日而语的全套文化。不再是沙漠里驼队蹄印般的粟特语，也不是占据一隅几块绿洲的吐火罗A或B，今天从南到北到处的字迹，都是用阿拉伯字母表述的突厥语。

羽田亨《西域文化史》和诸入门书没有明言——在这个大时代里，旧的佉卢或和田、A或B的主人并没有离开更没有失踪。尽管迁徙是可能的，但更主要的是：中亚诸绿洲发生了大规模的联合与认同，他们在新的维系下成了一种联合体。直至很久的后来（比如二十世纪七十年代）还可以看到——他们并不使用族名自谓，而是称自己为turpan-liq（吐鲁番人）、kaxigar–liq（喀什噶尔人）等等。显然他们认为彼此的共同点不言而喻，区别只是居住地的不同。

与伊斯兰化几乎迈着一起的脚步，伟大的文明飞跃出现了。与喀什噶尔的皈依几乎同时，文学巨著《福乐智慧》问世。它宣布着突厥语诸族共同书面语的形成，宣布着从此开幕的、笔法浪漫的文学时代和诗歌传统。如秦始皇的贡献一样，《福乐智慧》给中亚的馈赠是“书同文”。它促进的共同语普及要到日后才显露意义。

吐乎鲁克·铁木尔汗墓

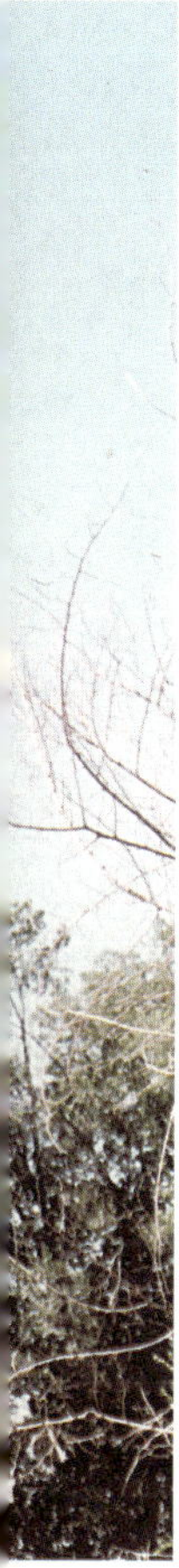

原来只能用于神圣的阿拉伯文，如今写出来的是自己嘴里的土话——谁敢想象金闪闪的经文能够变幻奇迹，瞬间成了可以记账、可以抒发自己感情的文字？谁能想象在那个时刻一定有过的、绿洲居民们的惊喜和赞叹呢？由于这件事那么巧妙地镶嵌在宗教和现世之间，更由于它如雷声隆隆触及着每一个人，由于它改变了社会和日子、它深含的意义发掘不尽，所以自觉不可思议的作者玉素甫·哈斯·哈吉甫写道：我说了话，写了书，伸手抓住了两个世界。

再也不能绕开中亚的伊斯兰化问题。

它不仅早已是一个关键，而且还极尽趣味色彩绚烂。应该评价说，羽田家三代父子致力的对中亚文明的解读中，他们对突厥−伊斯兰化的叙述非常精彩，因为话题终于回到了突厥－维吾尔的语言区；而回鹘文的专长，使学者的概括游刃有余。可惜的是缺少一笔点睛——指出如今满目的克里木和买买提，就是写过佉卢文借据或吐火罗佛经的人们的后裔。

D

更多的迹象暗示着，维吾尔的伊斯兰化过程是经由波斯。而不是经由理应的阿拉伯途径实现的，虽然阿拉伯是伊斯兰的主角，阿拉伯语是神圣语言。为着远古那些吐火罗的底色、血统和迷幻气质，需要一个比阿拉伯熟悉些的中介。羽田亨指出：“古代语言灭亡之后，取而代之的波斯语，在蒙古时代甚至成了中亚迤东世界的国际语言。”

由于都有印欧的谱系——所以维吾尔对波斯化的伊斯兰教更

易于接受。伊斯兰的波斯，它遮盖了住民们不习惯闪米特－阿拉伯文化的倾向，堂而皇之完成了使维吾尔皈依的使命。

不久前看过一个伊朗电影：《我同学的家在哪儿》。这么说吧：几乎画面中每一个因素——且不说村庄布局建筑样式，就连涂成蓝色的泥墙、窗台上的花、闲聊时的拌嘴习惯，都可以在新疆一模一样地看到。电影里，老木匠领着叫阿马布的那个可爱男孩走在昏黑街巷里，叹惜着如今流行铁门、他做的手工木门没有用了。漆黑的银幕上，次第映出一个又一个木窗子的剪影。雕刻美妙的窗格子如变移的图画，沉默着在黑视野里一个替换一个地亮起。那美感无法言说。而我要说的是，在库车、在喀什城里你可以找到一模一样的窗子。喀什或库车清真寺的木雕窗，简直就是伊朗电影里那移动图案的拼接（参看刘致平《新疆伊斯兰教建筑》插图）。

这不过是个随手掂来的例子而已。

P.K.希提在名著《阿拉伯通史》里，用非理论的写法形容过柏柏尔人对伊斯兰教的皈依："对于像柏柏尔人这样文化程度的民族，伊斯兰教有一种特别的吸引力。"应该说这个感觉更适合于维吾尔。不仅如此，也许维吾尔才是说明伊斯兰教适应第三世界文化的一个不逊于柏柏尔人的出色例证。

何止有男孩和老木匠走过的雕窗之廊！其实连维语的语调，似乎都呈着一种波斯味儿。一个认为伊朗电影妙不可言的朋友对我说：好像烤羊肉的维族人说话调子和电影里的伊朗人一样，是升调。我认为他有敏锐的听觉。

是的，从木匠到语调，从木窗子和铜皮箱子的花纹到《福乐智慧》的文体，从坎儿井（gariz）到巴扎（bazar，集市）和卡巴普（kivab，羊肉串），都是输入世界许多种语言的著名借词。还有，从涂蓝的墙到种花的风俗，从打馕（当然包括"馕"这个单词）的技术到吃抓饭和用右手抓饭的食文化，都是随着伊斯兰教，随着逊乃（伊斯兰教谓之圣行，即效法穆圣行为的宗教规定），同自波斯惠与的。

当然还有五番礼拜的名称，还有乃玛子（礼拜）和麻扎尔（圣墓），还有割礼的盛大节日和婚礼的尼卡哈（证婚词），还有文学、音乐，还可以数出诗歌风习和著述的伊斯兰史观，展示神秘的音乐传统和那歌唱的不可思议的尾腔——它们都是伊斯兰带来的。只要不是视而不见，还可以列出花帽、裙裤、袷袢等鲜艳的衣着。它们各自是一件教规或逊乃的精美作品。当党的领袖来访时女孩们献上鲜花，然后把小花帽戴在领袖头上——你看，领袖们对这种维吾尔礼节化了的伊斯兰教逊乃圣行，是多么喜爱啊！

——总之，从一间涂蓝的建筑到整个社会的结构，伊斯兰化就是中世纪维吾尔文明的现代化，伊斯兰教如同在北非提升柏柏尔人的文明一样，在传入的同时全面提升了维吾尔的文明，使之发达到了丰满美丽的极致。

要紧的是这一切并不只是属于历史——生机蓬勃的穆斯林生活方式，是当代的中亚和新疆的文明中核。它渗透于绿洲戈壁下面，飘散于风土情调之中，那个流着古印欧的血液、操着一种突厥语的文明——在经过了伊斯兰波斯的提升以后，从此是文明花园中的奇葩。

应该再强调一遍：生活使宗教随和而平易，而宗教则化为了生活本身——未来的人将再三为这种形式赞叹不已。

E

当然无法追溯羽田亨的初衷。此书面世的那一年，正值日本发动了侵略中国的九一八事变，朝野的视线都集中到满蒙、回教、阿拉伯。军部及右翼对政党政治深怀不信，各种势力都狂热地投身实践。从北京到东北，许多浪人和间谍毅然改宗，于是深入了穆斯林社会。自蒙疆而河西甚至西亚，半似冒险半做特务的日本外语科学生到处出没——山雨欲来风满楼，整个皇国都正面对准了“回教圈”。后日的京都帝国大学校长羽田亨此时将《西域文明史概论》付梓，其俨然的学术性令人吟味。

在日本的伊斯兰研究者中最具过人之见的板垣雄三，对那个时代的东洋学评价说：

> 在那个——即便为了向东方主义同化也须在自己世界观中加入伊斯兰的历史阶段，他们有过与伊斯兰世界紧密结合的感觉。……依靠着与欧洲人抗衡，甚至凌驾于欧洲人之上的对伊斯兰研究业绩，他们使自己的世界里加进了伊斯兰的世界。（《“反恐战争”与伊斯兰世界》，东京，2002年）

这个总结非常有意思，它超越了对学问的锱铢计较。

这样的心态，大约对中国的中亚学者是陌生的。他们无法理解间谍怎么会改宗对方的宗教；追求浪漫的初心，怎么可能被军国的浪人实践。他们至多不过陶醉于专业技能的雕虫小技，一般不会思考学术的异化。

所以，虽然新的一代青年又在等待解说，虽然历史又有几次幕起幕落，但是对通说常识的指导仍然阙如。不知是该批评这种现象呢，还是该为这种落后庆幸。毕竟，在没有建立对他人的关怀之前，在没有清除文化和政治的歧视思想之前，对文明的不慎介入是危险的。

毕竟以前曾经攻读，此时又深感紧要，所以不管是在住进或者是在向往新疆的时候，我都奢望过写一本入门小书的心思。但是随岁月的推移，思索愈沉入，笔就愈不能提起。随着对那块魅人的大陆一丝丝地靠近，最低限的结论——反而更踌躇难定了。

在泡沫文化肆虐的时候，我撕碎了一页发黄的提纲。

我明白了，自己该做的不是写一本书，而是呼吁一种正确的入门。该有准确的常识，更该有基本的感情、立场，以及途径。应该把它们梳理清楚，一一地传达给又一代人。虽然还不能奢求正义的文化理解，但是，对这个文明的入门，已经是一个关键。

2001年10月初稿

2011年5月再改，并加入对纠正本文错误的同学的谢语

拾起沙粒

一次旅行就如一场不冒烟的战役。

心里的一幅地图，此刻在我心里静静打开着。道里清晰，点线勾连，如一块逼真的沙盘。

皮山县，不如改名叫沙山。晃眼的白沙，滚滚的热风。不过它幸运地保持着旧貌，没有遭到倒霉的整治；县城如一个古老的巴扎，沙漠里藏着袖珍的小村。

那两天给我开车的，是一个警界人物。我总在进寺门时问能不能随便进去，他也总随口答道，跟着我不就进去了嘛。

他的体形并不太胖，但腰身与肩膀一样宽。他总是按捺不住满腹的牢骚，想让我留意这儿的沙子浮尘。我呢，也就尽量在需要调动他积极性的当儿，逗起沙子的话题。

于是他便说将起来，倾诉他在这个鬼地方喝沙子的无私贡献；而车轮也就快快转动，把我们运到胡杨林深处，又运到沙漠的小村。

在胡杨的深处，看见一个破碎的文物标志，写着这里叫做什么“窟”。我以为是一个未被发现的石窟寺呢，进去一看，发现有一些褴褛的妇女和老者。破席和满是沙尘的被褥堆在土炕上。一个老妇迟疑着，不知是否继续往灶里添柴。一个白髯老人端着水瓶。尽头处，我看出那是一座墓——有两个汉子喃喃念着。他们侧过深陷的双目，怀疑地注视着我。明明这是一个麻扎尔，我暗想，而不是“窟”。

先要打消闯入者的形象。既然已经迈进了这座门，我便没有停下脚步。掩饰着心中的惊奇，一路行着礼穿过廊下。我亮出藏着的帽子戴上，径直走近他俩，随即念起祝愿安宁的句子。那两个汉子本来正要欠身离开，这时只有重新坐好。我们紧紧挨着，就这样开始了交流。

南疆的麻扎尔大都修有拱顶，为的是让流浪的人过夜。等他们的深目里消失了不信，我走近一个盘腿坐在炕上的老人，他赤露着瘦骨嶙峋的、多毛的胸脯，一个大瓷碗里剩着半盏茶。他一定是此地的首领，而我正像一个香客。我俯身握住他的手，看见破旧花帽上的一层尘土。虽然只能说很有限的几句，但我还是探问到某某地方有另一座，某某地方还有一座。都是长长的、陌生的地名和人名。都不是“窟”，是残存的公社，一些无助的人在这里就食，也许，还维持着自己的生活方式。

沙漠的风滚烫，白炽的太阳照射着耀眼的沙子。

麻扎尔修在一座坚硬的砂石山头上，登上山，眼底是空阔的大河的渠首。一道道细密溪流裹挟着灰白砂土，滚滚汇入闸口，变成巨大的渠，冲向无际的绿洲，我提醒自己——这是伟大的绿洲啊。骄阳下渠水泛白，恣意而坚忍，独自在曝晒之下，灌溉着古老的文明。

热风打着脸颊。左手是灌溉网，右手是麻扎尔。我想着，感觉到的那一股脉息，怦怦的好像重了。

警界朋友打了个哈欠，问我说：咱们这儿还有个文物，打算游览一下子？我忙说：当然啦，哪儿对我来说都是学习！于是一车人奔波，到了沙漠里的文物庄园。

牌牌子上写着：自治区级文物保护单位，胡达别尔迪庄园。可是显然没人把它当文物保管，房子岌岌可危，有些梁架倾斜，几处屋角已经半塌了。

与阿吉的相遇

这是一处巨大的、几进几出的木结构建筑。若是一个家庭的住房显然太大了，若说它是文物，又猜不出究竟有什么用处。我好奇地琢磨着看。主人说，这里是沙漠，没有树木所以盖房子没有木头。夏天一发洪水，就有木头顺水冲进沙漠。我的爷爷吗或者爷爷的爷爷就捞起木头放好，时间长了他积攒了很多木头，最后盖了这座房子。

迎面门楣上一行阿拉伯文。一行人只有我认出来了：我祈求真主使我免受魔鬼的侵扰。字体粗大，如一个匾。家居大门用这句经文装饰，是很罕见的。

木构民居能有多古老？爷爷的爷爷么，我估量这房子也就是二十世纪中叶，清代或和卓时代的建筑。但是主人的年龄却不好估计，砂风磨砺的红脸膛，一柄磨亮的砍土镘，使我觉得他表里隐没。

不光是文物政策没有落实，更要紧的事大概也还悬挂着。他没心思高谈阔论文物价值，只是抓住了机会要求退还房产——先说我们是地主房子嘛没收，又说房子嘛文物叫我们保护！……

我当然同情他，就在一边添油加醋：必须赶快想个方案，这么珍贵的建筑，可是眼看就要塌了！

我在曲折的室内转悠，使用经文的装饰充斥着。我沉吟着继续参观。在大概是主卧室抑或主客厅，又一处纹饰令我狐疑。一句“啊，最仁慈的”，一半写成红色，另一半写成黑色。两半互为倒影，书法粗拙，黑红鲜明。我觉察到心里升起了一种敏感。这个建筑不简单，它充满了神秘的喻示。说不定它集中着这一片沙漠的往事，因为——我不觉间着迷了，下意识地作起不属于考古专业的考证。

他的爷爷，或者他爷爷的爷爷是个怎样的人呢？我悄悄凝视着那拿砍土镘的老汉。当夏季干枯的河床里冲下流木，他便一根根地拾起来。当没有一棵树的沙漠里矗立起雄伟的建筑时，他又做了些什么呢？那红黑对应的花饰，究竟有着怎样的含义？

洞开的室内空荡荡的，木柱歪斜地支撑着。沙漠的风从空寂的室内穿堂而过，从门洞可以看见一簇高耸的大胡杨树。

砍土镘在老汉的肩头闪闪发光，他倔犟地走着，踩着塔里木的沙漠。

这时，一阵风猛地卷过，砂粒打在手上。一股灼烫突然烙了手一下，使我不能不意识到它的强烈。

猛想起一阵子忘记了同行的朋友。于是赶快转身，和他搭言：这沙尘真的刮了一天！他不屑于感叹：沙尘？若是冬天你来！……

和他搭讪着说了些什么，我已经忘记了。因为我那时感到了一丝沙漠的脉息。它在空气中若飘若散，时轻时重，挑逗地碰着我的手。

2003年10月

歌，在哪儿起源？

在平庸的日子里，有时会忽然听见一串乐句，像风在哪里摇动了一株异样的树枝。它与众不同，不是一般常说的悦耳。它也不同于古典的庄严、流行的疯狂。我至今还没有找到概括它的语汇。我只是霎时若有所思，一瞬感觉到了心魂被牵扯，有时当场站住，痴痴地听下去。而它却多是似是又非；一阵风飘了过去，就再也追寻不上。迟钝的、失聪的日子又淹没而来，又将久久地不能和它相遇了。

何止没有听出谱子歌词，即便感觉和滋味也再不能分辨。哪怕固执地寻访，但是已经追问不清——已经与它永远地失之交臂了。

这样的体验一旦被自己意识清晰，以后再听人议论歌曲音乐，就会觉得难以插嘴。人不会喜欢自己的沉默；可是怎么说得清呢，那种夺魂的神秘和亲切，那种迷人的坦白和浪漫！

我很少和人谈论歌曲。哪怕是当人们谈到一些受到知识界和青年强烈支持的著名音乐家；更不用说对那些充斥电视的老鼠腔狐狸眼、对那些厕所苍蝇一般嗡嗡繁殖的“伪歌”了。

渐渐地我必须习惯一个“偏激”的名声。因为这个莫须有的结论，我在漫长的、差不多走遍了北方的过程里，无数次地审查着自己的感觉。不管手里忙着什么，我的双耳总是在倾听。我用触觉留意，处处盼着与我念盼的歌子相遇。迎着那些清风般吹拂而来的、使我爱恋的歌，我再三地看到了——在这人间和大地上，存在着洗练的诗句、特定的和鬼斧天工的旋律，还有导致着一种种音乐类型的、几乎无可概述的神秘气质。

它们是真实地存在的。

无论谁，在他活一世的路上，都会与音乐主要是歌——发生若干关系，虽然质类深浅不同。我也一样，我可以用一连串的歌子，把自己的履历编写一遍。

我回忆起伴奏着各种歌声的过去。追忆中我不住地咀嚼着其中的意味。我不禁吃惊地发现，我居然长久地独自涉水，逆溯着冲腾的水流。那些在往日漫不经心地哼过的小调，正滚滚淹没而来。它们至今仍在强劲地冲涮着我，继续着对我的改造。

*　*　*　*　*　*

我是在很久之后才觉察到，我爱听的歌，大多不是由汉语表达的。已经有人非难，我自己也暗暗吃惊。

有一阵我主动补习西洋正统，托朋友买了一大批磁带，也去听音乐厅和朋友的演奏。那些缥缈的合奏确实使人如入梦幻，我也自觉很喜欢。但在请教时我总有一句话说不出来，但我不知道那是什么。我听着，我沉默。行家的解释好像周密，但原因是暧昧的。他们说的不是被袭击时的感受，而是一种秩序般的诠释体系。人不能在听觉上也随波逐流。我委屈地想，该有一针见血的、本质的解说，在我找到它之前，我宁肯应声而去吧。

宿命的是，汉语之外的启发还刚刚开头。

是的，语言几乎不能更替。回忆蒙古古歌和冈林信康的时候，我只须十数一二。喜爱的歌，会使人对一部分外语记得烂熟，并且使人悄悄进入它的语感和分寸之中。然而真是学无涯；后来我多少次对朋友说过——临死前若是问我有什么憾事，我就说，此生没有掌握哈萨克语，此恨绵绵！再后来，随着我对塔里木南缘的文明开始了解，更对维吾尔浑如天成的文化构造禁不住地惊叹；我又斟酌好久，最后把这句遗言里的语种，改成了维吾尔语。

在老城旧街的深巷里，若是彷徨良久，而并没有一个了解你的维吾尔家庭，人会觉得难忍的孤单。我听说过叶文福的一个故事。他在从喀什到乌鲁木齐的长途车上，和满满一车维吾尔人同路。维吾尔人唱了一路，照例唱得疯疯癫癫。而叶没有语言，也不熟悉他们。他枯坐一路，那时的喀什路要走六天。车到乌鲁木齐，满车的维吾尔人心满意足地下车了，没有人理睬他。等到叶踉跄下了车，他抱住一棵树，号啕大哭起来。

这个传闻使我感动不已。他能够为这样的事而哭，这是诗人的记号。

和叶难过的一样，我的命运也仅是旁听。听见了，爱上了，心里发烫了，又无法深入，被拒之于外——那真是可怕的折磨。为了挣脱叶文福的厄运，我在喀什至乌鲁木齐的路上拼命跟上他们；我跟着大声哼曲子，喊伴唱的吆声，迅速地大致模仿哪怕一句，使劲地加入进去。他们露出了有名的微笑，不断回过头，向我瞟着鼓励的眼神。邻座的胖大嫂干脆唱一个副歌是“郎呀郎，亲爱的郎，你要找上一个好对象”的怪里怪气的知青歌来安慰我。

后来不再那么惨。我多少学了几段，多少进入过他们的环境。在果园子里，在朋友们欢聚饮宴，在长途的灼热戈壁路上。但我虽然努力加入还是停在表面，摆脱外人的遗恨是那么难。这使我不能容忍，我几几打算撤退回头。只是，在每一次的离别以后，那快活的耳音，那亚洲腹地的气息，又挑逗一般不依不饶地追上来，又一阵阵不由分说地摩挲充灌！

它使人迷乱，它一阵阵诱得人不由得把双肩着了魔似的渐渐端

在和田

起，两脚蠢蠢地寻找节拍。它被它的环境发酵得愈愈浓烈，眼神都乜斜了，嘴角闭着微笑，白杨叶子也哗哗地响着切分音。一头撞上了它，我怎能不晕眩，我只想一个劲地沉入进去，向着它红艳或漆黑的神秘洞底。

这可是不折不扣的听音乐。由于不懂歌词，我听的是单纯的音乐，就像都会里那些古典西洋大曲的崇拜者一样。只是它可不那么大雅大器，它不需要解释，它新鲜明艳，它给人悦耳和心动的时刻，它不是“皇帝的新衣”——但是，它究竟是一种什么音乐呢？

他们在尘土飞扬的广场上唱，在烈日炎炎的沙漠路上唱，在新娘子害羞地不抬头的婚礼上唱，肥胖的大师傅在油烟弥漫的灶台旁唱，蒙面的穷苦女人和伤残的乞丐，在清真寺的尖塔下唱。我被它引着领略悦耳和心动，可是我哪里敢解释。

所以在这篇随感里，前两节我能依仗经久的体验，而笔行至此，我只能大致追着直觉和感觉。我无法弥补这个缺陷了；谁叫我多少次犹豫，没有决心攻下这么美的语言。我唯有的侥幸心理是，歌毕竟是音乐而不仅是歌词；也许，歌声可以用直觉和感觉来判断？

为了确认再次西行。而一旦再次踏进，感觉如封存后的发酵，它深沉了。它不再那么明丽，又一次在心中掀起的，是又似无形又在涌起的重重大潮。

绝望其实往往也是希望，我最终不能容忍自己与它无缘。

在帕米尔的高原，那年夏天可怕的曝晒就像世道，地皮被晒焦了厚厚一层，踏上去立刻升起一股白烟。听说有一个婚礼正在举行，我赶快跑了去。院落里积着一尺厚的黄土粉末。即便那样他们跳得滋味浓足。他们一个个深眉俊目，锐利的眼神在挑着尘土的舞步中柔和了，嘴角挂着优雅的微笑。两个男子吹着鹰翅骨制成的骨笛，两个女人击着大张的皮鼓。就那样两支笛、两张鼓，他们不间断地奏出撩人的曲子，那异样的旋律不可思议。我目不转睛地听到天色昏黑，没有歌，只有单调的四件乐器里流出的魅人乐曲。

我绝望于捕捉和记忆。那一刻我明白了，做什么都是徒劳的，此刻只该就这样与他们同在，加入这恣情流溢的中亚情调。背后是近在咫尺的冰峰，在尘埃中，它若隐若出，如秘如谶，强大地吸引着渺小的我。

一个白皙的少妇接过了手鼓。她仍然击打着那个节拍，只是一举手一侧目，明眸瞟过或淡淡一笑，都使我阵阵受伤。她简直不是此界的人物；我猜，一定只有在最古老的两大文明混合时，才会有如此的美女诞生。是哪两大文明呢，突厥和吐火罗？或者是印度和波斯？谁也再不可能猜测了，只有她的鼓点伴着鹰笛的婉转，汇成世人不知但魔力无垠的音乐。舞步在凸凹的土地上轻挑慢踏，长长的睫毛在肩头上面垂下。险峭的高原也被晕染了，我被蒙裹在色彩里。这种歌，这种音乐——它是一个魔女，不留一丝残剩地，专门掠夺和俘虏人心。它又是一服甜甜的毒药，谁饮下去谁就再不得脱离。

不能看着美逃跑。我在想办法，总会还有一些办法。

漫长的日子里我魂不守舍，中了魔怔般一次次进入了秘境。哪怕在最严谨的学习中，感觉也是无法推翻的：这是一个文明林中的魔区。除了咬着牙一次次反复奔波着靠近，除了多少学几句话儿首歌，除了做些微的语言急救之外，我使出了吃奶的劲，从其他方面补充。也就是说，阅读、学习、考古、旅途，反正追着它，不舍弃。我读着、听着，一点一点地了解着它。渐渐地我的视野不再那么朦胧，音乐开始显现一点轮廓。

它不是一道支流，它是一个枢纽或者核心。这和亘古的、我熟识的那种牧民的长啸不同。绿洲像串起的文明珍珠，这里本身就是一个发达的文明中心。古远的伊兰人（这个概念准确么，反正是一种印欧人）、粟特人在这里大规模活动过，虽然在史料上无声无息。

后来突厥南下的浪头重重滚来，突厥化使得牧人的长调得到了质变。直到蒙古铁蹄激起的狼烟散尽以后，西方和东方在一个纽结上再生了。

很久以后的突兀一天，人们才猛省般悟到，伊斯兰是新文明响亮的名字。所有古伊兰的、吐火罗的、印度的、突厥的和回鹘的、阿拉伯的和波斯的一切，都响起了魅力十足的鲜艳旋律。当知道了这些以后再转过眼睛：它正如醉如痴地唱着，它和它更富魔力的音乐形象遥遥微笑着，望着目瞪口呆的我。

第一次，这回是我独自微笑了。因为恰巧我新配了一把钥匙。

秋天，秘密地带着我的钥匙，我又一次奔向沙漠南缘，奔向我已经对它刮目相看的喀什噶尔和叶尔羌。

英吉沙古城的这个夏天依然酷热。白杨树和葡萄架的叶子在肆虐的日晒下，已经不再绿闪闪地抖擞。夹道的馕坑铺子、沙哑的歌声琴响，这情调任世道变迁不改底色。女人长裙，男子花帽，满街都是神秘异域的眼神。眼中是熟悉的中亚小城风景，心里是翻卷的波澜。渺小的我，终于在一群维吾尔人中间，被他们紧握着手，簇拥着，走过他们的风情街道，走进他们的干净庭院。二十年后，终于有了一个改变。在那个炎热的正午，我获得了和“它”的关系的改变。

我也许已经累得衰老，但我怀着的，还是那年喀什路上的那颗心。那年我不会一句，而今天——我掌握了几个关键词。

我跟着节拍，踏上了维吾尔人的、圆圈般的打依尔。如今我们用音乐和舞步，来畅谈我们心中的迪尼。依着门框的女人和那年帕米尔见到的一样漂亮。她惊异这个东干，居然流畅地和男人们一道唱着即克尔。一个穿袷袢的人居然当场进入了费那，他的脸颊上流淌下了幸福的泪水。

上述语词的注解是多余的。一切都只不过是气氛中的因子。重要的是终于有了我们的话语。当然，其实语言也是次要的，充溢一切的是音乐。

望着这情景我不由笑了。忽然我想到了叶，若是坚持下来他也会笑的。胖胖的母亲满面笑容，忙着在桌单的上面换上更多的食物。那个粗壮的汉子则着急地准备给客人的礼物，我已经看见了英吉沙特产的镶嵌刀子。四壁的挂毯图案酷似波斯，也像音乐一样难以捉摸。放下刚喝了半碗的奶茶，顾不上吃一颗晶莹的葡萄。打依尔上，人们已经开始了旋转。

那是人一生中难得几次的、短暂的点悟时刻。因为我不仅见识了传奇中听说已久的舞蹈祈念；还结识了第一个apiz。只有这个词需要解释一下：维语中使用阿拉伯语汇借词时，通常省略词首的送气音h，所以，apiz（阿皮兹），就是阿语中的harfiz。解释它很复杂；在这里，它指专司伴唱的苏非世界的歌手。

他是一个绿衣的中年男人，眼睛里含着忧郁。他总是叹息般地望着我，一件暗绿的长衫上绣有绿丝线的花纹，对扣的襟口也缝着银绿的花边。看来，他在激动的时候不外现，神色严肃。不像比比皆是的巴扎摊和饭铺子歌手，不是那种粗鲁的莫合烟嗓子，他有着一副颤抖的、圆润的职业歌喉。

歌声如怨如诉，踏着使人摇晃的节拍。正是这个调子，你使我痴迷了半生。现在你正为我响起，阿皮兹就站在我的身旁，从他那儿，歌声流水般不住地汩汩淌入打依尔。都陶醉了，但阿皮兹没有一刻间歇，他边唱边轻轻地摇着头，像是体会着自己的歌唱。我尽心地投入陶醉，随着拍子在圈子上旋转。我要抓住难逢的机会，和我尊重的他们共度良辰。微醺之中，我勉强地分出一念确认着葡萄、馕，还有和田壁毯，我提醒自己说：记住幸福。

如今问题就有趣了，究竟是这片世界的音乐底色，使得统一它的信仰沾染了浓重的音乐味道呢，还是信仰输入时也一路送来了音乐？是阿拉伯、波斯，还有印度都溶成一道道源流灌溉了这片古老的绿洲呢，还是这秘境的风土使得伊斯兰唱起了丰饶快乐的歌？

追究也许可有可无，总之此刻它们是浑然的一体。它们早就再也难分难辨，宛如一首歌中的曲和词、一种歌中的情调和内容。阿皮兹，如果远昔的古文化里没有它，那么它随着强劲的文明之风吹来时被催生了。如果它本初就是生活中的水，那么它已经被兑上洁白的乳和香醇的酒了。重要的是阿皮兹的存在，还有他胸中无穷无尽的歌。

走下打依尔的时候，我们已经成了朋友。刚才哭了的男子久久拉着我的手，难受地说“难道胡大真的要我们马上分开么”。领袖般的老者翘首朝着天空，自语着感谢上苍。只有阿皮兹没有表达，他拂拂青绿的长衫，默默地目送着我，他已经在咏唱时表达过了。

那一天，绿洲的暮色从来没有那么温柔。高空的白杨长梢，在沉重地摇来曳去。我只能离开；推辞水珠滚动的大串葡萄，推辞满是金黄的黏稠汁液的无花果。我实践着又一次的离别，就像我经常非要离开美好的时候一样。我甚至没有顾上伤感；因为对我来说，阿皮兹的发现席卷了并充斥了我的心。

我紧紧地抓着他。淡绿的绣花袖口，遮住了我们紧握的手。舍不得，我想着。抬头望去，毒日头还在骄横地施虐。还是不要久留吧，我作出了决定。阿皮兹不眨眼地注视着我，像是在审视我追求真知的程度。我觉得他的双眼那么美，那样深陷的眸子，就像深藏的夜星。

也许，传说中的木卡姆，喧嚣中的木卡姆，其实就是源于阿皮兹的苏非之歌？

我想着，又觉察到自己的不安分。但是我更判断着学术与逻辑，是不安分么？我突然心花怒放，我笑了，一边把阿皮兹的手握得更紧。

最后的感觉，是欣慰呢还是难过？你在为无法更深入而难过的同时，也在最后辨出了它的本相。最后的时光我默然无语。你也许是一个失败者，但你毕竟向往过，甚至两脚尘沙地探询过——所谓天籁。不必强求做到更多了，我想，你已经耗尽一生，不该奢望过度。不仅如此，当失助的文明被歧视和欺侮时，你留下了你判断是正义的辩解。你已经成为了一个美好绝唱的，哪怕蹩脚的介绍者。那么，在剩下的时间里，你不妨悠闲地走走，做一个享受者和欣赏者吧。

怀着这样的心情，我常在古迹上散步。

在近郊，在仅仅隔了一步就和都市离开的冷清野地里，矗立着泥涂表面的迪尼麻扎尔。

我走近时，看见那里独自跪着一个农民，破旧褐衫的枯瘦老人。他拨弄着一小堆点燃的枯树枝，把手指直接插进火堆里。篝火很小，不过是熄了又亮的、一小簇枯树枝架起的火苗。褐布的袷袢和土地混为一色。他的靴子满粘着红褐的泥巴。他痴痴凝视着微弱的青烟，曼声哼着一些句子。那身四郊最普通的褐色袷袢和也晒成了土褐色的圆帽，与几天前结交的、洁净绿衣的阿皮兹恰好成了一对。而歌声却一模一样；他独自地低唱着，若有所思地摇着肩头。他不时把手伸进火苗拨着枯枝，好像火苗一点也不灼手。

我在寂静的空旷中走近。间或他浊重地咳嗽，他的曲调时有时无。但是声音慢慢散开，原野如同被点化着，浮现了情调。我那时靠得很近，听着那些滑落的音节和沙哑的喘息，远处的暮霭一层层次第苍凉了。我要融入，我捧起了双手。我模仿着、追随着空中的旋律，开口吟唱起来。开了头，当吟到《阿叶提·库勒西》时，褐衣的老农礼貌地对我欠起了身。

他浊哑地问道：

Siz……Dini üxün ma?（您是……为了迪尼吗？）

莎车风景

Men……bir apiz boldem.（我是……一个阿皮兹。）

我轻声地回答。

剩下的傍晚时光，都是音乐的低诉。无论一身土褐散漫坐着的维吾尔老农，还是满脚尘沙的我。我们各自吟叹，时间就在身边流过，旷野里只有我和他。我抬起头来，看见寥廓的喀什噶尔大地上，荡漾着暮霭的黄色。

我觉察到了难以言说的和谐。我信服了，人间的音乐，确实起源于神授。我记忆着心灵的洗涤，记忆着这个永恒的边缘。我紧靠着它，它温暖着我，一直到黑蓝晶莹的夜幕完全垂落。

* * * * * *

我迷恋着各种异族的音乐，心里却想着母语和故土。从远古的礼乐时代开始，其实我双脚踏着的这块大陆，也是一个音乐的源头。只是旋律随时间而僵硬，和声之律变成了秩序。不知为了什么，气质和真情一丝丝被排斥，古乐衍化成了统治的礼教，音乐可哀地异化了。

只剩下边缘死角。只剩下贫瘠不毛的旱渴之地，还残留着几声炽热和苦涩，还缭绕着一响扰人的呼叫。

当植被和绿色都破坏净尽，当世界已是一派荒漠的黄色，人的心事更重了。年复一年，我徘徊在黄土的塬坪峡谷之间，寻寻觅觅，山东山西地找着新的《三十里铺》，高山空谷地听着《花儿》和《少年》。但是，封建主义是一个无处不在的主宰；它使人呐喊着又要矜持，渴盼之中又要规矩。它总使每一股鲜活的情感，都依附在另一股强大的束缚之上。

于是我便步不可收，急剧地滑入了深渊。忆起来一切如同前世的定然，三十年过去了，留下脚印般的履历。在漫野的美声魅惑中，我如中魔怔，如被夺魂，离官俸利益、大势时潮步步远了。猛然惊觉时，才发现自己像是初次做人，刚刚尝到一点人性的滋味。

有一些纠缠我半生的命题，诸如木卡姆与苏非传播的关系，诸如不同语言的乐感、它们与曲调的承载谐调……要承认自己已经很难深入了。不用说更使我倾心的那个题目——关于那片覆盖着广袤欧亚内大陆的浪漫音乐之海，究竟是从印度起源还是从波斯起源——不，已经不是此生可能穷究的领域了。

但是更多的依然是满足的感觉。因为我毕竟听见了，我没有完全堕入失聪，这是一件使我悄悄喜悦的事。

怀着感激，我不断地学习，一次次踏上长旅。我和深爱的人们时散时聚，共享和分忧着文学和生计。流年之中，我总是听见耳际充斥着一脉歌声；是的，就是它，是它在陪伴着我，生息度世。

1998年3～4月

（本文节选自《音乐履历》）

树梢上的心

在觉得陷入了污水坑般的生存时，人会竭力地向音乐求救。的确这也许是非常有效的一招，纯净的音乐扫荡了满耳的污声秽气，人度过了艰难的一刻。

这样的体验应该告诉你。

那一天我独自一人，从晨起到晚间沉默了一整天。但是我的内心却经历了黑白分明宛似两极的体验。也许这该称作一种被迫的相悖相反。一极是难以形容的恶心，另一极是丰满的感动。两者都是因为读了一篇关于新疆，关于天山的文字。

我不告诉你那令人作呕的篇什是什么了，反正你也每天都被这些无耻的文字包围；在我的书里我只写美好的一极。

读了我的一位哈萨克朋友写的、关于惨死于新沙皇枪下的哈萨克诗人恰克里姆（Qaklem Kuday-berdi）的介绍那天——整个下午我欲哭无泪。忍受不住，不能控制地翻箱倒柜，找出了听说根据恰克里姆的诗谱成的歌曲《Jürêk》，颤抖着手指，把它塞进已经坏了很久的、灰垢蒙满的音响。

这里必须要说一句“赞美真主”，因为那个下午简直出现了神助，我那台哑了很久的破机器奇异地转起来了，为我不是尖细或闷沉而是完美地送来了恰克里姆的句子。

这样的体验一定要告诉你，朋友。哪怕在残酷的夏季也别灰心。可以用我偶然找到的这个办法，医治自己，抵御猖狂的病毒。

纯美的女声充盈着一方空间。那是一个健康的文化，从遥远的天山诉说。那女声给我们的联翩浮想与他们不一样，仍然是恰克里姆形容得好：

> 你不可能再遇上这可以交心的姑娘
> 我爱她，是因为她闪烁着真理之光

她低缓的叙述句句排比而来。每个连句都在结尾高昂，挑出一声呼喊。jürêk是一个阿尔泰共同语词，不仅哈萨克，万里之外的蒙古人也能听懂它的意思：心。

这首歌用一个残酷的比喻，问了一个在道理和伦理的极限上的问题——有个年轻骑手，他被爱情俘虏，愿为美女献出一切。而美女的条件是绝对的：那么，把你母亲的心拿来。

尽管他在边缘上被折磨得痛苦不堪，但是他做了！他抱着那鲜血淋漓的心，飞一样地驰向情人。疾驰中不留神，马失前蹄他摔下鞍来，一颗心被抛了出去。

当他正挣扎着的时候，突然听见那颗心在唤他，原来母亲的心正挂在梢头，责备不知小心的莽撞儿子。

Aynalayen oy, jang bala oy 唉，小宝贝，我的孩子

Kuladeng oy, sen jaman 摔成了那样，是你不好

我说不出这两句诗给我的刺激。我知道这刺激也非要用哈语听才能获得。哪怕为了彻底弄懂这两句，也值得你我学习哈语。

而听懂了的那一点点，我能解释么？jang bala（小宝贝）难道能译成“好孩子”或者“小巴郎”么？

sen jaman（你不好）又能怎样说尽它的含义呢？“不听话”要么是“真淘气”么？……

我只能说，掠过心头的疼痛和浸过心头的温柔，都丝丝清晰。

你问结论么？和你一样我也在思索。但是无疑他们的命题浩大而庄严，一种健康，使我们羡慕。所以我说，用这样的音乐洗涤，是一个简便的办法。上午那股恶心，因世论的丧失正义和不顾事实而带来的不快，被一荡而尽。像一座青吉斯山矗立在绵延的天山山系中间一样，恰克里姆一如他的诗，他们将在天山中永恒。我们不仅可以去模仿恰克里姆，就像他宣布自己是托尔斯泰的学生一样；我们也可以借助恰克里姆的歌和货真价实的艺术——陶冶自己，消遣时光，让日子过得丰满有致。

就这样，《Jürêk》使一方空间，使包围一下子变成了纯净的音乐。整整一晚，次日晨起伊始，我沉浸在东不拉伴奏和清晰的女声诉说中，心中默默充盈着感激。人生中无论遭逢什么，只要有这样的音乐陪伴，就应该说，我赞美造化，回赐已经足够。

恰克里姆在诗的路上走到七十多岁。当他在天山深处的青吉斯狩猎行吟，住在蓝松白雪之间的圆木屋里，终日思索托尔斯泰的种种命题时，暴政的屠刀杀害了老人。

幸而天道还在庄严运行，一切最终还是被更强大的力量平衡了。当恰克里姆被恢复名誉以后，他的诗一下子传遍开来。好像他早就妇孺尽知一般，到处人们都在说着他的名字，到处都在演唱他的诗篇。

最初的那场音乐会已经变成传说。在那次演唱会上，据说，当温柔的女声讲述起一颗母亲的心，当《Jürêk》不尽的叠唱一遍遍向满场听众呼唤着jang bala的时候，台下呜咽渐起。从十二岁的童年就随着家人受难，经过了五十多年的牢狱流放刚刚归来的、恰克里姆的孙女，颤抖着白发，泣不成声。

哈萨克文化中的许多段子，都奇异地与欧洲的同类作品重叠。如著名民歌《在泉边》，如民间故事《Jürêk》。但我今天没心思谈论学术，我一点也没有心思细说突厥文化对欧洲的晕染。还是在年轻的时候，当我还在蒙古草原牧羊，我就懂得了“心”这个词。乌珠穆沁叫它jürêh，几乎和哈萨克语一样。我的神经随时等着缥缈的呼唤声，虽然没有目击梢头挂着的一片心，但我不能假装，说自己没听见那声呼唤。心，连同那声对准我呼喊的jang bala，使我年复一年，跟着黯淡的恰克里姆，迎着掠过的箭影刀光。

报刊上泛滥着代谢的文字，像暴雨后的垃圾场。蚊蝇在街角狂欢，一边唱起了民俗的猎奇，一边拥挤着探险的表演。忽而是下水道的报告，忽而是狂欢节的转播。

——而松林的树梢上，那片母亲的心一直淋漓地挂着。

记得在乌鲁木齐，我曾经对一位年轻诗人说：一天也不要耽搁了，快点学习语言！……但他转过了脸。

那么还是把一切托付给未来的公正。

其实关于天山，文学将迎接的审判将是简单的——那颗树梢上的心将宽恕一切。哪怕对最下流的动作，母亲的心里只有悲悯。

不，没有报复，没有清算，没有恐怖主义的反击，没有给劣等文人的打分。梢头上那颗心高高地照耀着，用不着探险家去发现，用不着教授们去评论，她教示我游牧民和穆斯林的文明中核，她传授我爱的武器。

是的，作为一名作家，我与你们非常之不同。因为我提着笔时，不仅视野中总是浮现出母亲的那颗jürêk，而且耳际还总是听见那声深沉的jang bala。

2004年8月改定

老友重逢

火一样的阳光，和以前一样灼烤着。

千佛洞已经俨然旅游胜地。游客轻佻地问，导游放肆地说。那时我还年轻，模糊中记得就是从这柏孜克里克找到了你。那个文物管理员和你讲了些什么，我们怎样找到了又退回了那匹马，我们第一天是怎样从哪里出发的，都已经记不清了。记忆如被水浸泡得太久的一页纸一样，颜色褪尽，粘连稀烂，只剩下影子般的一些漶印。

但你的眼神却牢牢地浮升着，在这么多年的流逝中，微笑着摇晃着，从我的脑海里注视，使我无法忘怀，诱促我再次寻找。

血红的这道山脉，仍然像一条凝固的火焰。一条砂子路从高处绕过柏孜克里克的后山。尘土暴卷而起，一辆卡车运着煤，隆隆驶过头顶。我突然一阵激动，决定去找你。

顺着路绕过去就是木头沟。

那一年研究生要进行毕业实习。我盼实习能有些意思，就先骑马翻越了冰大坂，再坐你的毛驴车，走遍了火焰山。

人生中有些时候，人固执地盼望证明些什么。若是过去残留了一根要紧的线头，人会不辞千里去找到它续上。可能就是这么一种心理，鬼使神差地把我引向了这条山沟。我把路径记得丝丝明晰。二十三年里，我总觉得丢在那里的一根线，必须要去续接。所以就有了今天。麦尔燕和小马的岳父不可能猜透我全数的心思，但他们正是续上断线的手。

居然又是由我来指挥路径。我茫然而没有把握，往事如同虚构。二十三年的时光，没有解决我的语言问题。我们凭着三个单词，居然结下了一种友情。如今我乘着一辆毛驴车般的夏利。司机麦尔燕、同行的小马岳父，他们都会说维语。

狰狞的赤裸山石一派鲜红，粗野的壑谷道道渴裂。我又进入了这座火焰山下的小村。葡萄晾房的土坯，维族土屋的大门，简陋的小寺，还有莫名的麻扎尔。眼睛里的一切，都苍凉地摆成图案。这是我记忆中的木头沟么？

停在一座土坯的寺旁。这个小村坐落在山背后，静悄悄的。麦尔燕向一个女人问路，我走开几步环顾四方。隔着洞开的门看见几个妇女，席地坐成一个圈子。果然路走对了，这里就是木头沟，而且也有里铁甫这个人。外面的棚下，一只锅在煮着汤。四野静寂极了，一切都显得隐秘。

小村荒凉无人，似乎所有的人都去赶巴扎了。我眺望着高耸的杨树，沾满尘土的叶片簌簌抖着。麦尔燕的翻译只是哗哗地说，偶尔转头扔给我一句。似乎不巧出了事，里铁甫跌伤了。那几个农妇坐着不知在做什么，心中一阵遗憾，事情总是不如人意。就在这时，听见了“Huo”、“Huo”的赞叹声。我暗想，一群女苏非在这儿念呢。那时候我的两耳如在失聪，而今天我的身心都富于听力。那时我放纵形骸，而今我不露声色。从这个小村我们出发了，先是骑马，后来赶毛驴车。我要把我的下篇向着你打开，为着你引导我走过的每一条吐鲁番的山沟。

记忆在丝丝清晰地复活，院门已不是那个栅栏。

家里没有人；在参加乃孜尔的路上，三轮车翻进了沟壑。

我心里一霎间乱了分寸，该不是一个不祥之兆吧？听说你伤得

毛驴车走遍吐鲁番

很重。头嗡嗡地响着，难过浮上心头。站在你家铁焊的大门口，我感到世事的不尽人意。怎么办呢，我们决定去吐鲁番的人民医院。

病床上的你，原样是那年的面容。麦尔燕和小马阿訇的岳父说了以后，你勉强朝我摇了摇手。你的头和手都摔伤了，但眼睛在和我对视。你的妻子，这淳朴的维族女人，她连神情都和那年一样。

她忍不住哭了。说若在家里多好，葡萄和水果都有。她说话时我历历地看到了二十多年前她那爽朗的表情。里铁甫卷了我的一根莫合烟，我和她突然笑了起来。我和她说里铁甫跟着我学坏了——但是，我并不会维语，我是怎样表达的，我和她是怎样说着就笑起来了呢？

丈夫躺在病床上。他只能微微瞟过来一眼。他一句话也不能说，但我确认了：他用这么一眼向我致了意；感谢真主，我被他想起来了。

对视的一瞥，使我的心倏地热了。

我在二十三年后突兀闯来，而你们好像不觉得意外。为什么呢？包括病床上的你。虽然你如被绑牢，一动不动。蹦蹦车从火焰山的红石崖上翻下，你被重重地压在车下，手臂、头颅、肋骨，都受了伤。

我需要一个过门，介绍自己解释过去，然后才能进入交流。把一九八〇年那个戴鸭舌帽穿蓝制服的年轻人，解释成今天住在亚儿湖的小村里，身边簇拥着一群吐鲁番阿訇的我，是一件困难的事。突然的事故不但打断了寒暄，还拦截了正题。我心里难过。二十三年的事，一句也没说。等一会儿再次分别，我们的交往，怕就真的结束了。

耳际仿佛响起“Huo”、“Huo”的赞叹。那声音单调而重复，好像大口呼吸着、粗声叹息着，抒发心头的纠缠。你真的记得么？里铁甫的头上满是绷带，唯有眼神里隐现着一丝浅浅笑意。你真的记得。病床上，你的眼神如在复述我们的往事，赞叹声又一阵阵传来，神秘而缥缈。

临别时总要说句什么。直到今天我也没有学会维语——关于这一点，我是该谴责自己呢还是该做忏悔？我怎能表白说，不，里铁甫江，我学了不少！……我只有套用赞词，对你妻子说：Allahu Akber，Litep yahxi bol（真主是伟大的，里铁甫会好的）。

那一年我们只用三个词交流了一路，这一次我们又用一句话交待了关键。你妻子点着头，泪水又涌了出来。一边站着一双儿女，一个高身材的小伙子，一直注视着我。当年骑在我的红马鞍上不肯下来的小儿子，今日已是一个英俊的维吾尔青年。见到他，我莫名地安心了。不仅是那种走正路、懂道理、能劳动的好青年，即使人才也是威严英俊。

我问青年你还记得我么，他不转睛地望着我，轻声说了些什么。小马岳父翻译着：他说那时你只要毛驴车。我不知回答什么。二十三年前的那一瞬几天，怎么会被他们记住呢？人怎么能记住那么短暂的相处呢？我不明白。

小儿子那时只有马镫高，他欣喜地坐在鞍子上，并不问陌生的叔叔是谁。在戈壁滩的骄阳中走了一天我就明白了：大红马徒然漂亮而已，火焰山和吐鲁番盆地的交通，只有仰仗造物主规定的毛驴车。后来我们三人同路，木头沟、七泉湖、煤窑沟、葡萄沟，走遍了火焰山的每一条崎岖山沟。但是语言不通，完全没有畅谈，这使那次旅程像一道没解完的题。我把它封存心底，保留了二十三年。

我们互留了地址，在吐鲁番医院的门前分别。你眼里也闪着泪光。我满心怅惘，把一点礼物塞给你妻子时，她的泪又流出来了。

那时我喊你“里铁甫江”，记得你妻子曾笑话这个称呼。我忘了是从电影还是哪儿学来的，“江”好像是一个敬称，我觉得加上“江”更有味儿。但今天我不愿讲错，说那句“真主是伟大的，里铁甫会好的”时，我没有说“里铁甫江”。

那一年在戈壁上，你曾在一座小小的麻扎前停留；这一次在村子里，我听见“Huo”、“Huo”的赞颂声。那一年我麻木无心，这一年我丝丝留意——但都已经不能再求深知，都已经让它们随风飘逝。就好像跑到吐鲁番只吃了一粒葡萄一样，我们的重逢，只是默默地看了一眼。

——无论有多少还没有讲，虽然连一句也没有讲，习题已经解完了。

哦，老朋友，不用怀疑，你的伤一定能够治好！……

2004年12月再改

面纱随笔

以前，我从未留心过女人的头巾。更不用说面纱——使我注意穆斯林女人头上面纱的，是一次无聊的中伤。有人说我主张女人全要戴头巾，抓革命促生产，禁止娱乐活动。我很吃惊，因为我不仅不可能有这样的言论，而且正兴致十足地研究苏非主义，企图探寻挣脱教条束缚的思想和传统的源流。

波澜又沉降下去，中伤因为仅仅是谣言，也并没有造成伤害。

然而我开始注意面纱了；从南疆八月的骄阳中走过，我望着川流不息的人潮，觉得每个蒙面的维吾尔女人都与自己有关。那真是一种奇特的感觉，当你正对着歧视的时候，你胸中突然涌起了为你并不赞成的事物，挺身辩护的冲动。

那是一个令人感动的夏天，我穿过四溢的明晃晃的银色阳光，钻进高插晴空的杨树林。浓荫下幽暗凉爽，心猛然静了下来。再推开漆蓝的小门，土坯花墙里面，葡萄架挡开的一方空间更加幽暗。阿富汗式的雕花廊下，摆着粗糙的宽敞凉床。再进屋，酷热完全被隔绝，凉快地坐在满地优雅的波斯连理枝花纹上，心情因为凉爽，莫名地变得愉悦。

然后就看见了她，蒙面的维吾尔女人。

那天她谈得拘谨。问到一些较深的知识，她便说，还是问阿吉吧。她穿着一袭宽大的黑绸袍，棕色的头巾垂在胸前，随着她的话语不住抖动。我能感觉到她呼吸的气流，被显然是高高的鼻子挑起的褐色面纱，在轻微的抖动中把一个个词句分开连起。

四壁和地上都是浓郁的地毯图案。汗珠在皮肤上凝住了，我不顾擦汗，怕扰乱那和谐的维吾尔气息。面纱隔开了我们两个民族；

我想最好的做法就是平常地对着它的遮挡，若无其事地寻找我们两族人都喜欢的话题。

只有当我请求和她一块留影纪念时，我才提到了她的头巾。若戴着头巾，能允许我和您照一张相吗？

这张照片如今被我珍藏着。画面上我戴着她的阿吉丈夫的有四瓣绿叶的小白帽，怯生生像一个进了叶尔羌汗王宫的青年。而她黑袍褐巾，胸前紧紧搂着一册巨大的红皮书。我的神情、她的蒙面，都小心地注视着镜头，认真地望着临近的瞬间。

离开后很久，我几乎失明了，视而不见地穿行在多姿的杨树巷子以及蜿蜒的土坯花墙街区里，我的视野里只有满溢的波斯图案，还有那神秘的蒙面巾。

一年后，我选的是稍稍凉爽的秋天，那漆蓝的小门又出现在我面前。

推开门时，我听见一个女声惊叫了一个词——仍是蒙面的她，身边有一个高高身材的女儿。

她急促地说着，飞快地给我们端来茶和馕，麻利地收拾着地毯上的东西。我看出她真的高兴了；因为我感到她要表达的，恰恰是无从表达的懊恼。

我是随着她的阿吉丈夫一块来的。不过这并非主要原因。要紧的是主人和客人中间蹿进来一只叫做信赖的兔子，它弄得我们都莫名地兴奋了。

可以大开照相戒。这回不用那么谨慎了。在廊下，在静谧的小

院，在真正的天方夜谭的风景中，我们拍了一张又一张。她快乐地换了鲜艳的裙子和西服上装，褐色头巾在胸前一摇一晃。

阿吉激动了。是不耐烦转译的费时，还是他相信更直截的交流？他粗声地独自吟唱起赞主辞：“俩依俩海——印兰拉！俩依俩海——印兰拉！……”

吟到尾音时重重地把头摇向左胸。他们的高身腰的女儿皮肤微黑，她不蒙面，发髻上束一条红花手绢，与银须飘飘的虬髯父亲，与褐巾遮盖的母亲各各不同。

当然吃了她俩亲手拉出来的拌面。这地道的喀什噶尔女人手制的面条，当然白细韧长，嚼着色浓味香。但是我觉察出他们生活的窘迫，拉条子端上以后，我在细嚼慢咽之间，发觉他们只是注视着。那么就是说，这精致的面食依然只供待客。

饭后，阿吉送女儿回婆家，戴

面纱的女人急急倾诉起来。我们已经是亲戚，以后希望你们全家都来。这里你们已经熟悉了，你已经了解我们。这块衣料不好，但是请你一定带回北京，代我送给你的妻子。啊，若是我能够朝觐，那我也许会在北京看到你们……黄昏在那一天降临得那么迅疾，映在地毯上的庭院杨树的婆娑疏影，已然是渲染的黑色。她显然意识到时光的短暂，想尽量多表达一些。而我则只能点头。我不会给她讲述关于面纱的闲话，那会玷污这难得的一刻。对于我，如此一刻贵重无比，与一个民族的相遇，与一种传说的接触，眼看就要结束了。

回到北京已是岁末，我小心地包好了洗印好的照片，又包上了一本精致的国外印制的《古兰经》，用模仿的维吾尔文和汉文写好地址，给他们一家寄去。

同时寄出的还有几包，都是那一年在南疆结识的“一千零一夜”里的人们。仔细核对了邮政编码，亲眼看着邮局人员收下以后，我就不再操心。

礼貌已经顾全，更多的也再难做到。曾经想找民族学院的朋友帮忙，给他们写一封维文信，想想又觉得未必妥当。接着世事工作，人渐渐忙乱起来，心思便引向别处了。

如同默契，他们也都不再写信。

两个月之后，有一封信寄来。它夹杂在许多信刊中间，我不经心地撕开封口，习惯地向外一抽——

一帧她们母女的全身照片，拿在我的手中。她没有蒙上面纱，穿着一件新大衣，静静地站着，一双苍凉的深目注视着我。这是一位中年的维吾尔妇女，平凡而端庄，正如常常见到的一样。一瞬间我感到强烈的震动，心里一下涨起难以形容的感受。

我从未料到会有这样的结果。她的表达出人意料，她的行为背后的逻辑耐人寻味。她用摘下面纱的方式，传达了严肃的信赖。我凝视着照片上那典型的维吾尔脸庞，却觉得看见的是他们的心情。受到信任的惊喜很快变成沉思，我回忆着两年来的风风雨雨，回忆着我在他们面前的举动。一幅面纱掀起，那时的一言一语突然闪光，有了含意。

我把三次的照片并排放在一块，久久地端详着。我不禁笑了：确实，我不知道在露面与蒙面之间，究竟哪一种更美。

我只知道，能够体验这样一个始终，能够让照片编成这样的奇遇，是我个人履历上的一件大事。它远比那些出名得奖之类，更具备成功的性质。

是的，对于可以信任的人，面纱头巾可以除去。纱巾只是女人的传统，只是文明的传统，当你懂得尊重这传统的时候，纱巾就为你掀起来了。

1998年5月

雄鹰飞过

1

那一天过去已是几年。人们一齐仰首眺望的、那激动和疯狂的日子，如风逝电灭，被时间裹挟而去已经几年了。

我站在砾石裸露的高原上，平川一泻无尽，云团滚涌而来。无所遮拦的、居高望低的视野，把地平天边的原野山峦，把荒凉人世都尽收眼底。

这里是哪儿？我紧张地左右环顾。鞋子嚓嚓地踩过碎石，彻底褪化剥露岩芯的高原，如烈火燎过寸草不生。它有些像西班牙中部的拉曼查，更像美洲大陆的绿案高原。不，在东蒙古或西海固，不仅视野没有如此宽阔，你不会获得如此自尊的感觉。

不明的地点使我焦躁。我想喊，但是自己已经失声。睁大眼睛，发觉视觉正抽丝般一点点迟钝，我不能说出也无法看见——从灼疼的眼底，有一股火苗蔓延着，烧荒般掠夺了我的心。

一群脸皮晒裂的剽悍黝黑的男人，我不知他们究竟是一群哈萨克人，还是摩尔人或吐蕃人——在我背后默默并立。我们站在裸石高原上，如失去父兄的孤儿，在等待一场追悼的仪礼。金风锐厉地号啸着，摇撼着我们的肩头。氆氇袍子和邦乔，还有缠头巾都随风扑啦啦抖动。我们是陌路人，但我们站在了一起。只见他们都竭力仰着头，用锐眼在茫茫云阵辨别，好像在聆听什么。

我猛地悟到：我还残剩着听觉。于是我也屏息静听，一面凝视着那团愈烧愈盛的黑红火焰。用疼痛的双耳，加上用心辨认。当不能倾吐心里的爱情，当不能熟视下流的狂欢，人的听力，还有心的感性就抽枝拔节，变得敏锐异常。我回头看看那些吐蕃、摩尔和哈萨克的壮士，他们纹丝不动，脚趾攀住的砺岩纹理清晰。他们表情凝固，如浸没在一派沉思和悲悯之中。我猛然意识到：他们正沉浸于倾听！我赶紧转过头——就在这时，一声音响、一丝天穹奥深的消息或叹息，它显露了形迹，正笔直地缓缓驶来。

2

都说那是一支关于鹰的音乐，它常见得人人皆知。演奏它时，一般用枯树枝镂空的印第安排箫，或者用哈萨克的松木哨子——总之音色悲凉的乐器。它被沙哑奏出的时候，一缕哀婉低诉，便在你耳际开始了盘旋。

听它时确实需要想象。没有心情的加入，你听不出它的味道。有古典修养的人说：一切音乐都是有标题的。它的暗示，就在题目之中。你不能把它当做餍足的消遣、动物的找乐，若是自知缺少热情你就别碰它。标题已经告诉你：这是描写雄鹰在天空的飞过。你听见或看见了么？那飘忽的滑翔。知音的说法是：若能凝眸注视，倾心潜入聆听，那么人会有晕眩的感觉。

几只鹰在清冷中盘旋，俯瞰着贫瘠的大地。音乐飙扬而起，似乎开始了一次庄严的出征。我仔细辨别，但是没有任何熟悉的旋律。没有听见摩尔的热烈，没有听见吐蕃的嘶喊，也没有听见哈萨克的冥思——《雄鹰飞过》是怎样一支音乐呢？旋律和节奏都太安详了，我辨不出它的族源，只觉得它那么高，远在七重的高空之上。

然而仪式却开始了！我回顾背后，风剧烈地抖动着他们的袍服。三种不同的男子，都铸铁般一动不动。他们的姿态传给我不祥的紧张，我赶紧回头，鹰正在向远处飞去。他们是在送别，只是假借一首音乐。而高空中，旋律追着雄鹰，齐齐地滑翔而去，如一组谜谶。

远处的地平线上，那片黑红的火突然跳跃起来。渐渐地鹰与音乐混淆了，它们笔直地对准火焰，朝着那儿疾疾飞行。

3

在蒙古草原上，我听说过有一种鹰。当狼突然跳入了羊群，大肆施虐的时候，它们就笔直地朝着狼俯冲而下，对准狼头狠狠撞去，在撞击的瞬间啄掉狼的凸眼。它们被唤作布尔古特（burgut）。同样，在哈萨克的天山有一种同样的黑鸟，它们被取名卡拉库孜（kara-kuz），总是给山中恶兽带去不祥。我猜，今天印第安人称为阿吉拉（el aguila）的老鹰也是一样，这种沉默的动物不鸣不啸，但它们有不能想象的决意。

远处红黑的火焰，如魔鬼正在舞蹈。

它愈烧愈烈了，正在地平线上狂欢跳耀。

——鹰在那个时刻，突兀地现出勇者的本相。它沉默不语，开始了与狼的决死一拼。它从高高的云端，以一个高贵的姿态，坠落般俯射而下。

鹰从天而降，啄掉了一双恶狼的暴眼。鹰搧动巨翅，把一头熊击落山涧。鹰怒握双爪，抓起一条仙人掌上的蛇。但是鹰被烈火烧焦了羽翼，它不能再次拔地而起了！火花飞溅，轰轰炸裂之中，我听不见鹰的一点声响，只听见它在扑翅挣扎。烟雾冲腾，遮蔽了它，最后，一切都熔化在火舌黑烟之中。

狂风冲击着枯枝，强行穿过一排木孔。哨子和排箫无法忍耐，音乐突然间高昂起来。它呼唤着我们，要我们开始仪式。就这样我们也陷入了幻视，我们也随着起飞和俯冲，追逐着那支音乐长长的拖曳。我觉察到，此刻两脚僵直地石化了，它们已插进石头，和裸露山岩成了一体。我变了，空荡荡的胸中，唯余那一股音乐在奔突闯荡。一刻比一刻更甚地，心如那声音般孤寂。

鹰穿过云层，掠过烟焰，对准孽火垂直降落。音乐也同步地危险跌下，木质的长音沙哑拖长，如俯冲的呜咽。那声音单调粗糙，甚至难辨其中五音——但它若怨若愤，恋恋不舍地飞旋，盘绕，降落。

多少年来，唯此一次，我体会了晕眩的感觉。

4

此刻只剩下那首音乐。此刻它愈奏愈响了，如一个古老仪式的末尾。

我们一言不发，哈萨克、摩尔和吐蕃的听众都在山岗上悲怆沉默。

鹰死了，荒火侵漫了高原四野，包围了我们。我们没有退却，心在随着那支音乐。烧裂的山岩被映得鲜红，如一个恐怖的传说。

那以后我总是听着这支音乐。在它单调的、木质的声音中，那只孤独的鹰给我抽象的联想。在听觉中，它变成了给敌人以还击的黑鸟——是的，这首音乐与哈萨克哨子曲《kara-kuz》异曲同工。我早留意到：哈萨克人见我喜欢这首曲子，脸上便浮起一种特殊表情。因为黑鸟常伴随厄运。这些怪异的文化花絮，引得我痒痒地忍不住考证之心。它与印第安人的那只鹰一定也有关联！否则印第安的老鹰为什么抓着一条蛇？但弄清这么古老事物的起源流脉，不用说将会极其困难。我没敢妄作试探，虽然至今一知半解。

——莫非它就是鹰的遗物，或者人们常说的灵魂？鹰藉托一首

冰山之父

音乐，诉说自己缄默的本意？

如今这首《雄鹰飞过》流行四海。

不仅那些养鹰的部族，什么样的家伙都在哼着它。有一次我看电视的大奖赛，一群红头发的女孩用避孕套吹奏它。鹰不在乎，你没见它从不在乎法西斯把它绣在军旗上。它不抱怨被人利用，只顾翱翔着、飞旋着，等待着一次俯冲，把诉说变作沉默。

于是我也宽容了。

既然那灵魂——既然它假借了一首音乐，那就让它尽情地流行吧！我为各种演奏鼓掌，收集各种版本的这支曲子。

原来，音乐就是这样才能够成立。好的音乐都是费解或含蓄的，掩藏其本音原意，让形式喜闻乐见。

我静静地坐着，鹰又一次远去了，听得见翅羽间撕裂的风声。此刻脚下没有火烧的砾石，没有养鹰族群的仪式。我独自坐着，演奏如引诱，如勾魂，听众随之晃动。纪念就在这里，仪式就在这里。就在这个瞬间，一个消息隐蔽地传出，高潮骤然剥露而出。

曲子展平了它黑羽的巨翅，纹丝不动，在无言中，疾疾地朝下俯冲。你是不朽的烈士，你是勇敢的精灵。木质的沙哑哨音，久久地拖响着。人们都出神入魔了，晕眩的听觉弥漫。全场的人都平伸双臂，哼着曲子，轻轻绕起了圈子。他们恍惚痴醉，如在盘旋之中。

写于2005年

金卷银卷阿凡提

1

阿凡提，这个名字在中国几乎无人不知。这个来自新疆的名字一经传入，便流行于汉语世界。但在全世界，无论西欧或南美，人们多用霍加·纳斯尔丁的名字称呼他。中文译本也很多。如戈宝权先生译自俄文的《纳斯列丁的笑话》（中国民间文艺出版社，1983年），其中依据苏联突厥学家的分类，有“基本的传统的笑话”和“从十九世纪手写本集子中选出的补充的笑话”等重要栏目。日本的突厥学家護雅夫则以Ercümed Ekrem Talu 在一九五四年整理的《伟大的纳斯尔丁·霍加》土耳其文本为底本，编译了收有五百个故事的《纳斯尔丁·霍加故事——土耳其的知惠说话》。至于其他国家，或通俗或学术，尤其多以儿童读物的形式竞相出版，五彩缤纷的译本，不胜枚举。

流行于汉语世界的阿凡提（afandi）一词，是一个阿拉伯语尊称。就像波斯语的霍加（hūja,也转写为hoca）一样，可译为阁下或先生。在当代土耳其这两个称谓可以合用，如“霍加阿凡提”（khojaefendi）。一旦这个行者东入嘉峪关来到北京上海，顺口的“阿凡提”一名便如胶入漆，固定下来。而在经由阿拉伯–波斯–突厥途径了解他的欧美世界，霍加·纳斯尔丁其名更不胫而走，一天天如雷贯耳。

毕竟阿凡提早为汉语世界喜闻乐见，阿凡提的最新一位翻译和搜集者，艾克拜尔·吾拉木就没有纠缠名字的孰长孰短，而径用阿凡提其名，编译了分为“金卷”、“银卷”两大册的《阿凡提故事大全》。

他的特征是游方流浪。他的睿智，使他随时随地抛出一语道破的笑话。他给人们带来了不尽的欢乐，也带来大笑之后的无限回味。这个名字——被尊称为阿凡提或霍加的纳斯尔丁——不是藉借天使的翅膀而是倒骑一头毛驴，传遍了草原和绿洲，再传遍了欧洲和世界。

2

土耳其人喜欢考据他的起源，说他的家乡在小亚细亚。研究他的经历出身的学者分成几派，强调他是十四世纪帖木儿汗的同时代人，和强调他墓碑的铭文以及古文书中有证实他生于十三世纪的观点，长期争执。据说土耳其的文化枢纽科尼亚附近的阿克沙尔（Akshar，白城），有一处圣墓就属于他，听说当地凡新婚夫妇都要到墓上拜谒，否则夫妻关系定生破绽。还说谒墓时谁若是不开口大笑，后日就一定会招致祸灾。

但是据護雅夫总结，所有的学术的较真，都遭到了学术的质疑。至今阿凡提突厥起源的观点，仍然不能确认。

这颗幽默的种籽，一直可能挖掘到一个早得多的阿拉伯原型，一位生于库法的滑稽人物朱哈（Juhā），十世纪末曾在阿拉伯非常流行。

在我们读到的维吾尔版本的汉译文中，诸如“库尔德语的热汤与冷汤”、“阿拉伯语的牛犊怎么说”等段子，显然都是母本曾在中东流行的痕迹。阿拉伯起源的逻辑是有力的。但是，幽默大师一旦出世，其诞生时日便不易深究。護雅夫在梳理了考据派各种论点之后，表明他赞成这样的观点：“纳斯尔丁·霍加的故事，乃是在世界文学史上处处可见的滑稽谭，采用了土耳其形式的一种表现。

诠索这一人物的实在与否，其实并非大事。”（《内陆亚细亚史论集1》，国书刊行会，1964年，p186）

起源姑且不论，但幽默形象的固定，却大约可以判断在13—15世纪之间，或再稍晚一些。那时，包括维吾尔在内的中亚各族书面语还没有成形和固定下来，以阿拉伯文字书写各突厥语的采择，成了一个过渡时代。在那个所谓察合台文献时代的稍前偏后，可能还借助了苏非大师扎拉丁·鲁米的教派力量的传播，游走于阿拉伯的朱哈，在突厥语世界遇上了更加适合定居的风土。于是他换上突厥人的袷袢，接受了霍加的尊称，尤其是骑上了一头毛驴——阿凡提即霍加·纳斯尔丁（Hūja Nasru-dini）在广袤的中亚步入了成年。

——那是一个苏非主义的空气，弥漫了整个中亚的时期。若想估量他在南疆拴住毛驴的时代背景，要兼顾书面语的形成，以及伊斯兰苏非派覆盖塔里木盆地的过程。我猜测他的“成年期”应该在伊斯兰神秘主义覆盖南疆以后，是因为他身上印满了那种文化的记号。包括霍加的称号、游方的行为、俗世的看破、清贫的生活、隐现的宿命论、反教条的宗教观、表述的诙谐。特别是那种毋论贫富强弱苦乐贵贱，一切尽数早在掌握之中的思想——都是这一年代判别的依据。

昔日商道的尘埃里，此时风尘仆仆走来云游的行者。他们被叫做苏非、达尔维什、依禅、皮尔，总之是异色的olar（他们）。不仅这些，由于当时的绿洲与蒙古人及游牧突厥人的密切接触，所以Hūja Nasru-dini的名字也被游牧人喜爱并想揽入怀中。哈萨克说：那个老汉纳斯尔丁本来是我们哈萨克人的，不信你到哈萨克斯坦去问问。蒙古人则说：我们自古就有巴拉根仓（Bargen-cang），那些笑话么我们爷爷的爷爷早就听过——在游牧民族的草原上，他摘下了头巾，身材变胖了，骑的是一匹瘦马而不是毛驴。他滑下鞍子，掀开毡帐的门帘，先道一句问候，有时用的是蒙古语，有时却讲哈萨克话。

他的形象扩散到全世界，并在所到之处赢得人心。超越了奥斯曼帝国的疆域，任谁都把类似的机敏人物滑稽故事，作为阿凡提的新编，补充到阿拉伯–波斯–土耳其的文学之中，最晚近的例子，可能是新疆诗人克里木·霍加撰写的、讽刺“四人帮”的《阿凡提故事新编》。

因为维吾尔血液中的阿凡提基因，睿智幽默的色彩浸透了新疆的每一块绿洲。在塔里木绿洲的清风吹拂下，文学形象如鲜花怒放，并化作了人民的精神。确实，我们认识的他主要是一个维吾尔人，在莎车或者喀什，他牵着毛驴，时刻等着我们。

3

艾克拜尔·吾拉木二十年锲而不舍的劳作，旨在给儿童们快乐的知识。虽有一些重复或雷同，他居然收集翻译了一千三百余则纳斯尔丁–阿凡提的故事！而据以前的统计，世界上积攒的总数，大致是五百五十条（《伊斯兰事典》，平凡社，1982年）。他用的是一种给小孩子讲故事的语言，毫不雕饰，娓娓耐心，随处解释。我猜孩子们一定爱不释手，哪怕捧着饭碗也舍不得放下，把笑话当成菜拌着饭咽下。

何止小孩，我也一读就上了瘾，每晚翻阅一会儿，然后忍俊不禁地入睡。久而久之，催眠书变作了启蒙书，我总想，这些故事更该给成人读。常常读着忍不住慨叹：古人的脑力何等发达，怎么对世事看得如此入木三分？而且先贤还最是能够踏禁忌如荒草，有些段子，今天读着都暗自吃惊，他们却坦然道来。

我还总想，小孩子们究竟最喜欢哪一些篇什呢？没料到，想多了以后，小小疑问成了学问难题。

阿凡提话语的内里，肯定藏着一些谜谶或幻药，否则怎能这么魅力过人。我想他的诀窍，其一就是它只是纯粹的笑话，并无其他的深奥大义。如護雅夫所说："只需读取无名百姓的幽默、人生智慧、对人的看法即可。说不定一读呵呵大笑，然后掩卷更好。"（護，同上，p188）

比如这一则就只是语言游戏，可算对小孩脑筋的灵活训练吧：

一只老鼠掉进了阿凡提家装满水的水缸里。小阿凡提冲爸爸喊道："爸爸，一只可恶的老鼠掉进我们家的水缸里了！"

"哎呀，快把它捞上来！"爸爸喊道。

"不用，爸爸，我把我们家的猫扔进去了！"小阿凡提回答说。（《阿凡提故事大全·金卷》，p28）

另外一类，则具备着政治和思想的含义。比如護雅夫译的这一则，同时对政教两方的体制表示了巧妙的嘲讽：

阿凡提与游击队员

霍加小的时候，一天去经学院念书。那时身带刀子行走是严禁的。在市场上转悠的监察官（スバシ）突然看见，霍加的长袍下面露出一把很大的刀子，就问：那是什么？霍加说：我用这把刀子，改书上的错误。监察大怒道：用这么傻大的刀子能改错吗？

霍加回答：是呀长官，就连用这把还嫌太小，改不干净呢。经常有傻大的错误啊！（《纳斯尔丁·霍加故事——土耳 其的知惠说话》，p187）

艾克拜尔·吾拉木译的下一则也一样，直指腐败的喀孜。所谓喀孜，元朝有“噶最”、“噶的”等译法，原为阿拉伯语gādin，乃政教合一时代的法官。它被借入西班牙语后，音义兼用为“市长”（alcalde）。

一天阿凡提来找喀孜告状。

“你叫什么名字？”喀孜问。

“我叫贿赂！”阿凡提回答道。

“哪有叫这个名字的？”喀孜笑着问。

“我听说您喜欢贿赂，所以改名叫贿赂了。”（《阿凡提故事大全·银卷》，p8）

国王、喀孜、巴依（富人），都是阿凡提尖刻讽刺的主要目标，指三道四的智者总是坐在穷百姓的一边，就像骑着和他们一样的毛驴。这种机敏、睿智、乐观的脑筋和语言的游戏，是永远只属于百姓的法宝。民众的立场，在哄笑中一遍遍得到了申明。这分明是一本教育学：让儿童们听着笑话长大，总比听着哭声长大好得多。耳濡目染之间，维吾尔成了一个以韧性的达观，迎对苦难的民族。

二〇〇九年，正值以色列在加沙用白磷弹实行屠杀的时候，这部书分为“金卷”和“银卷”，以豪华的装帧在北京问世发行。研讨会的窗外，杀戮正堂而皇之地进行。阿凡提的亲戚们，只剩下手中的石块，投向轰轰碾来的战车。就在那个瞬间，我突然悟到，在这时读一读阿凡提大有好处，因为它会告诉人：除了武器的抗击之外，幽默更是他们的武器。

这个道理无比深刻。我作为那个文明的仰慕者，又一次触碰到它的深沉。人民的语言，实在是太过丰富——对现世不平和苦难的抗议，居然不单能表达为投石的诉说，甚至还能变化为幽默的爆笑！

4

若还想作一点学究的追问，那么就可能陷入深潭。阿凡提的一半言谈举止，不同于快乐的插科打诨，而是一种思想的表达。

阿凡提话语对教条主义的尖锐攻击，使得不懂宗教文明的世俗学者常常发生了误会。尤其前苏联的突厥学家身处艰难的言论限制，为了语出便利，随口讨伐宗教。这一言说传来中国后，也就晕染了对阿凡提的狭隘解释。

即便如此，若尝试对苏非主义实行概括，仍觉会陷入不自量力的妄为。因为无论一杯水或是一个海，要想数清其中有几粒水滴，都是不可能的。他的一些笑话，讲出的瞬间就响起了听众的爆笑。但若接着再追问一步，笑话又似乎裹着一层厚皮，很难窥见本意。我们顶多能感受其中一股——乐天因为悲悯、洞悟所以达观的滋味。

> 国王的宫殿里来了一位邻国的乌力玛（宗教学者）。他要求国王对他所提出的四十个问题，只能用一个答案回答。国王左思右想得不出答案，只得下令把阿凡提找来。阿凡提进宫，知道了事情的原委，对那个乌力玛说："请提出您的问题吧，我洗耳恭听！"
>
> 那位乌力玛一口气接连不断地提出了四十个问题，然后说道："阿凡提，请回答吧！"
>
> 阿凡提站起来回答说："不知道。"（银卷，p44）

这一则很难三言两语说明。其实我们至今仍在琢磨它的逻辑。猜不透它究竟是想讥讽繁琐的教条毫孔，还是要嘲笑学者的装腔作态。它是在主张简化到伊斯兰的基本概念"一"么，还是压根儿没考虑任何数字的哲学含义，只是戏谑故作玄奥的世界？

他一生都在流浪。裹着头巾，骑着毛驴，亦农亦商，寺里寺外，与绿洲上的芸芸众生相遇。他总是嬉笑怒骂，机灵的思路、戏耍的语言，到处摧枯拉朽地教训国王、财主、阿訇、学者。他以沧桑讽刺国王，用坟墓告诫财主，用真理对付教条，以智慧嘲笑学者。他横扫了一切死板的教条主义和腐朽的政教体制，他异色的教诲，随机而生，无所不包。但若追究核心，无非是一切尽托付给大能奥妙的造物主。最终还是没有完成一个概括——霍加·纳斯尔丁－阿凡提究竟是怎样一个人？也许只有说，老头是一个苏非，尚算一个最好的定义。

接着还需要添上一句：阿凡提的话语，他的插科打诨连同他的那头永恒的毛驴——又确实只是逗乐开心，只是一些语言的游戏。

正视这一点与正视他的苏非本质同样重要。解释不清的苏非概念，没准儿在这里能被一线光照亮。恰恰就是这种享受生活、鼓舞达观、尽数驱使语法的被动主动、词汇的双关隐指、舌尖耳际的细微奥妙，让人大笑、给人希望、藐视苦难——这种不言教条的信仰，才是苏非的最大特征。

阿凡提的内容无所不包，人称它是笑话版的百科全书。但在它的叙述里，几乎没有涉及战争。

也许这才是一个被人忽略的现象。确实，绿洲里那些连自己都没觉察的、平静慵懒的日子，须知就是亲爱的和平。阿凡提正微笑着在那里骑驴漫步，其实是在向我们暗示。

推开窗子就一涌而入的空气一般的和平，仿佛晴天里淋不湿甜瓜秧子的雨水，只渗入了人的心田。有谁特意去留意每天的空气呢？所以没人想过他们不意获得了和平。在和平的季节里，万物都循着开窍的思路，都吮吸着生命的愉悦。它使人愈来愈聪明，而且怀着“调一点皮”的乐趣。于是，僵硬的教条主义只剩下塌裂剥落一条死路了，保留它们可笑的存在，只是为了给阿凡提再添一些戏弄的由头。

所以最后要指出的，是对他的时代的判断。那个时代里中亚享受的和平，就像给予无花果的移植以丰沛的阳光雨水一样，给从阿拉伯移植而来的阿凡提，提供了温暖的襁褓。

愈是满卷讽刺到过分的辛辣，愈是放肆到大胆的语言——愈是诱人不禁思索，究竟那是怎样一个时代。阿凡提享有的话语空间，令人艳羡又发人深省。所以，对南疆前十九世纪的历史社会，我们的知识，也许还停滞在盲人摸象的阶段，而远未触及它神秘丰满的全貌。

跟着阿凡提一人一驴，确能回溯南疆的古代。但多少需要一些知识和一点火候，就像观察伟大的维吾尔文明的其他领域一样。学会欣赏阿凡提也是一件美事，读多了他的笑话，会弄懂人民的话语和生存方式，能明白一个个从毛驴上瞥来的眼神。

今天高龄的他，还骑着毛驴辛勤巡逻，检查着文明的堤坝。我们和儿童们一起，快活地紧跟着他，等着他说出绝妙的下一个。

改定于2010年3月

（四则故事引自：護雅夫译《ナスレッディン　ホジャ物　——トルコの知恵ばなし》，平凡社；1965年艾克拜尔·吾拉木译《阿凡提故事大全》，二册，新疆青少年出版社，2007年）

谁是胜者

直至今天，一旦我在睡梦中梦见喀什，迷蒙视野里，就会缓缓浮起那座宫殿。

在华丽的外廊内室雕梁画柱上，满墙满壁，连续不断、无处不在的只是一句铭文，它雕刻在白润微黄的硬石膏上，如忍冬草纹，如象牙细雕，一股漫流四溢的魔力，勾引得人痴痴发呆。

在梦中，我觉察到自己的中魔。但我不能控制，喃喃地只顾读着那句铭文。念的时候，我在欣赏那精致的笔画。

Wa-la gālib，illa Allāh——念着念着，不觉又再次睡熟。

而在当时，虽然我从在巴黎看到那幅《格拉纳达的离别》以后就有了印象，后来更尽量读了西班牙的阿兰布拉宫资料；虽然那一年我在格拉纳达城的四郊，寻寻觅觅，像先吃小菜留着羊腿一样把那座宫殿留在最后——事先的心理准备，还是没能够抵抗目击瞬间的震撼。

我总想也许我的例子过于特殊。

那时我刚刚学了几个阿拉伯字母，正是不满足只把它当花纹看的时候。而它又只是两个单词，想象一下——如果沿着走廊和屋檐，长长的带状纹饰上一个接一个地刻着这句两词的短语；如果你偏偏又读懂了它的含义；如果满目都是它的流动；如果这两个词迎面回答着历史的无常；而且它从屋顶从窗棂、从庭院从正殿、从立柱从水池，无休无止地向你包围、凝视着你、与你讨论的话，你怎能不目瞪口呆呢！

这两个单词是：gālib“胜者、常胜将军”和Allāh“真主、真理”。铭文的其余部分是副词介词，一块组成一个短语。若翻译，就是如下一句：“除了真主（真理），没有胜者。”

然后它无穷无尽地雕上一切的门楣檐廊，刻在黄象牙一般光滑的硬石膏面建筑上，潺潺流水一般，赞辞谶语一般，它们首尾相连，成为天下第一古迹——红宫的主题装饰。于是，不仅在西班牙，包括在欧洲大陆，当然也包括我们的家乡——比如叶尔羌或吉木萨，在山山水水的一隅，满视野就都充斥着这样一句。

必须说，当我被那一句千重万复的箴言突然袭击，被那简洁的谶语包围其中的时候，我确实震动得不能自已。

在宫殿门口的书店里，华盛顿·欧文的《阿兰布拉故事》各种版本琳琅满目。我买了一本日文版的。读了几页我便暗自决定：别描写这座宫殿。

华盛顿·欧文进行了——不仅是十九世纪文学的，而且是甜美的描写。他把历史、幻想、正义感和宿命论，都搅拌在一种幻惑的蜜糖里。虽然今日捧读它我不时对那些甜得发酸的语言忍俊不禁；但令我吃惊的是，若把它与实证主义的大师之作对照来读（比如我背囊中一直带着P.希提的《阿拉伯通史》），则会发现欧文在框架和细节两方面都功力不凡。

毕竟是观点经住了一百数十年的审视，细节处的浪漫笔法又催人泪下；还有，阿兰布拉宫那种魔法般的赞美、隐喻、甜美和隐秘，需要一个同样风格的细腻解释——我分析，或许这就是华盛顿·欧文如此成功的原因。

巴黎油画中的波阿布迪勒，是欧文小说的悲剧主人公。这位西班牙古代史上的最后一位穆斯林国王，经过了欧文和各种艺术的渲染，已经在欧洲大受青睐。“波”大概是一种昵称，阿布迪勒通常译作阿不都拉。油画描绘的场面被欧文和数不清的小说散文写过——那是格拉纳达的黄昏，那是八百年穆斯林西班牙的结束啊，被放逐的“波”勒转马头，在一个山岗上最后眺望他的宫殿。

这座建筑与装饰的奇迹之作，是由一位十三世纪的格拉纳达国王阿尔·哈姆尔开始建造的。从日文版看来，好像欧文按照西班牙语的读法省略了送气音h，把他的名字写为阿尔·阿姆尔。他似乎有过一个绰号“战胜者”，希提就这样称呼他。一切有意味的故事，都来源于这个名字。

华盛顿·欧文的这一段，是这样写的：

当悲剧的胜利者阿尔·阿姆尔国王临近他喜爱的格拉纳达时，人群与欢声涌到了户外。国王回来了！我们的国王回来了！伟大的胜利者！……人民用欢呼迎接，他们欢呼着，围住了骏马上的国王。

但是每当受到人民尊敬，阿尔·阿姆尔国王就摇头叹道："我既不是征服者，也不是胜利者。除了真主之外，在这大地之上，哪里有能够征服人的存在呢？"

以后，国王不管在怎样的场合，不管面对怎样的事态，总是使用这句话："Wa-la gālib，illa Allāh（没有胜者，除了真主）。"国王把这句话写成带状，记入纹章。对国王它是永远的裁断之辞，他也以它告诫子孙，把它当做王族的座右铭。

最初我以为这是一种石头雕刻，若是那样就更无法理解——它是如何复制成那么多的呢？

还是在喀什，一次我在喀什郊外的一个加油站上恍然大悟。一幅幅精美绝伦的硬石膏雕刻，本来它们该被摆在北京的美术馆展览，却居然就那么浪费地嵌在加油站的四壁之上！

那一天我明白了：硬石膏雕刻，是一项渊源久远的穆斯林的手艺。

后来知道：无论在西班牙的阿兰布拉宫，抑或是在叶尔羌汗国的宫殿，巧手的工匠们使用一种硬石膏雕刻的绝技。他们的作品，看起来不仅有象牙的质感，而且便于雕镂。

——几百年弹指一瞬，安达卢斯已成过去，资本主义的体制似乎已经牢不可破。新的霸权又到达了顶点，如同一种衰退又显露了兆头。在阿兰布拉宫之外的世界上，又一轮征服和流血，正在开始巡回。所以人们都在注意这句铭文。

那罕见的石膏确实结实，每一笔的圈点斜线都完好无缺。在格拉纳达，在喀什噶尔，它在世界的每一个角落微笑着，好像在用强大的思想，等待着谁来辩论：

没有胜者，除了真理

Wa-la gālib，illa Allāh

一种神秘气氛，在昏暗的象牙色之间飘浮。人们都痴痴地凝视着，轻移脚步，走过眼前流动的镌刻。没有人喧嚣，大家都屏住呼吸。我抑制不住一股感动，但我只能随着人流。人们肤色不同，不知他们来自哪里，可是似乎他们都从这箴言里，各自汲取了一点慰藉和平衡。

我们静默着，慢慢走着，眼前的雕刻一句句移过。它在批评着骄横与悲观，它在提醒着人类共通的命运：

Wa-la gālib，illa Allāh

除了真理，没有胜者

写于2000年春，自西班牙归来不久

噢，迪丽拜尔

在《玛斯纳维》的一组联句里，“dil，心”及它衍生的语言和宗教近似词，比如“bi-dilan，无心的”、“dil-baran，掠夺心的”，内涵很难区分。学者在这个词的主动被动形态上劳神，总企图规范译法，约定以“爱人”表示被追求的美丽对象；把“情人”专指苦苦求爱的人。

不用说这是徒劳的。我总说，“情人”、“恋人”最是语焉不明，因为说到底，这些汉语词本是同义的。

可是当鬓上飞白，我也有了吟咏的心境。有趣的是，我爱用的词也恰是那暧昧的几个。

Allahunme……

一切都被你——绝代的爱人叼走了

哦，情人的心，哎，恋人的心！

1

当我还是一个无忧无虑的巴郎，我在伊犁的松山前麓游荡。聚集在石头梯子的九个民族簇居在长满黑醋栗、野罂粟和雪莲花的草坡上，小小的村落，终日披着一层薄薄炊雾，混着莫合烟的香味。每一座歪斜的松木屋都是一幅逼真的油画，它们使我以为，为我渐次打开的世界图卷，本应如此。我以为目击的只是开头，以后必然会有更美好和更有趣的村落，逐一迎着我开放。我不知道，在我迈入青春的一霎，也迈入了人生见识的极致——直至到了暮年时分我豁然彻悟了：石梯，乃是世界的美的尽头。

再也没有这么令人快意的地方了。哈萨克骑着大马，维吾尔穿着花裙，东干戴着白帽，蒙古吸着鼻烟。我夹杂其中，酗酒和纵马，学歌和串门。我不假思索推开每一扇微掩的小木门，在只会说蒙语的乌梁海姓氏的老猎人家，在不会说汉语的阿勒班部落的老母亲家。每一个家庭都端过奶茶，他们习惯了我。

我唯一没有进过的门是那土坯小寺，那时的它，使我感到禁忌和遥远。

我唯一没有接触过的人是迪丽拜尔，她的美丽，使我感到隔膜和紧张。

迪丽拜尔那一年系上了薄纱的花头巾。她宛如突然跳出了一堆蓬松黄毛小丫头的陌生人，好像天山南麓的石梯子村里，突然光临了贵客。我感到整个村庄都悄悄屏住了一丝气。谁也没说什么，但在无息无影之中，好像整个村子都陷入沉思，我听见轻轻的呼吸声。

迪丽拜尔挽着一只篮筐，穿过秋天的草原。她是到收割后的麦田去拾麦穗。哈萨克勒住了马，蒙古人收住了缰，小贩们丢下了摊上的货物，满拉们呆立在寺门的台阶。连麦地里的巨无霸般的康拜因也一时熄火，它笨头笨脑，停在渠边上不走，像生怕轧坏了零落的麦穗。

迪丽拜尔守着一篮子红葡萄，在巴扎上等着买主。紧靠她的篮筐，巴扎上的馕坑正在出馕。新磨小麦打成的馕！它们一个个跳出来，浓烈的焦香四下弥漫。人们围着馕坑。胡大呀，多香啊，多好的馕！他们围着说着挤着，眼睛却隔着一叠热馕，望着红葡萄旁的迪丽拜尔。

我牵着黑马到木扎特河边饮马，看见迪丽拜尔低头蹲着，用一柄铜勺朝桶里灌水。黑马埋头长饮，那一刻好难熬。她没有看见我，但是对我的黑马瞥过一眼。我的脑袋登时晕眩，两脚扑通踏入河水。在正午融化时淌下的冰川水，凛冽地浸过足踝。

汲水的迪丽拜尔离开河岸，水桶压得她腰肢斜倾。我中了魔，牵着马缰尾随其后。晶莹的水珠沾着她的裙裾，打湿了光滑的泥路。我看见一些窗户里的眼睛，一双双都随着桶里水珠，一拍一溅，一闪一亮。

她汗珠涔涔，提水走过一个去吐峪沟朝圣的乞丐。她不经意地回头——那白髯乞丐缩回了手。就在那一瞬迪丽拜尔的目光和我相遇，黑马的缰绳脱落了。南疆来的白胡子乞丐手掌摊向天空，Allahunme！……他叹道。他随后忽然颤抖嗓音，唱起了一支玛斯纳维，打破了久久的沉默：

一切都被你——绝代的爱人叼走了

哦，情人的心，哎，恋人的心！

我捡起马缰的时候，正巧走到白髯老者身边。迪丽拜尔又一次回头，随手扯过头巾，掩住了她姣美的脸颊。她瞥过的目光那么高傲，转过的背影与我隔着天堑。我的青春在那一瞬被宣判了死刑，我停下了。无处可去的我，伴着吟唱的白髯老人，宛如一对异乡的父子。

2

恬静的日子，被压迫的大火吞没了。

突兀的火，肆虐的火，骄横的火，隔断的火，毁灭的火！

蓝松林和绿草地都狰狞变貌，整条的山脉，就在眼前垮下和燃烧。啊，那真是——山如散绒，人如飞蛾，万物都终结了存在，变作了填炉的碎炭。昨天的通途，驼队的古路，成了不能逾越的天堑。

我疯狂地向那里奔去。一路上火焰发出怪异的吼声："Allahunme huwo! huwo! huwo! "人们在惊恐地穿梭奔突，火！火！火！他们不知是询问，还是在号叫。

huwo！一段山脊轰然垮了下来，火苗顿时燎焦了我的头发。就在那一霎我看见了迪丽拜尔，她孤单地站在火海彼岸，褴褛的衣裙火苗飘飘。

我嘶哑地喊叫她的名字，我空洞的心里唯有绝望。我恨不能把整条山脉一拖而走，只盼天上降下倾盆雨，把这罪恶的孽火浇灭。但是不能，沿着大地的斜面熔岩开始流淌，到处炎炎烈火，空气虎虎灼烧，我看见——迪丽拜尔已经被隔离彼岸，如同一个点燃的梦。

那一瞬，我的心头古怪地掠过那条大地的裂缝。在中华的内地，唯有在黄河上游，有一处这样的地貌。那是切开的心瓣、割断的一根脉、剁成两截的一个故事、传说、盼望。大地那样被斩断，爱恋被那样一刀两断以后，斧口刀伤血凝结疤，就成了那样的风景。

那就是龙羊峡。从暮霭中，我一步踏到了它的边缘。谁敢低头垂眼？脚趾头挨着无底的漆黑深壑。离远了回首，昏茫的视野中，粗砺的石头光滑平缓，如远古时代凝固的熔岩。一条乌黑的地缝，凿刻在大地的胸脯上，恐怖而静谧。

若是没去过龙羊峡，你不妨在冬季最冷的几天里，去看看枯水的壶口。经久的腐蚀，顽固的压迫，不歇的剥夺，纠缠的伤害——可以毁坏坚硬的岩石。大地的伤痛年深岁久，最后留下一个骇人的深疤。

迪丽拜尔已经远隔彼岸！我的双手颤抖，我的心在狂跳。我无法放弃她给我的美好印象，我不能接受这么无情的结局。也许我的真诚能够解救？那时我如一个迷信的傻子，撕碎以往岁月写给她的情诗，拼命把页页碎纸抛入火中。

但是我的符咒不能奏效，狂怒的大火，哀伤的大火，报应的大火，清算的大火，吞没了世界。

鬼使神差地，不知什么时候白髯乞丐站在我身边。此岸唯有他依然与我站在一起了。他叹息着，拍了拍我的肩膀。他伸出手，像是在赞美，吟起了那首神秘的玛斯纳维：

一切都被你——绝代的爱人叼走了

哦，情人的心，哎，恋人的心！

3

就这样，我失去了自年轻时代就深藏内心的爱人，失去了她的印象，失去了鼓舞我的爱情。

这是一个秘密，一个歌手唱了一世不愿公开的秘密，一个老人弥留之际唯一牵挂的秘密。

其实为了救援迪丽拜尔，我艰难地一直努力。只为向人解说她的美妙，便积蓄了厚厚的诗集。那诗集行行洇着我的心血，Allahunme！从她辫发上的花帽，到她足踝上的衣裙。我注释她手制的喷香的羊肉抓饭，我考据她浇灌的葱郁的无花果园。我艰辛地朝着她的故乡跋涉，向一个个遇到的她的亲戚学习。九月吐鲁番的汗水、十二月固尔扎的寒风，迪丽拜尔，连你的兄弟都感动了，连你的父亲都点头了。迪丽拜尔，唯独你远不可即，美不可触。

我有时想，你可曾听见过我的歌颂，哪怕只听见了传闻的一句？但我接着摇头，不，美人不读凡人的诗歌。显然，迪丽拜尔根本不知道——有一个我，她的追求者的存在。

往昔的朋友不以为然。迪丽拜尔那么美？那么贵重？

我应该轻蔑地唾他们一口，但每次我都不怕对牛弹琴，一直说得嘶哑疲惫。你问她美在哪里？她本人就是造美的匠人，她完全是变美的魔术！你看无论什么，凡经过她一摸一碰，枯燥就变得滋润，宗教变成了艺术，日子变成了神话，艺术变成了真理。她是人类瑰宝，她是寓言警语，她，她活着就是为了让人渴望，她是万人仰慕的美神，她生来就是为着折磨我这样的家伙！Allahunme！……

此刻已是我彻底缄口，皈依沉默的时候。烈火烧毁了大陆，地表烧出了裂缝。火势不能劝阻，失败已经来临。我无力地撕着自己的诗稿，最后的一页，不是我抛出，而是风从我手中夺走的。它如一片残破的心，我看着它扶摇飘舞，熔化于无情火海。

一切都结束了。我呆呆地站在原处，感到了自己的死亡。生命正丝丝离去，原来归宿就是这样。

白髯的老人陪伴着我的最后。他同情我，他是唯一的证人。我瘫软不堪，把头靠在他的肩上。

老人对着火海，摊开双手。我也跟着，无力地摊开双掌。泪水淌过我的烤焦的脸，我不知自己在为谁祈求。

他等待着。似乎等着火焰。火一阵强似一阵，发出“huwo！huwo！”的吼声，似是攻打，又似是伴奏。破袷袢被燎焦了，老人抖动白髯，高声诵读起来：

一切都被你——绝代的美人叼走了……
呀，情人的心！
嘿，恋人的心！
呀呀！……情人的心！
嘿——嘿！……恋人的心！
Hu-hu-huwo！美人的心！

那不尽的叠叹，有力地应和着火焰的吼声，形成了一股强力的打击。我的肉身被它们轮番地击打着，衰弱的一缕游魂像进入了摇篮。

呀呀！……嘿——嘿！……Hu-hu-huwo！

我不觉喃喃哼诵，跟上了节奏。如被抚慰，如回襁褓。Hu-hu！如在摇篮，如已陶醉。Huwo，huwo！渐渐疼痛中出现了一丝快感，我不知不觉跳了起来，加入舞蹈的旋风，用力地踩住节拍。Allahunme！……当白髯老人长啸般一声唱起的时候，我忍不住，泪如泉涌，我猛地扑倒在地，号啕地大哭起来。

4

离开火灾和地缝，断念于爱慕的迪丽拜尔后，我接受白胡子老人家的劝诫。既然已经无家可归，就与他形影相伴。我学会了他传授的韵律，以一首情歌安慰自己。呵，怎能尽数那么多的眷恋、遗恨、抗议、不平、哀伤……只是，永别是真实的，我们已天各一方。

爱到了渴望把心剖出的程度，是一件恐怖的事。但若没有那样爱过，没见过那种俘掠人心的美人，则又生无意义。

啊，dilbar, Allahunme, dilbar！不管怎样，微渺的诗人，藉你获得了意义。如那抛向火舌的纸片，当烧成黑黑灰烬时，它和你化作了一体。

关于波斯情歌中的“迪丽拜尔”，一直是个被人长期琢磨的话题。

从波斯到中亚，神秘主义诗人使用令人劳神的这套“情人恋人”话语，抒解他们心里秘藏的苦难。感受压迫艺术变形，使一组术语流行不已。dil是“心”，bar是“给”。至于dilbar是“献出心”还是“夺走心”，奥秘的分寸不敢浪言。尽管它不过是女孩的常见名字，但起名字的父亲心思，却含而不露。

2006年9月12日

磨坊目击记

1

我在那一年的目击，使得我患了沉重的心病。

它的地理位置，已经在衰退的记忆中漫漶不清。似乎一直记得，它是伊犁河上的一处磨坊，又记得它在南疆的铁门关附近。但更可能它乃是青海某地比如龙羊峡的一处拐弯；最近，我感觉它就在孟达峡——反正是在我们生长于斯的大地的某处，一个盛产古代文明的地点。

黄河，也许是额尔齐斯河，从一个拐弯处巡游而来，威风凛凛。

磨坊就在拐弯下面的一个崖坎上。

它的木轮巨扇插在浊黄的泥水里，喑哑地吱嘎响着，溅起浓褐的浪头和水雾。不知从哪里运来了一截千年老檜，把它凿成了磨轮的轴。嵌进大轴里的每根斜撑，像车轮的辐条，都是一棵笔直的松树。工匠为了不伤木头元气，刻意留下树皮枝杈，让它们随着水势，缓缓地、颂歌般地、在半空转动，转动，缓慢沉重，无止无休，像一个图

我的同行——看守遗址的老人

腾，如一个符咒。

庄里人都靠磨坊度日。

人们裤脚半浸在水里，扛来白编织袋装的麦子和黑牛毛麻袋盛的青稞，运走白面和糌粑。人走的时候泥浪撞着脚踝，哗哗地趟开的水，在小腿上留下一层泥巴，人都尽力走得快些，那半壁山一般的巨轮吱呀转过头顶，仿佛这一刻就会坍塌下来，把人砸在泥洼里。

我又是在那儿做什么呢？怎么想也想不起来了。若考虑那些彩陶，该是在我考古的年代。那时，世上的变化还没人留意。只记得那一年，我正用一支炭笔勾勒磨屋的线条时，韩家的儿子给绑走了。罪名是毁坏磨坊。韩家的老母亲举着两条瘦骨嶙峋的手臂，拼命摇着身份证。她银发纷乱的、嘶哑争辩的影子，弄得我很难专心作画。

反正从那一回起，我习惯了用磨坊的速写打发时间。或者该说，我习惯了在磨坊打发自己的余生。我画得不好，但画轮廓不难。费力气的，是怎么对付那凶恶翻卷、滚滚泄下的黄河。

2

速写强使我仔细观察。

一边画着，我发觉了那些腐蚀的蛛网裂纹。要紧的是，裂纹并不只出现在粗壮的松木臂膀上。我看见在水面上边的木头，不论木造的磨坊或是矗立的磨扇，都被厚厚的水碱裹住，呈着湿漉漉的一种白绿或者黑黄。碱壳剥落的原木上，暴露的木头是漆黑的，好像谁给它刷了沥青。

那黑漆的木头上纹理密布。我画不好，停下仔细打量，于是发现了蚀透了木芯的裂缝。

问庄子里的农民，他们说：闲着呢。意思是没关系。但我觉得危险，所以把当坐垫的石头搬远些。

在第一次，就在我的速写画完的那一天，咯轧转过的木轮上，突然断了一根条。它从大轴上剥离的时候，好像落下了一个烂果，也像滚沸的汤里，一根煮烂脱离的骨头。根本没有动静；它只是轻微地、呻吟般哼了一声，如今忆起好比是低沉的叹息，它先是悄悄地从高高天空上栽了下来，直到溅入水里，才轰然在浊浪上扬起爆炸般的声音。河面上一下站立起两道水墙，半是泥巴半是透明，冲腾的水雾久久不散，染黄了尖梢的树叶。

清晨农民们背面来的时候，围着那根巨木，商量怎么分了它。只有韩家的人沉默着，背着行李鱼贯而过。他家遭了冤罪，这里已不能住了。木头已经腐烂透了，分了搬回家也当不成柴薪。人群喧嚣，老人指挥儿子娃，一旦磨轮转了过来，就用铁钩子一根根勾着拉。果然又拉下来两根，也都朽透了。

用不成！顺河淌了算啦，最后他们说。

众人散了。

顺流而下的三株巨木，正巧挡住几堆难画的浪花——我唰唰几笔，第一张速写于是画成。

3

又一年去时已经不是考古。

四顾世风日下，满眼病入膏肓。我怀念那个雄山大河的小村，想去看看它。那里是文明的渊泽，这会儿它会怎么样呢？哪怕去画上一张磨坊的速写呢，我想着就买了一张车票。几天后，我走进了熟悉的庄子。

我干脆靠着破败的韩家颓墙，盖了一间木头小屋。小屋苫顶的那天，我不由得对自己捉摸不透：我的魂儿，也随着磨扇在转么？

咆哮的激浪，掀起震天的轰鸣，击打着我的耳鼓。我的耳朵已经失聪，我欲辨不能。我注视着黄河的铜色浊浪，一声不吭摆开了画具。

由于一点野心，这回我带来的是油彩。上一次，当行家看我的速写时，批评我的画说：缺乏力学的布局。我想克服这个毛病。也就是说，不单是速写而是想写生，想描摹它更多的真实。写实！你能写实，力学关系就对了！行家临走留下一句。

不祥的颜色。我一眼就明白，对付这种颜色，我不光是缺乏技术而且缺少思想准备。磨坊已经毫无原木的本色，它在落日残晖之下，呈着一抹铁锈的斑驳。突兀一眼瞥去，磨坊如一个不祥的黑架子，备足的土黄与赭石，都用不上了。

河水猛烈地冲撞着，咬住一般摇撼着半颓的磨扇。磨坊这一刻是一头绝望的骆驼，它死不躺倒，亡期还尚在以后。原木劈成的辐条般的放射线，只剩下斜斜的几根，左一根右一条勉强支撑着。那个缺牙断齿的巨大轮扇，这一回它不是一个圆，而是几块碎了的半扇，互不相干地嵌在千年老檜树凿成的大轴上。估计那个檜树轴还挺结实，它和轮扇的接口被水垢的硬壳糊住了，看不清细致。我只见它们咯吱喑哑，呻吟着半摔半倾，在强大的水力推搡之下，恐怖地挪动。

我呆傻地痴痴望着。这么画，究竟要画一个什么？已经没有浑圆磨轮、古朴木屋。对着峡口望去，几片庞大的扇面，宽窄不均，直插半空。每当被水流猛撞，就危险地一歪，接着就向前一栽，一歪，一倒，朝着水面跌倒移动。背后的天空是一派血红。

油彩几下就涂抹出一个黑框子。力学还是不对，它活像一座歪着一个劲地往一边倒的黑牢。我一发怒把它丢进了河里，盘算以后下力气重画。

4

最后一次去磨坊，是在去年的七月初。

磨坊的风情，当然不止我一人留意。它已然被当做“产品”推销，计划挤入全国旅游百强。婊子店、火锅厅、小旅社盖了半山沟，红漆在峭壁上刷着大标语，到处是“最后的磨坊”的广告，甚至有一处写的是“磨坊之死”。

在这个月份，河床里突然涌进自融雪以来就蓄积不止的汛水，一条河都洪水猛涨，水温冰冽。从遥远的昆仑山，以及所有冻土冰川奔流而至的河水，七月进峡，陡然暴涨，攻打这座建在下游的磨坊。破旗碎扇的磨坊，一瞬间落入劫难，瀑布宛如炮弹，对准了它狠砸猛轰。

人们都去峡口了：顺河淌下来各色的浮财，可真是浮财啊！河里的木料、家具，甚至还有活着的牲口。据说庄子里唯一地主成分的人家，就是在几十年前的一个七月里下水，从河底捞上来一个元宝箱子——才成了富汉的。“说不准能捞上台桑塔纳。”人们说着，一边匆匆走过。

差强人意地，圆木屋和几片破扇子都画完了。笔涂到了檜树轴。我调了些锌白，打算描出檜木上的水碱锈壳。

我蘸了些调色油，正想画溜光的碱垢——那时分瞥见一道新鲜的裂缝。檜木上有一道伤口，正静静地绽开。狂怒的水，涩塞了或吞没了开裂的声响。在我的目击之下，它正一寸一寸地、无声无息地、微微颤动着劈成两半，露出檜木的淡黄本色。

裂缝和嵌着松树的凿口，慢慢酥碎了。力的平衡一瞬崩溃，一片轮扇栽翻水里。但是没有溅起大浪，翻滚的河水，淹没了浪头。尚还没有转上轮顶的磨扇，那一刻如迟疑般，停在了半空，先静了一会儿，然后凭空加力，颓然后仰，一下子散了架！

磨坊的木屋被一根巨木砸个正着，不吭声地坍塌了半边。碎木、石块、土坯都哗哗倾入洪水，被疯狂的怒涛接住，一抱即席卷而去。每一根垮塌下来的木头，都在我眼睑里爆皮裂骨，断成碎段。每一颗朽烂腐蚀的铁钉，都在我的凝视中炸跳爆出，化为齑粉。失去了磨扇遮挡以后，天空放晴了，露出紫红的太阳，恐怖至极。剩下的残扇，如可笑的羽翅，倒垂着粘在轮轴上，在水流中横七竖八。随即，它们一根根被拆卸，并撕扯一样把轴上的木头扯下。檜木的巨轴终于瓦解了，磨坊的最后，如刀子宰割的一个羸羊骨架。此刻时辰已到，最后的进程已然开始。它清晰且悲哀，像一场廉价的电影。

水更加升涨恣溢，一直淹到我的脚下。踩着的石崖一阵工夫就塌了，我的那张见鬼的画，连同画架子一块，霎时被水卷走，瞬间无影无踪。这回能听见木头的声音了，它们劈裂折断，拥堵粉碎，痞苦的哑叫，如地狱的哭声。

我屏绝了呼吸，双手痉挛地攀住枯草。我感到随着磨坊，自己也正在洪水中溺没。这是我立脚的热土，是惠与我母语、是给了我生命的祖国啊——有一个时分，我按捺不住殉死的冲动。我几乎就要跳入河里，想攀住半个榆木的磨轴，想抓住我未完的绘画。

一双手扯扯我的衣襟。咦，是韩家的老奶奶！她独自回来了。

后来，奶奶说我画得好。

暮霭沉落，远近无人。在人去村空的这里，只我娘儿俩坐着。她把我的第一张速写，远近上下地端详，看了一个遍。她的枯手战抖，银发触着画纸。一颗浑浊的老泪，溅在了画面上。我感到脸上抽搐，想笑却做不出来。我忍住泪站起，然后穿过磨坊废墟，大步离开了小村。

——以上就是我对磨坊的回忆。

它能算一篇写生笔记么？曾三次专心命笔，只落下最初的一幅。

我还是挺喜欢这幅速写。画得不像，可是它能让我触景生情。在我心里铭记的磨坊，连同它的山河人民，确实是美好的。

速写于2010年2月8日

你的微笑

若回忆的话，那正是我青春二十几岁的时候，正是所谓打底子夯基础的季节。我一头撞上的，感谢主，就是他，那城市标志般的、见了他就懂了这座城市的老人。

学业把我赶到了新疆，我却一头被他魅惑了。

他坐在喀什大十字路口的一个把角，在车水马龙之间摊开双手，静静地数着自己的手指头。我正在大街上遛哒，不留神一眼看见了他。

那张画就一下刻进了我的心，任日月磨蚀从未消褪。车水马龙的十字路口上，人声鼎沸喇叭轰鸣，匆匆的人群就在他的身边流过，他却毫不知晓一般，若有所思地独坐当中，一人陷入自己。隔着路口，我在一眼看见他的那个瞬间两脚就被钉牢一般呆呆停在了原地，人群却流淌着从他旁边涌过，伴着喀什噶尔无声的风。他像是一幅油画中阳光穿过树叶间隙照射的一条林间小径，像是一幅万顷波涛中的一点海心白帆。隔着一条河似的路口，这一边的我在那一刻感到心被一束光滚烫地射透，我听见心里的低低的惊呼——宛似突然一眼瞥见了一个绝色美人，在目击的一霎就被俘虏一样。

我佩服这座古老的小城；人们对什么都司空见惯，对什么都不觉得新奇。他们只顾蠕动流走，没有一人停下或者围观——当然他也就没有被人打搅。一直到我似一根铁针被磁石吸引，慢慢渡河过路，挪到了他的跟前，并在他对面站住，痴痴注视着他为止，没有人发觉我们的存在。

他一袭白旧的长袍，一脸垂胸的银髯。头巾盘在头上，一角搭在肩膀。他像是在沉思，更像在微微浅睡，汽车锐声响着驶过，尘埃在飞旋沉降。行人疾疾地川流两侧，他在其中，摊开两掌，手指微动，像在数着什么。在我的凝视中，他低垂双目，唯手指在轻轻颤动。一共数了多少遍，当时的我哪里知道。

他抬起眼皮，看见了我。他的眼睛像是聚焦，先是渐渐浮起光泽，接着便对我微微一笑——

那一刻，干燥微凉的微风，正拂动着他美丽的白髯。简直是无敌的微笑！那一丝微笑镂刻心灵的感觉，我虽耗尽半生，仍无话语形容。

我从来也没有向科研处、或者我的学问恩师坦白。

我装模作样地提出了实习调查报告；却完全不提自己曾魂不守舍、寻寻觅觅、终日围着巴扎儿转悠、并和一位白髯老者结交的事情。就这么无人察觉地，我度过了荒废而美妙的“研究生”阶段；谁也不知我干了些什么，连我自己也不知发生了些什么。

一切都在下意识中。我不过是想和一个什么——像是一个精灵的什么厮守。正午的骄阳，浸漫的暮色，于我都亲切而舒适。我背着黄文弼和斯坦因的大部头来了，却在喀什的大十字直奔歧路。我遇上了一位活着的神仙，中了魔法，无法脱身，不由自主地向无底的深渊沉没。

他是一个慈祥的老爷爷，优雅和蔼。那一天他微笑着，打量着表情激动的我。秋季的南疆，清风扫尽了酷暑。他的职业——不，我不能使用“乞丐”这个语焉不详的词儿，该有更深刻的语汇描述——他从来不是行乞，唯是屈尊的交流。

幸亏我有一个疏勒舅舅，轻拉一把，使我迈过了门槛。那时因为他的微笑如一道光扫来，舅舅连忙停下，手探进衣兜。我猜舅舅一定比我更深地感到了什么，舅舅只是伸臂过去，紧紧握住了他的手——他们俩握在一起的手里有什么，永远无人知道。

疏勒舅舅是一方长老。民国时在沙漠南缘，当过若羌的县长。赋闲以后，以扶贫助教著名，而且精通维语。疏勒舅舅指着我对他介绍，他的银髯美目随之闪动。所以那一瞬就如一扇门对我开启；白帽和花帽，黑须和虬髯，东干的严谨和维族的浪漫，都摄入了我年轻的眼帘。我被迷住，瞠目结舌，久久地凝望。其实那一刻如河里的一朵浪花转瞬即逝，但我却自认得到了介绍。以后——我差点在毕业论文中把他写进去；在幼稚的习作中，我自比他的弟子、喀什的情人。啊，美好的一九八〇年！美好的、"研究生"的年轻岁月哟！

那一年，我习惯了跑到街上，有事没事挨着他坐一会儿。

我记不清他叫什么名字了，感谢上苍，那时我虽人在懵懂，但鬼使神差总算在一点开窍——我美滋滋坐在他的身边。我欣赏着他，暗地试图模仿他的举手投足。甚至我也感到了一些哲理，觉得不是褴褛乞丐，而是有钱的路人才凄凄失助，需要特加怜悯和施舍。

那是一个杜尚白（星期一）的傍晚。

我去看他，发觉老人神情倦怠。他腿上血流淋漓。不知是擦伤，还是遭了抢劫。看不清伤口，只见他的一条腿都染红了。我想伸手摸摸，他却拉过袷袢的前襟，盖住了血迹。

我想说一些什么，我想送他去医院，无奈可恨的我不会那么多维语。我只能尽量让自己做出同情唏嘘的神色，拉住他的袷袢使劲摇。但是我看见他笑了。他用那个微笑，轻轻地制止了我。

于是我只能靠着他坐下。

暮色迅速降下，天色渐变昏黑。我们对坐着，默默不语，像在守候着什么。随着时间，我觉察老人疲倦了。他的头几次低低垂下来，又一次挨到了我的肩膀。在缕缕抽走的时光里，我感到了一个生命，正在分秒之间垂老。他掩饰着，也许是在享受着疼痛。而我却在焦急中煎熬。

夜深了，他缓慢地沉入恍惚。唯因我守在一边，他才没有堕入睡眠。我心里震动但一语不发，只是静静在一旁陪伴。当我的注视与他的目光相碰时，他都递给我一个意味深长的眼色：不，俩，吆克，艾麦斯。不要声张。既然暮色降临，那就等着日出。一切总是要发生的，你要知道谁也不能逃避。你既然来到这里，就要学会不动声色。血流或骨折、清晨和黑夜、死灭或诞生，一切都会来的，一切都会离去。你懂了么？要顺从和接受！不要把一丝一毫的真实，让别人

1980年吉木萨尔，我是在谁家呢

尤其是孩子们察觉。他微微地一笑。

那无敌的一笑！

于是我闭上了嘴。孤儿一样的僵硬感觉，包裹着我的周身。确实这一切只发生在我俩之间，没有一人知道。市井寂静，悄无人影。我注视着他的血，在袷袢的掩护下淌进沙地。他久久地微笑着，轻轻抚着我的一只手。我舒服地感觉着那温热的抚摸，在时间流逝中，渐渐地冷了。

在南疆的那次旅行的后半，我终日只是放浪。

如今已经记不清，那次“实习”究竟都干了些什么。虽然后来我长期混迹于研究所，也写过十数万字的论文；但是，每当我翻阅那些大部头的资料，眼前闪烁的形影，唯他而已，再无其他。

再以后，久而久之，我也在点滴地改变。偶尔或有新伤旧创，肌肤掠过疼痛，心头便浮现出一个虬髯老者。他独坐十字街头，用指尖数过九十九遍。他独自与我相视而笑，交换一个莫名的秘密。

后来，就如歌里唱的，亲爱的塔里木，我将离开那地方。而且孰料关山难越，音讯两无，再也难能重访旧地。

在后来的日子里，我见过了数不清多少老者、乞丐、或哲人。我对中亚的乞丐，偏爱得有些走火入魔。回到自己的地场以后，在我的生活中，何止导师一般的他？值得记忆的穷人确实太少。常常见到的，多是恨不成钢的软铁，缺乏天生的高贵。穷困的酸液腐蚀着，使他们锈掉了脊骨。

但我仍觉远远未能尽兴。我常去地铁口碰运气，或者在周五的寺门，徜徉寻觅，心怀忐忑，如研究生去拜见导师，像马驹子去寻找伯乐。

在我心里，一个暗示已然扎根。在人全然不知之际，它秘密潜流，如坎儿井流在地底，暗中浇灌着我的生命。

道理尚未穷究深考，但我已牢记了一个记号。没错，那要紧的记号，就是你的微笑。哦，你是何等的神秘辽远，我深信你就是文明的深奥，你就是人的丰满。我的求学已不会停住，就像我的心窍已然洞开。让我也像你一样地看待命运，看待自己，看待魔鬼和坏蛋吧！让我仿效你仁者的胸怀，哪怕只模仿皮毛，让我随你而去，一生追求那丝微笑！

——倒霉的是，我一学微笑，朋友们就问：咦，你傻笑什么？

写于2009年2月12日，久旱初雨中

改定于2010年3月28日，晚来的春日

陶醉的鸭儿看

那一年在新疆，和一个维族朋友聊到了十二木卡姆。我说，我在一篇叫《音乐履历》的散文里，流露了这个意思，我的直觉是：那时的汗国王妃不可能搞什么音乐运动。十二木卡姆，一定是那时流行的十二套苏非颂词！……

她奇怪地望着我说："您走火入魔了吧？"

连他们也没有留意么？我沉吟许久，琢磨着分寸。开个玩笑比较好懂：这可是个学术发现哟。

刚靠近小城的边缘，空气里的浪漫就如阵阵热浪，扑打着我的面颊。我被领上铺满蓝红石榴花地毯的炕上的时候，鼻子先饱吸了地毯上烤馕的焦香。我靠着墙，敞开的窗扇如一排门户，混合着纯氧的无花果的气息，徐徐不绝地涌入。

终于等来了白髯的老者。在这瓜果鲜花和舞蹈之乡，你须知白髯老者的重要。他们是第一因素；他们不到，什么都不会开始——奶茶不会斟上，馕不会掰开，抓饭上那块令人馋涎欲滴的羊肉，没人把它切碎。

——这是馋鬼的思路。不会开始的，是歌子吗还是舞蹈呢？总之就像堆满地毯一动不动的食物，缺了白髯老者的一句话或一个眼神，整个场子，是安静的。

老人倾身对我，听着我的问候，微笑着握住了我的手。这非同小可，场子里顿时眼神流盼。满眼看见的都是信任，这真让人兴奋。

那等待的歌，还有旋转的舞，随之开始了。我仅仅停了一小会儿，我只犹豫了一个刹那，就明白了要紧的不是会不会，而是参加不参加。于是我加入了圈子，不会唱就跟上和声，不会跳就随着旋转。

哦，或许那一天真有冥冥的指引。我居然以一个白丁的本能，踩到了最准的步点。和声很容易学：俩、音、呼、哈格、嗨咿。至于旋转么，就是想象自己变成了自由的鸟儿，展开双臂，盘旋、享受。我在心在意地体会，有滋有味地旋转，而那时的屋子里，歌和舞，都已经燃烧起来了。

俩，俩，别再摆架子。白髯老者的赞许，是我无敌的通行证。你们，朋友，无论是诗人或是财主，不管是打馕的还是烤肉的，俩，在我面前已经不能骄傲。音，我们是朋友。我们歌唱，尽情舞蹈，音，在圈子里人人平等一致。

看过央视举办的民歌大奖赛么？传说的所谓刀郎，和我讲的差不多。那些评委不过是附庸风雅、皇帝新衣。因为在场外是看不懂的，谁若想听见和看到，就非要进到圈子里。

旋转的涡心有一股吸力，它是无法抗御的。身陷其中人只想拼命地唱，只想快乐地跳，只想加入幸福的陶醉。当你浸入了一种巨大的亲近，当你幻觉到大同与和平，当你攀住了那根绳子的时候，你也会控制不住，只顾大声地喊、迷恋地跳——呼，呼！

这座小城在史书上被写得五颜六色。亚儿岗、鸭儿看、叶尔羌，都是它的名字。岗、看、羌都是-kend音译，表示“地方”；至于亚儿、鸭儿、叶尔，众说纷纭，我喜欢把它译为yar，情人。这个词儿在甘青两省用得也多，一般写成“亚热”，意思是自己人。

若依我大胆的诠释，小城的名字就是“情人国”。

——为什么它叫做yarkend？因为在那里，专门聚会歌颂爱情。音，人们似乎以此为业，于是他们被外界称作情人。难怪如此！音——哈格！

我必须二次绷起面孔告诉你，我没说那小城一天到晚乏味地谈情说爱，像我们的电视一样。你要留神，“情人”这个词儿，完全不像小说的解释。爱恋的对象，是差强人意的生活，是含义奇妙的命运，是纯洁无瑕的理想，是庄严巡回的未来。爱一个人，哪怕你爱到歇斯底里，爱疯了爱傻了也不会达到那种境界，不会与人唱和、与人共舞，一起陶醉在一个圈子上。

懂了吗？

我和你一样。过多的拘谨教育，使得我最初总想反抗。但是那一波波的和声，那逐渐强烈的声浪直接撞击着心，我强忍，但忍不住，一头栽进了吸引的漩涡。一位阿皮兹在圈子中心领唱，他注视着我，眼里泪水渐渐盈满。我全神贯注，又灵魂出窍，仿佛我在盯着另一个我。圈子不住旋转，大家挽紧臂膀，步点愈踏愈整齐。在旋转中，好像想哭，但唯有唱，幸福正从头顶泻下，嗓音融入磁性的节奏。俩——音！不愿停下，只想旋转。呼——哈格！我盼一生一世就这样唱、跳、陶醉下去。嗨咿——yar！

白髯老者抬起手来。

一切突然停止。和声、步点、节奏和吸力、美好的歌唱，都突然消失了。那个阿皮兹扑倒在地毯上，嚎啕大哭！

我的泪水也涌上眼眶。

——以上被我记录的，是我在二十世纪九十年代初参加过的一次……我说它是木卡姆。

说来很有意思，离开那次体验的时间愈久，我对它的体会就愈深。是的，该试着做一次小结了：木卡姆，它应该由称作阿皮兹（harfiz）

我们舞蹈在木卡姆的圈子上

的领诵人唱出的成套赞辞、与之应和的众人的成套赞辞、手鼓之类乐器的伴奏，以及循回不休的圈舞组成——就像安达卢西亚弗拉明戈的核心不是卖钱的舞而是嘶哑的歌一样，它的核心是赞辞，是分部成套、章节层出、反复吁叹的、无数穆斯林对唯一创造者的爱。

请设想一个三千人参加的大圈子：要唱遍十二种成套的颂词，除了大广场无法跳那么大的圈舞——显然，那种大规模的“木卡姆”，唯有国家的支持才能实践。叶尔羌汗国提供了这样的支持，于是便有了所谓“木卡姆是国王妃子阿曼尼莎汗的创作”这一比喻说法的来源。

不消说学术的繁缛，无法用一篇树叶般短小的散文讲清。我多次想起那个维族朋友。在察觉到我的立论的较真后，她似乎已悄悄采用了我的“学说”。但我要强调我的方法论是参加一次才写一句，不知她会不会接受。本来我想用这样的散文写上一连串的木卡姆论，奈何此刻银河隔断，俩，我只能叶上描花，勾勒一笔筋络。

——我如一个孤独的亚热，遥遥地眺望，但难能再近一寸。但恰恰因此，在痛苦中我看见了新疆的底蕴。它是一个文明的炼金炉；任谁进入腹中，它都能点石成金，化腐朽为神奇。人在其中陶醉，艺术熨慰了痛苦，又去迎送生活。携着的歌和舞，戏弄着学者和艺术家——这就是新疆，它的秘密。

至于小城，它只是一处地点而已。在它的各种称呼里，我喜欢“鸭儿看”这三个汉字，它们简直凑成了一种神秘的表示。为什么呢？“鸭儿”在看着，好像有一点陶醉的意思，不是吗？

2007年5月31日写成

2010年3月17日改定

（词语浅释：俩，不。音，是。呼，他。哈格，真理。嗨咿，永恒。均为阿拉伯语。）

鱼游小巷

抵达这个城市之前我一直想着一句话：至少可以像一条鱼，默默地游过去，再默默地游回来。

这个表达，是我向一位蒙古作家学来的。我们访问万顷金波的草海之国蒙古，那时他们连夸奖一句成吉思汗，都会被克格勃收拾。等他们回访北京，在欢迎的宴会上，那位矮身材的喀尔喀人最后一个发言。他说：原来我打算像一条鱼一样，闭着嘴，只默默地去北京游一回。但是我听见你在大笑。张，我听出这是心里的笑声，所以我准备开口了。

——这句话使我感动不已，也使我学会了这个表达。

第一天我试探着问了一下。出租司机回答说：霍加阿布白克尔汗麻扎尔么？知道！

但我沉默了一会儿，对出租司机说：今天不去。

我回味着那句经典语言。审时度势，我判断自己最好应该像一条鱼，默默不语地旧地重游。我已经这样从北游到南，游过了天山，游过了东干和哈萨克的地区。做一条鱼是奇妙的，我甚至喜欢这种感觉：久别的两个朋友相聚了，但他俩只默默对视一眼，然后擦肩而过，没有交谈哪怕一句。

遥远的喀什已被横劈竖砍地改建。也许是托靠了地理的偏僻，此地还是昔日风情。系铃铛的毛驴车，闹嚷嚷的巴扎儿，货摊上做礼拜的汉子，戴着褐巾疾走的女人。沙目时分，我站在一座高耸的寺塔下，眺望流霞把天尽头染得一片紫红。

但这座城市是具有魔性的。由于她的引逗，第二天我就忍

鸭儿看

不住了。坐上出租车，我大声对司机说：霍加阿布白克尔汗麻扎尔！……

正是毛驴车的堵车高峰。

我从夏利的车窗伸出手，抚摸着一只又一只毛驴的耳朵。一个个活灵灵的儿童、一个个须髯蜷曲的老人，他们离我这么近。磨亮的铜铃铛、红绒球的驮鞍，擦着车门使劲挤过去。我估计这么挤，到那片朦朦胧胧的街巷要用上一个半小时。但心却莫名地兴奋，哈，还不如换一辆毛驴车！我喊道。

在一个理发铺子门前，出租车终于停住了，司机跳下车，跑到铺子门口，和几个看堵车的人交谈。一会儿工夫他回来了，领来一个戴白线编织小白帽的人。

我懂了。确实坐车是徒劳的。我下车，迎着他行礼，知道了他叫阿不都买买提："去霍加阿布白克尔汗麻扎尔的路，你知道吗？"

司机抱歉地拍了拍车篷，告诉我们："不远。他知道。他领路。"

我们跟着阿不都买买提，折过街角便进入了旧城，如几条鱼进入了中亚街巷的深潭。在一个雕花小门旁，几个妇女在闲谈。我们问路，一个嗓门高高、穿黑花坎肩的胖大娘指手画脚了一通之后，阿不都买买提领我们走进了巷子深处。

两边都是幽秘的深巷，依偎的土屋，异样的木栏。阿不都买买提在前面走，他身板瘦削，步子却很大。我尽量追上他，想告诉他一点也不用急。

突然发现相机没有电了，走过一个维吾尔少妇开的铺子，她的一板子电池居然只要两块钱，但和她聊天有些不合适。继续走，几个儿童眨着水灵灵的眼睛盯着；还有一个穿长裙的慈祥老大娘，在井台边汲水边看我们。我真想留在他们这儿，可是，两脚却只能追着阿不都买买提。

又绕过了一个小寺，又转过了一个街角，诱人的生活水一般慢慢漾动，但是鱼却不能停下来。

阿不都买买提表情严肃。这维吾尔汉子戴着一顶白线小帽，头上沁出汗珠。离开雕花门大娘以后，他从一个涝坝边上，转进一条巷子。那是维族人汲水的涝坝，我照相时耽误了一会儿，收起相机已经落在后面。阿不都买买提在前面快步疾行，又转过一个黄砖贴面的小寺。

我追上他，又说起不知重复了几遍的话：

“霍加阿布白克尔汗麻扎尔……？”

“路吗，是对的……”

他一连地说了一大串。他满头是汗，敞着灰白的夹克，脚步更快了。

终于到了一个地方。四周都是院子，令人懊丧的是都挂着锁。阿不都买买提开始轻轻地叫门。“……bama？……”没有回音。“……bama？……”他再叫，一声比一声高。奇异的静寂，默默地环绕着。

我安慰地对阿不都买买提说：“霍加阿布白克尔汗麻扎尔……？”

我的意思是说，只要找到霍加阿布白克尔汗麻扎尔就可以了，我们不用麻烦主人，不是要和主人见面，只是到麻扎尔探望一下。

阿不都买买提急坏了。他倔犟地回答：“……霍加……麻扎

2003年莎车鱼游小巷

尔……”

我活该。谁叫我这么多年不下功夫学维语。

我们听凭自己的脚，无精打采地走着。一个黄砖砌的小寺，又绕过一个栽着老树的涝坝。走着走着，突然看见了雕花的小门，穿黑花坎肩的胖大娘站在门口，正瞪着我们。

站在一旁看着雕花门胖大娘训斥阿不都买买提，我心里过意不去。但是缺乏词汇，我说不清我们只是鱼，只想在水里游逛。去那座麻扎尔只是为了到达，并不用找到麻扎尔的主人。但胖大娘不理睬。她显然是那种有指挥才能的女人，不管我的朋友阿不都买买提满头大汗，只管把他教训了一顿。

我找不到词儿，只能在一旁微笑。训斥还没有结束，一驾毛驴车驶过路边，胖大娘突然吆喝一声，赶车的汉子赶快勒住了毛驴。他们谈了一会儿，胖大娘就笑了，挥手示意我上车。我犹豫了一下。但放弃找麻扎尔多不好意思，于是糊里糊涂爬上了毛驴车。

铃声叮咚，车子掉头，当我们朝来路驶去时，我发现阿不都买买提窘窘地站着，目送着我们。我大叫着与他告别，而毛驴车已轻快转弯。

在那一阵快速维语中，一定是胖大娘主持了一切：阿不都买买提被罢黜，赶车的粗壮大汉接受了向导使命。

一路的风景重新展开。

我怀着对阿不都买买提的歉意，与赶毛驴车的黑壮汉子阿不都克里木问好、自我介绍。毛驴车轻灵地小跑着，不时有一个搭车

2003年莎车乔尔巴格乡

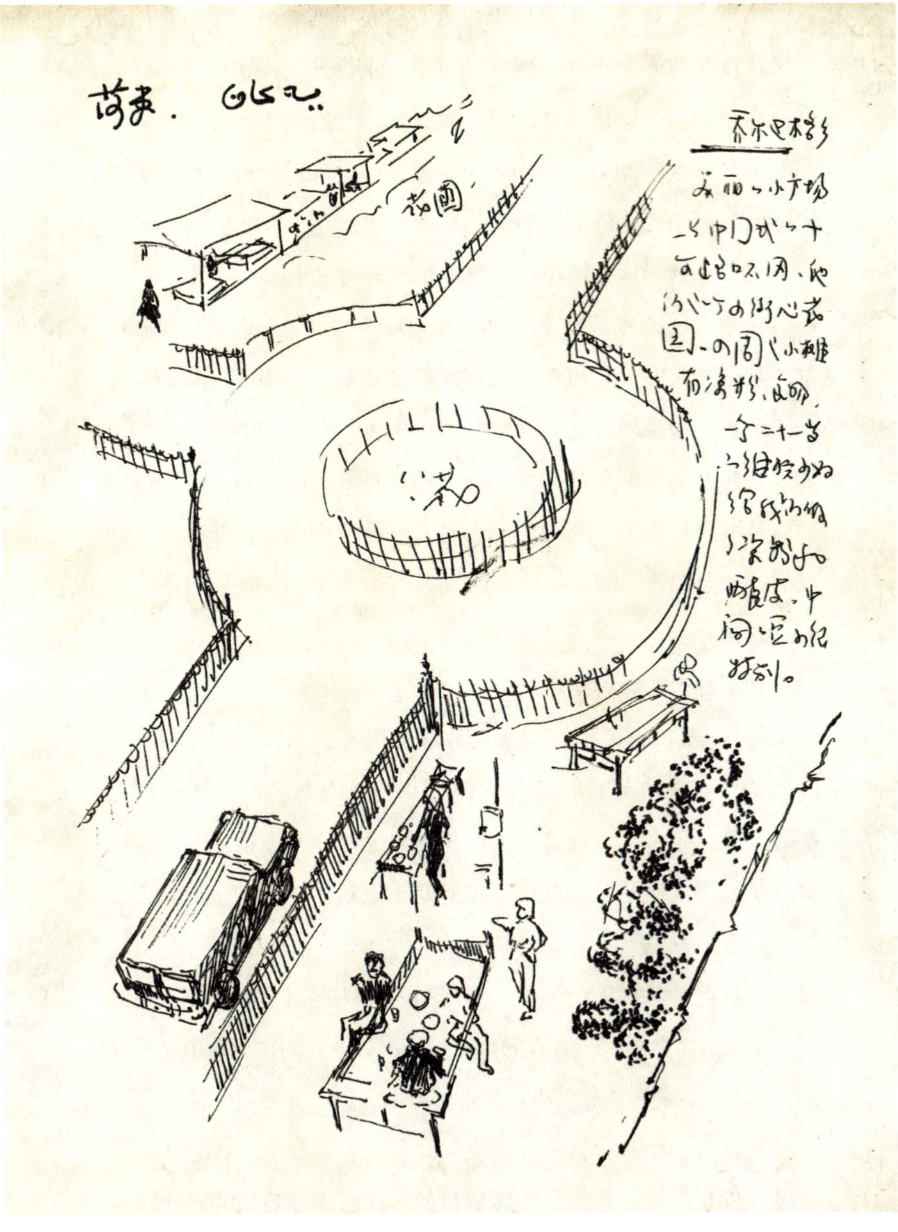

的人一跳坐上车帮，不说去哪里，也不问多少钱。路过了熟悉的涝坝，又路过了黄砖的小寺。阿不都克里木走得一步不错。显然胖大娘讲得清楚，他也听得准确。可是麻扎尔锁着门，主人也不在家，而我们依然兴致勃勃地向他们奔去。忽然心中涌过一道热潮，不知是觉得感动，还是觉得忍俊不禁。

看见我独自微笑，阿不都克里木也憨憨地笑了。

“赛俩目阿莱库目？”“阿莱库目赛俩目。”“去霍加阿布白克尔汗是这个路？”“阿布白克尔汗麻扎尔是这个路。”我们费力地交流，我们艰难地接近。我们是鱼，失去了美好的语言。我们只想默默游向你，我们只想和你们在一起。霍加的麻扎尔只是一个引子，只是系着我们的一根绳子。但是——领我们去吧！让毛驴车驮着我们，奔向锁着门的麻扎尔，寻找不在家的阿布白克尔汗吧！

又到了那个四合的空场。

又是那座锁着的门。又是敲门和没有回音。

我心里有一点好奇，不知阿不都克里木有什么高于阿不都买买提的本领。我甚至觉得这一天的体验已近尾声——难道鱼不是已经满足了愿望！不是已经在维吾尔的巷子里走了个够！……天色已晚，该打算一下去哪儿吃拉面啦。

阿不都克里木的表情严肃了。一瞬间，他和刚才的阿不都买买提宛似一对兄弟。他愣愣听着我的拉面邀请，好像我的这个简单句又说错了。他微驼着虎背熊腰，咚咚地走过空地，到了另外一个巷子。

那儿站着一个戴眼镜的文雅女人。一看就猜得出，她是一位女教师或一位女苏非。她像早就等着我们一样，不等我们的黑壮汉子

Tursen Han Hoja

开口，便滔滔不绝指示一番。我们的驾驶员立即转身，我也跟着，回到空场找到另一扇门，一敲，门开了。

走出来一个看麻扎尔的穷人，那人真是一身褴褛。

他一言不发，摸出一串钥匙，走到角落，打开了一座锁着的破木门。

门开了，里面是一座古老的墓。

主角轮到了我。

是的，你这来自北京的东干。你不是要找霍加·阿布白克尔·汗·麻扎尔吗？现在你找到了。不要说我们维族人不虔诚，当着穆斯林却不知麻扎尔在哪儿。我们的阿不都买买提不行了阿不都克里木上，一定让你找到——不是霍加买买提汗麻扎尔、也不是霍加克里木汗麻扎尔，而是你从北京一千里路来寻找的、霍加阿布白克尔汗麻扎尔！……

瞧，我们任务已经完成。现在请你讲话，东干朋友！

我站在酷日晒裂的土坯墓前，半张破碎的草席铺在深陷的松土里。左和右，两边站着看墓人和车夫阿不都克里木。看墓人低着头，阿不都克里木神态庄严，站定后他们再不出声，静静等着我。我还无法猜透他们的深奥。我想哭但觉得说清这股泪水的词儿不够，如肌肤触摸一般，我真实地觉得：他们实在是太纯朴了。

于是我对着远逝的霍加阿布白克尔汗，念起了追悼的篇章。

天空上，一个白炽的太阳悬挂着。我一边念一边感到满意，今天的调子很准，维吾尔人会满意的。最后，大家都捧起手，表达共

秘境之奥深

同的祈求——意识着一切要结束了，我心里那么舍不得。

握手，道别，再拉手，又告别，我们乘上了黑粗汉子阿不都克里木的毛驴车，向归途走去。暮霭已经罩住小城，日落的时分快到了。毛驴车颠簸着，我打定了主意：要拉阿不都克里木一块去吃晚饭，最好能把戴白线帽的阿不都买买提也找来。

远近的寺里传来了梆克声。这维吾尔的唤礼，简直是纯美的音乐！别看它来自阿拉伯，但比阿拉伯人的声音更悦耳。它一声飘去，远远传开，如同解释，又像叹赞。

我听得入了迷。

不一会儿车到了——一个雕花的木门前。

穿黑花坎肩的胖大娘欣喜地望着我们。她做着一种庆祝我们从麻扎尔归来的快乐表情，脸上如写着欢迎的字样。我还没来得及想出一个词儿，她已经一手掀开了帘子。

2003年10月26日

相约来世

不知为了什么，无论见识过多少美丽的城市，我却总是向往着那里。

不知为什么我总是只要有一丝机会，就想去看看那座神秘的小城。不知为什么我总觉得此生若还有一件遗憾，那就是没有真正成为喀什的儿子。我说不清楚对喀什怀着的是怎样的一种感情，虽然它清晰地时时在我胸间涌涨。它不是嫉妒也不是后悔，它不是浪漫的幻想更不是梦，它只是一种因为觉察到“没有那样活过”而导致的深刻空虚。

十几年来我多少次写到喀什。近来我似乎觉得紧急，甚至提笔就只想写它。可是写了、出版了，对着苍白的文字，那是苍白的自己啊，我如怔似痴，心中久久漾动着一种此情难表的感觉。

而且不管我怎样勤奋学习调动知识，不管我怎么两脚泥巴，唯有对它才使人陷入悲观：即便我满怀真挚，喀什噶尔是难以描述的。

我与他们天生异质。所以我不会——只因愚蠢至极才能佯狂无耻地作态。不，喀什噶尔，自从第一次见到了你，我就开始了思索。跋涉在你灼烤的绿洲，迷失在你秘境的街巷，虽然我尚还年轻，就在你强劲的剥蚀吹拂之下，片片剥落，层层开始了脱胎换骨的重生。

每一个陶罐、每一辆风尘仆仆的毛驴车、每一个白髯的老者和白瓷般的儿童，都连接着那么巨大的命题。我暗暗怀抱着一腔尊重，一步步地渴望走近。一切渐渐难以诉说，你莫名地涂着一抹忧郁。你这中亚的传奇名城！站在你的土地上，人会思索人道的含义。

阔别再来的时候，我如一个“私人的塔里甫”，刚从民间的师

在南疆

傅那里求学归来，带着接近你的钥匙。我被接受进入了你的幽深；你、我，还有“他”。我们舞蹈和赞叹，如醉如痴地交流在同一个圈子之上。

但是那不是我的本意。难道是不平和苦难使人远离本性么，我不愿做一个——哪怕是被欢迎的远客。喀什噶尔，这奇妙的小城是为了给世界补充一种生活方式才诞生的，正因此哲人们才感到陶醉。

不管我最终只能获得怎样的结局，不管我的一生过得多么苍白黯淡，我不会在这样的遐想中退却：我在自己的心中，会永远牢牢地抓着一张图画，它是我一世的憧憬。

在那幅图画中，绿荫遮蔽的白泥小巷错综曲折，一座座幽静的低矮院落栉次鳞比，簇拥着清真寺的园塔。在一座沉默的小院外面，一个小伙子总是仰望着院墙里的窗户，弹着琴唱着。浓郁的无花果和葡萄的气味弥漫着，远远地飘向土坯垒起高塔的清真寺。院墙用掺了天蓝的浆子涂过，凉爽而漂亮。隔着窗子，能看见里面的纱幔。它遮住了一个用陶壶背水的喀什噶尔姑娘，不管琴声响了多久，不管歌声已经嘶哑。路人已经司空见惯，大家微笑着，似是同情似是赞许地，点点头，和他擦肩而过。

对着这幅心中的画，我独自注视了那么久，日复一日，年复一年。后来我明白，这张图画已经如镂似蚀，慢慢地刻进了我的心房。我可能一直没有提及它，但是我没有一刻忘记它。年深日久，为了这幅画面，我甚至逐一雕刻细节，编上注解，添上路线，加上故事。我觉得它才是我此生的前定，只是醒悟得太晚，如今已是歧路之上，欲罢不能了。在这样的思念中我衰老了，从一个多感的少年，变成了一枝枯墨的秃笔。

今年还去么？我注视着临近的春日。我通常在夏秋之交出发，在那里盘桓一个季度。但我更愿意在寂静的冬天，在任何一个时刻赶赴那里，哪怕有一个瞬间的缝隙，哪怕判断一丝微弱的呼唤。

但是无论此世还有几次重逢再会，我不能实现那张图画里的命运了，那个苦恋着小巷深处背水姑娘的少年，已经不能在哗哗地掀动杨树叶子和催动滚滚渠水的晚风里，每天晚上地走向一座土坯的小院。他已经不能彻夜地给心上人唱歌了。

真是此恨绵绵。看来，只能相约来世了。

当然我还会去。开个玩笑吧：没能结识姑娘虽是遗憾，不过我毕竟结识了姑娘的父亲。

无论如何，秘境的中亚，毕竟对着我掀开了面纱的一角。如果能忍受一种年华远逝的苦楚，我的本质毕竟被她承认了。黑暗里我看见那小院木扉敞开，炉灶里通红的火闪跳得令我心醉。

只有对野蛮的强盗，道路才显得险恶。我将如同一个满怀虔诚的、求学的塔里甫。我认识姑娘的父亲，大路两旁都有人对我问好。我可以在穿过分水岭以后，露出本色，凭经取道。托克逊、库迷什，我将吃饱喷香的拉面，再提上一串紫红的葡萄。民众淳朴得简直令人流泪，我的本事就是和他们结为挚友。卡拉沙尔、阿克沙尔，我将一路顺风地奔赴喀什。

会有一个太平时代；会有一种深沉的和平，会有自然的秩序，更会有正义的降临。那时人将懂得敬重他人。那时文化如同清甜渠水浇灌的“古丽斯坦”，蔷薇的花园。

那时的小伙子可以不再为思想而痛苦。他可以学一种自然的技艺，比如打馕、镶嵌、木匠或者铁匠。白天让汗水出得酣畅，晚上拿上一把琴，热瓦甫或是吉他，到姑娘家住的深深巷子里去，一直唱到月上中天。

1997年4月

那天的南瓜和玉米

图书在版编目(CIP)数据

相约来世/张承志 著.--北京：作家出版社，2013.4
ISBN 978-7-5063-6722-6

Ⅰ.①相… Ⅱ.①张… Ⅲ.①散文集－中国－当代Ⅳ. ①I267

中国版本图书馆CIP数据核字（2012）第267175号

相约来世

作　　者：张承志
责任编辑：陈晓帆
装帧设计：视觉共振设计工作室
出版发行：作家出版社
社　　址：北京农展馆南里10号　　邮编：100125
电话传真：86-10-65930756（出版发行部）
86-10-65004079（总编室）
86-10-65015116（邮购部）
E-mail: zuojia@zuojia.net.cn
http://www.haozuojia.com（作家在线）
印　　刷：北京中科印刷有限公司
成品尺寸：145×210
字　　数：160千
印　　张：11
版　　次：2013 年 4 月第 1 版
印　　次：2013 年 4 月第 1 次印刷
ISBN 978-7-5063-6722-6
定　　价：39.80元（平）

心的新疆